LES NUITS

DU

BOULEVARD

PAR

PIERRE ZACCONE

TOME PREMIER

PARIS

E. DENTU, ÉDITEUR

PALAIS-ROYAL, 15-17-19, GALERIE D'ORLÉANS

LES NUITS

DU

BOULEVARD

PAR

PIERRE ZACCONE

TOME PREMIER

PARIS

E. DENTU, ÉDITEUR

PALAIS-ROYAL, 15-17-19, GALERIE D'ORLÉANS

LIBRAIRIE E. DENTU, ÉDITEUR

DU MÊME AUTEUR

MÉMOIRES D'UN COMMISSAIRE DE POLICE
2 vol. gr. in-18 jésus. Prix : 6 fr.

LA CELLULE Nº 7
1 fort vol. gr. in-18 jésus. Prix : 3 fr.

F. Aureau. — Imprimerie de Lagny.

LES NUITS

DU

BOULEVARD

PAR

PIERRE ZACCONE

TOME PREMIER

PARIS

E. DENTU, LIBRAIRE-ÉDITEUR

PALAIS-ROYAL, 17 ET 19, GALERIE D'ORLÉANS

1876

LES NUITS
DU BOULEVARD

LE CHATEAU DE GRAÇAY-CHAMBRUN

I

Le 5 novembre 1860, un homme d'une cinquantaine d'années environ, de taille élevée, d'apparence particulièrement robuste, gravissait d'un pas ferme le chemin qui conduit de la route départementale au château de Graçay-Chambrun, situé près de Mâcon.

Il portait un costume complet de velours gris, veste, gilet, culotte, et ses jambes nerveuses étaient enserrées dans de grandes guêtres de cuir jaune qu'un long usage avait considérablement éraillées.

Sous son bras gauche, un fusil Lefaucheux penchait son canon vers le sol, et sur son dos, une

énorme gibecière laissait voir, à travers ses mailles
de corde blanche, les oreilles et les pattes d'un
lièvre.

Cet homme s'appelait Martial. C'était un ancien
brigadier de gendarmerie, l'honneur et le dévouement mêmes! Le général de Graçay, qui le connaissait, l'avait emmené avec lui au moment où il
prenait sa retraite.

Jamais, depuis, on n'avait eu un reproche à lui
adresser, et on savait dans le pays que l'ancien brigadier eût donné sa vie à son général, si ce dernier
la lui avait demandée.

Le général s'était contenté d'en faire son garde,
et Martial apportait dans ces fonctions la ponctua-
lité, la tenue, la régularité mathématique, toutes les
qualités enfin, qui, lorsqu'il servait, l'avaient cons-
tamment désigné à la sympathie affectueuse de ses
chefs.

L'ex-brigadier continua sa route pendant quelques minutes encore, et quand il eut atteint le
sommet du raidillon dans lequel il était engagé et
qu'il découvrit le château, dont l'imposante silhouette se profilait à quelques centaines de mètres,
il s'arrêta, laissant tomber la crosse de son fusil à
terre et promenant un regard presque attendri sur
le paysage qui se déroulait à ses pieds.

Il pouvait être six heures, — l'heure mélancolique
et tendre de la campagne.

Les premières ombres du soir montaient lentement des vallées profondes, et s'étendaient comme
un voile de vapeurs sur les grands massifs d'arbres

séculaires. A l'approche de la nuit, tout bruit et
tout mouvement semblaient avoir cessé, et c'est à
peine si de loin en loin on entendait passer dans
l'air les notes dolentes et douces de ces mélopées
alpestres que chantent les pâtres en ramenant leurs
bœufs à l'étable.

L'homme resta un moment dans une attitude
contemplative et recueillie; au lieu d'embrasser
l'horizon tout entier, son regard s'était porté vers
la partie occidentale du parc qui longe la route de
Mâcon, et il s'y était arrêté avec une étrange obstination.

Il y avait là un épais fourré de vieux chênes du
milieu duquel émergeait la toiture élégante d'un
pavillon qui avait été naguère l'habitation du fils de
M. de Graçay-Chambrun.

Seulement, depuis quelques années, le pavillon
était abandonné; la porte et les fenêtres en restaient
hermétiquement closes, défense avait été faite de
pénétrer dans cette partie du parc, et les ronces et
les lianes, profitant de cette trêve accordée par le
jardinier, s'étaient multipliées avec une telle profusion, qu'elles formaient maintenant autour de l'habitation un lacis plus redoutable cent fois que tous les
engins défensifs inventés par la fortification moderne.

La cause de cet abandon était mal connue et, par
conséquent, fort commentée dans le pays.

Les uns prétendaient que le fils de M. de Graçay-
Chambrun avait disparu, d'autres affirmaient qu'il
était mort; mais nul n'avait pénétré la vérité, et

chacun regardait d'un œil également inquiet le sombre pavillon, s'obstinant à voir dans son état de délabrement la preuve d'un deuil ou d'une honte de famille!

Il y avait quelques minutes déjà que Martial s'oubliait dans sa rêverie, quand tout à coup il se prit à tressaillir, redressa brusquement le front et, ayant relevé son arme, se disposa à reprendre sa marche vers le château.

Mais au bout d'une vingtaine de pas, comme il allait franchir une brèche déjà ancienne que l'on avait négligé de faire réparer, il se trouva en présence du général qui venait à sa rencontre.

Il porta militairement la main ouverte à sa casquette.

Le général rendit le salut d'un air soucieux.

— Enfin! te voilà!... dit-il en même temps; je t'attendais avec impatience.

— Est-ce que vous avez quelques ordres à me donner, général?... demanda vivement Martial.

— Des ordres, non, mon ami, répondit M. de Graçay, mais j'ai à causer avec toi.

— Me voilà prêt.

— Ne restons pas ici, marchons; l'air du soir me fait du bien. J'ai besoin de respirer. J'ai besoin surtout de ne pas avoir sous les yeux...

Le général avait détourné les regards du pavillon, et venait de faire quelques pas dans la direction de la campagne.

Martial marchait respectueusement à ses côtés.

Pendant quelques secondes, aucune parole ne

fut échangée entre le maître et le serviteur... les
ténèbres s'épaississaient rapidement, et bientôt, on
ne distingua plus, sous l'ombre des arbres, que le
sinueux sillon, tracé par le sentier qu'ils avaient pris.

— Ce que j'ai à te dire est très-grave, reprit peu
après le général; c'est pour la dernière fois que
nous causons ensemble sur cette terre que m'ont
léguée mes ancêtres, et que j'aurais voulu laisser
intacte à mes enfants — à ma fille surtout! — Dieu
n'a pas voulu accorder cette joie suprême à ma vieillesse, et les déportements de mon malheureux fils
m'ont réduit à la nécessité de vendre le château de
Graçay-Chambrun.

— Eh quoi!... c'est donc vrai?... interrompit Martial avec un mouvement.

— C'est vrai! répondit le général en baissant le
front.

— La terre est vendue?

— Depuis huit jours.

— Et mademoiselle Réjane de Graçay sait-elle?...
Le général eut un geste farouche.

— Ah! c'est pour elle surtout que j'ai pris cette
résolution cruelle, — continua-t-il d'une voix
oppressée, — son frère depuis longtemps ne m'avait
plus laissé d'autre alternative. En cinq années, je
me suis ruiné pour le sauver de la honte. Tout ce
que j'avais, je l'ai donné, espérant toujours qu'il
reviendrait aux traditions d'honneur de la famille
des Graçay-Chambrun. Rien n'a fait! A peine
arraché à l'infamie, il s'est replongé de nouveau
dans sa vie de dissipations et de débauches. Ce

nom, qu'il a traîné dans la boue des bas-fonds les plus abjects, je tremble maintenant qu'il ne le porte un jour jusque sur les bancs de la Cour d'assises.

— Mon général !

M. de Graçay-Chambrun passa rapidement la main sur son front, comme s'il eût voulu en chasser la rougeur qui s'y était imprimée.

— D'ailleurs, c'est assez de faiblesse ! poursuivit-il, le misérable finirait par réduire sa sœur à la misère, et je ne veux pas que cela soit ! J'ai pris une résolution énergique. Le château est vendu, un de mes amis est allé à Mâcon recevoir les trois cent mille francs qui représentent le prix de cette vente, dans une heure il sera ici, et sous quelques jours j'irai, avec ma pauvre petite Réjane, chercher le calme et le repos à l'étranger, où je tâcherai d'oublier que j'ai eu un fils !

Il y eut un moment de silence.

Instinctivement, sur les derniers mots du général, Martial avait suspendu sa marche, et M. de Graçay s'était brusquement retourné.

— Eh bien... dit-il, d'un ton troublé... tu t'arrêtes... tu ne me suis pas...

— Faites excuse, mon général... balbutia le garde, c'est que... je réfléchissais.

— A quoi ?

— Oh ! une idée qui m'est venue...

Le général se prit à sourire.

— Je comprends, dit-il, d'un ton affectueux — et tu penses à ce que tu vas devenir, une fois la terre vendue.

— Moi! se récria Martial.

— Quoi de plus naturel et de plus légitime?... Tu es un vieux serviteur de ma famille... je n'ai jamais eu qu'à me louer de toi; et, en te quittant, j'aurai la satisfaction de t'annoncer que ton sort est assuré! Tu ne quitteras pas le château.

— Comment?

— Le vicomte d'Épernon qui s'en est rendu acquéreur, a consenti, sur ma demande, à ne rien changer à ta position... C'est un vieillard d'un caractère excellent... dont le fils est, m'a-t-on dit, le meilleur et le plus loyal des gentilshommes... Tu resteras près d'eux... continuant les errements du passé, et de loin en loin... tu nous donneras des nouvelles de cette chère demeure où j'aurais voulu mourir.

Martial serra, à la briser, la main que M. de Graçay lui avait tendue.

— Soit!... dit-il... soit, mon général, et je ferai tout ce qu'il vous plaira de m'ordonner... Seulement, il faut m'excuser, voyez-vous, mais ce n'est pas de cela qu'il s'agit...

— Explique-toi alors...

— Nous parlions de M. Henri tout à l'heure, et moi... j'ai, à son sujet, une idée qui n'est pas la vôtre...

— Hein!...

— Mon Dieu... qui sait... le jeune homme a vingt-cinq ans... et à cet âge...

— Que veux-tu dire?

— Il y a toujours de la ressource... il ne faut pas désespérer... peut-être...

— Quoi ! quoi ! parle... réponds... pourquoi ces réticences?... que signifient ces paroles?...

Martial hésita un moment... ses doigts crispés se tordirent sur le canon de son fusil... il avait envie de parler, et paraissait craindre de mécontenter le maître.

— Ah çà !... est-ce une énigme, insista ce dernier, et te décideras-tu enfin?

Martial fit un effort sur lui-même.

— Vous avez raison, répondit-il d'une voix émue — et je vois bien qu'il faut dire ce que je sais.

— Que sais-tu?

— Tout au moins ce que je crois avoir vu. C'était tout à l'heure — un moment avant de quitter la route départementale — au détour du sentier — j'ai entendu du bruit dans le fourré.

— Auprès du pavillon?

— C'est cela...

— Quelque lièvre, sans doute.

— Non, mon général. Ça me connaît, et je ne puis me tromper... D'ailleurs, j'étais intrigué et j'ai tenu à m'éclairer.

— Enfin...

— Enfin je me suis lancé dans la direction où j'avais entendu le bruit. — Il faisait encore un peu de jour et je n'avais pas fait vingt pas que j'ai aperçu, disparaissant sous un bouquet de chênes...

— Qui cela... qui?... achève !

— M. Henri !...

Le général étouffa un cri qui ressemblait à un sanglot, et comprima sa poitrine de ses deux poings.

— Lui! lui! murmura-t-il un instant après, tu en es sûr?

— Oh! on a de l'œil...

— Et que vient-il faire ici?

— Dame! je ne le lui ai pas demandé.

— Peut-être y a-t-il là quelque nouvelle honte à redouter.

Martial remua la tête.

— Pour ce qui est de ça, répondit-il, je crois, mon général, que j'ai trouvé mieux.

— Quoi donc?

— Je pense que M. Henri aura appris vos projets : la vente de Graçay-Chambrun, votre départ prochain — et qu'il vient — soumis et repentant.

— Ah! si cela était! interrompit presque violemment le général, — si tu pouvais dire vrai.

Mais il n'alla pas plus loin.

Presque aussitôt tout son être se prit à frissonner, et, le corps penché, l'oreille tendue, il écouta.

— N'entends-tu pas? demanda-t-il à voix rapide et basse.

— En effet! répondit Martial... Ce sont les pas d'un cavalier qui vient au galop par la grande route... Sans doute l'ami que vous attendez; voilà qu'il va tourner la corne du petit bois; dans trois minutes, au train dont il va, il sera devant la grille du château...

Le général gardait le silence et continuait d'écouter.

1.

On eût dit que quelque chose d'anormal se passait en lui, et qu'une bizarre et saisissante pensée absorbait tout autre sentiment.

Tout à coup, il tourna sa face livide vers Martial et proféra une énergique et sourde imprécation.

Deux coups de feu venaient de retentir dans la direction de la corne du bois, et deux cris de détresse et de rage avaient suivi de près la double détonation.

II

L'effet fut instantané.

Au bruit qu'ils venaient d'entendre, les deux hommes s'élancèrent à l'envi, et, quelques secondes après, ils arrivaient sur le lieu du sinistre.

Un rayon de lune avait filtré à travers les nuages, et, guidés d'ailleurs par les cris de la victime, ils ne tardèrent pas à trouver ce qu'ils cherchaient.

Sur la lisière du bois, au revers du fossé de la route, un homme gisait, le visage blême, les vêtements en désordre, la poitrine trouée par une large blessure d'où le sang s'écoulait à flots.

Le général s'agenouilla effaré et tremblant.

— Georges ! mon vieil ami ! s'écria-t-il, c'est donc toi... toi ! que l'on a voulu assassiner.

Et il chercha à soulever le moribond dans ses bras...

La blessure de ce dernier était grave, peut-être mortelle ; mais il respirait encore.

A· l'appel de son ami, il rouvrit péniblement les yeux, et un frisson parcourut tous ses membres.

Un moment même, il parut vouloir repousser le général de sa main nerveuse... et prononça quelques paroles à peine articulées.

— Assez ! laisse-moi, — murmura-t-il, — pendant qu'il roulait sa tête fallottante entre les bras de M. de Graçay.

— Que s'est-il donc passé ? insista celui-ci.

— Tais-toi !

— Tu as été attaqué... blessé... volé peut-être !...

— C'est cela.

— Volé ! volé aussi !

— Oui.

— Et quel est le misérable ?...

Le moribond fit un effort surhumain, il se souleva à demi sur son séant, et ses yeux démesurément ouverts dardèrent deux éclairs sur celui qui lui parlait.

Mais un intérêt poignant dominait à cette heure les résolutions du général ; — tout entier à un nouvel ordre d'idées, il ne prenait plus garde à l'état de son malheureux ami, — un ardent désir de connaître s'était emparé de lui — et les réticences mêmes par lesquelles on accueillait ses questions irritaient et décuplaient sa curiosité.

— Parle... mais parle donc ! reprit-il au bout d'un instant, la lèvre tordue, je veux tout savoir, entends-tu bien !... Écoute-moi donc, regarde-moi, réponds-moi, surtout !... Tu revenais de Mâcon apportant la somme que tu es allé toucher chez le notaire. C'est bien cela, n'est-ce pas ?

— Oui !

— Puis, arrivé à cet endroit de la route, un misérable a tiré sur toi ; atteint d'une balle en pleine poitrine, tu as roulé sanglant de ta monture... et sûr désormais de l'impunité, l'assassin s'est rué sur sa victime qu'il a dépouillée !

— Je ne pouvais plus me défendre.

— Pardieu ! mais cet homme ?... tu as distingué ses traits... Si tu le revoyais, peut-être pourrais-tu le reconnaître.

— Moi !... fit le blessé avec un geste d'épouvante.

— Qui sait même si tu ne le connaissais déjà avant de l'avoir rencontré en cette nuit fatale.

— Que dis-tu ?...

— Ah ! tu tressailles...

— Graçay !...

— Il y a sur les lèvres un nom que tu n'oses pas même prononcer !

— Horrible ! horrible !

— C'était donc lui ?...

— Par pitié pour toi-même, Graçay... ne me force pas à parler !...

Un rugissement de fauve souleva la poitrine du général, et ses ongles labourèrent son crâne chauve et nu !...

Puis, presque sans transition, il releva silencieusement le front, laissa retomber ses bras inertes le long de son corps, et ferma les paupières, pendant que deux grosses larmes coulaient lentement le long de ses joues.

Jamais pareille douleur n'avait déchiré le cœur d'un père.

Il y avait dix années à peu près que le général s'était retiré dans sa terre de Graçay-Chambrun.

Il venait alors de perdre sa femme, et restait seul au monde avec deux enfants :

Son fils, Henri, à peine âgé de quinze ans; — sa fille, Réjane, qui n'en avait pas quatre encore.

Sa vie avait été, jusque-là, celle d'un soldat insouciant, et, par conséquent, relativement heureux.

La mort de sa femme fut le premier chagrin qu'il éprouva, et il en conçut une sorte de mélancolie qui, pendant quelque temps, jeta comme un voile sur son esprit.

Mais il ne tarda pas à reprendre le dessus; les infinis détails d'une exploitation agricole, les distractions violentes de la chasse, par-dessus tout la surveillance que nécessita bientôt l'éducation de ses deux enfants, tout cela exerça une heureuse influence sur sa nature particulièrement énergique, et une année s'était à peine écoulée, qu'on le citait dans le pays comme le plus actif et le plus pratique de tous les gentilshommes campagnards.

Henri était alors au collège à Paris; il s'y était signalé par une intelligence précoce et des aptitudes exceptionnelles, et il était permis d'espérer que, le jour venu, il tiendrait une place importante dans le monde où il était appelé à vivre.

Quant à la petite Réjane, c'était bien la plus charmante créature qui fût au monde.

Lorsque le général la voyait arriver chaque matin dans sa chambre, avec ses yeux noirs déjà profonds, ses longs cheveux, qui faisaient comme un nimbe d'or à son front, il ne pouvait se rassasier de la regarder, et sa voix rude savait trouver pour elle des intonations qui avaient la douceur d'une caresse ou d'un baiser...

Jamais il ne se serait douté des trésors de tendresse que renfermait son cœur de soldat !

Malheureusement, ce bonheur fut de courte durée.

Un jour, une heure suffit pour détruire les rêves dont il berçait sa vieillesse.

A peine livré à lui-même, Henri avait oublié les leçons d'honneur qu'il tenait de son père. — Dès les premiers pas, le pied lui avait glissé ou le vertige l'avait saisi, et, emporté sur la pente fatale, il avait roulé dans l'infamie.

Est-il besoin de préciser la faute commise.

La chute fut rapide, presque foudroyante, et elle s'accomplit dans des circonstances qui témoignaient d'une perversité aussi redoutable que précoce.

Le général réussit à cacher à tous la honte de son enfant. A prix d'or, il le sauva de l'infamie, et le contraignit à partir pour l'Afrique, lui ordonnant de s'y réhabiliter ou d'y mourir !...

A la suite de cette première épreuve, il eut un moment de calme relatif.

Henri paraissait s'être amendé; aux lettres que M. de Graçay recevait de ses anciens compagnons d'armes, il pouvait croire que son fils tentait de racheter sa première faute... — Mais ce ne fut là qu'un nouveau leurre, et quelques mois plus tard, il apprenait que le malheureux venait de disparaître au moment où il allait être arrêté, pour avoir mis en circulation de fausses lettres de change.

L'épouvantable nouvelle le frappa au cœur... Tout espoir était désormais perdu... C'était la ruine et la honte qui le menaçaient et il n'eut plus alors qu'une pensée, celle de vendre le château de Graçay-Chambrun, et d'aller vivre ignoré avec sa fille, dans quelque localité inconnue de l'étranger.

Tous ces souvenirs passèrent en quelques minutes avec la rapidité de l'éclair, devant l'esprit du général.

L'horreur que lui inspirait le passé n'était rien en comparaison de ce qui se présentait dans le présent, et, sous l'empire de la surexcitation qu'il éprouvait, ses résolutions prirent en quelque sorte un accent implacable et sauvage.

Il se retourna violemment vers les domestiques, que le bruit des détonations avait attirés, et leur indiqua le moribond qui était lourdement retombé sur le sol, et dont la poitrine se soulevait par bonds inégaux sous l'effort du râle de l'agonie.

— Portez ce malheureux au château, dit-il d'une voix brève et sèche; vous enverrez chercher le médecin du bourg et l'on avisera au moyen de le sauver, si c'est possible. Dans un instant, j'irai moi-même m'asseoir à son chevet.

Puis, promenant son regard sombre autour de lui.

— Où est Martial ? ajouta-t-il, en fronçant le sourcil.

— Martial vient de s'éloigner avec le jardinier, répondit un des valets; ils ont entendu quelque chose du côté du pavillon — et soupçonnant que l'assassin fuyait dans cette direction, ils se sont mis à sa poursuite.

Une lueur éclaira le regard du général.

— Bien ! c'est bien ! répondit-il; allez, mes amis; exécutez ponctuellement les instructions que je viens de vous donner et dans quelque minutes, je serai rentré au château.

Les domestiques s'empressèrent de se conformer aux ordres de leur maître; un brancard fut aussitôt installé par leurs soins, et ils ne tardèrent pas à s'éloigner emportant leur sinistre fardeau.

Le général avait suivi tous ces préparatifs avec intérêt... mais dès qu'il eut vu les hommes disparaître, il se redressa de toute la hauteur de sa taille, et secouant le front, il s'élança à la recherche de Martial.

Son cœur se gonflait dans sa poitrine, sa respiration était haletante; il marchait d'un pas résolu et ferme.

De temps à autre pourtant, il s'arrêtait brusquement, mordait ses lèvres avec violence, et pressait ses tempes de ses deux mains affolées...

— Non ! non ! balbutiait-il... Plus de pitié... plus
de faiblesse !... Il a tué le père... Il ne trouvera plus
que le juge implacable et terrible !...

Tout à coup, il prêta l'oreille...

Il était arrivé non loin du taillis qui formait
comme une ceinture impénétrable au pavillon, et au
moment de franchir cette enceinte... il avait entendu
une plainte douloureuse suivie d'une imprécation
impie !...

La sueur perla à son front, toute sa chair se prit
à frissonner...

L'assassin était là, à quelques pas, blessé lui-
même, mourant peut-être.

Le pauvre vieillard sentit une terreur sans nom
l'envahir,

Mais il n'eut pas la force d'aller plus avant, et
attendit anxieux et glacé.

— Qu'allons-nous faire ? demanda alors une voix
qu'il reconnut pour être celle du jardinier.

— Pardieu ! répondit Martial, nous n'avons qu'à
le prendre, toi, par les jambes, moi, par la tête, et
nous le transporterons chez M. Henri.

— Et après ?

— Après ? Eh bien... tu iras prévenir le général,
et nous ferons ce qu'il ordonnera.

Les deux hommes s'éloignèrent alors, et le général comprit qu'ils se dirigeaient vers le pavillon.

Dès lors, son hésitation céda bien vite, et il se mit
à les suivre, réglant attentivement sa marche sur la
leur.

Depuis quelques secondes, son cœur s'était ouvert à un nouveau sentiment, et, chose bizarre, une sensation aussi profonde qu'inattendue l'avait pénétré tout entier.

Ses artères battaient moins vite... sa poitrine respirait moins oppressée... par instants de singuliers éclairs sillonnaient son regard...

— Mon Dieu! mon Dieu!... disait-il, les deux mains sur ses lèvres... si cela était possible!... si Martial s'était trompé!...

Il se tut!

Le pavillon était devant lui.

On venait d'ouvrir une des fenêtres du rez-de-chaussée, et l'on avait allumé une bougie.

C'était le moment critique!

Le général n'y tint plus, et refoulant les dernières épouvantes qui venaient l'assaillir, il franchit le seuil de la porte et se précipita dans la chambre où l'assassin avait été déposé.

Ce fut là tout ce qu'il put faire...

Car il eut à peine jeté un regard sur le blessé qu'un immense cri s'échappa de ses lèvres... son cœur se dilata jusqu'à éclater, et il se laissa tomber lourdement sur un fauteuil...

Le blessé... le voleur... l'assassin qui était là... ce n'était pas son fils!

Son ami avait mal vu... Martial s'était trompé!

Henri était innocent de l'odieux guet-apens dont, un moment, il l'avait pu croire coupable!...

La défaillance de M. de Graçay fut du reste de courte durée. Presque aussitôt il revint à la réalité, et repoussant vivement Martial, qui était accouru, il marcha vers le divan sur lequel on avait placé le blessé.

La confiance était rentrée dans son cœur.

La blessure qu'avait reçue le voleur, la célérité avec laquelle on s'était emparé de lui, l'espèce d'anéantissement et de torpeur dans lequel il restait plongé, tout attestait qu'il n'avait pas eu le temps de dissimuler le produit de son vol, et que le portefeuille soustrait se trouvait encore en sa possession.

C'était le point important.

Ce portefeuille contenait la fortune de sa pauvre et chère Réjane, et à ce moment, le général ne voyait rien autre chose.

Le blessé était étendu sur le divan, la tête renversée, les bras pendants le long du corps, les yeux clos.

Sa respiration était calme, et sans la pâleur livide répandue sur ses traits, on eût pu croire qu'il ne souffrait pas !...

— Il dort ?... fit le général à voix basse, en s'adressant à Martial.

Celui-ci remua la tête.

III

— Je ne pense pas ! général, répondit-il. — Seulement, il a perdu beaucoup de sang... et cela l'a
affaibli.

— Où est-il blessé?

— A l'épaule.

— Par derrière?

— Précisément.

— Il fuyait alors !

Martial fit un geste singulier, pendant qu'un pli se
creusait sur son front.

— Il y a là un mystère que je n'ai pu éclaircir,
continua-t-il au bout d'un instant... il est certain
que c'est ce misérable qui a dû tirer le premier... il
est vraisemblable qu'après avoir tiré, il s'est rué sur
sa victime pour la dépouiller et c'est alors qu'il a
reçu une balle dans l'épaule droite...

— Eh bien?...

— Eh bien, mon général... voilà où commence l'étrange.

— Explique-toi...

— C'est que je crois pouvoir vous affirmer que la victime n'avait que des pistolets d'arçon, tandis que la balle qui a frappé cet homme est, bel et bien, une balle de revolver.

— Enfin, quelle est la conclusion?

— Je ne conclus pas, mon général; je pense seulement qu'il y a là quelque chose de bizarre et qui demande a être expliqué, voilà tout.

Une ombre passa, à cette observation, sur le front de M. de Graçay qui se tourna vers le blessé...

Ce dernier n'avait pas bougé!... il conservait son attitude de statue et à peine un œil attentif aurait-il pu surprendre un léger tressaillement sur son visage de marbre.

— Tu ne l'as pas interrogé encore?... demanda M. de Graçay, avec un certain tremblement dans la voix.

— Non, mon général, répondit Martial. Seulement, avant de le transporter ici, Anthelme et moi, nous l'avons fouillé.

— Ah!

— Toutes ses poches ont été visitées avec soin.

— Et vous n'avez rien trouvé?

— Rien.

— Mais le portefeuille! Cette fortune que rapportait Georges. Ah! vous avez mal cherché, et je veux moi-même...

Quelque répugnance que lui inspirât l'acte auquel

il allait se livrer, le général se pencha aussitôt sur le blessé, et il se disposait à procéder à une perquisition rigoureuse, quand il recula effaré et terrifié devant le spectacle qui s'offrit à son regard.

Un rire sec et nerveux venait d'éclater dans la chambre, et l'assassin, pâle comme un spectre, les sourcils contractés, la lèvre tordue par un horrible rictus, s'était levé sur son séant :

— Ah! vous pouvez me fouiller, prononça-t-il avec cet accent intraduisible que l'on n'entend guère que dans les plus mauvaises banlieues de Paris; la besogne a été faite déjà... mais si le cœur vous en dit... vous pouvez y aller tout de même !

Le général ne répondit pas...

C'est à peine s'il avait entendu !...

Tout entier à l'effarement qui s'était emparé de lui, son esprit tournoyait comme pris de vertige... c'était quelque chose qui ressemblait à un épouvantable cauchemar; il se sentait glisser sur une pente qui l'emportait malgré lui vers des abîmes faits de ténèbres, hantés par des hallucinations faites de fièvre ou de folie...

Jamais il n'avait rien éprouvé de pareil... jamais non plus il n'avait vu se dresser devant lui une aussi effrayante apparition.

Figurez-vous une tête hideusement convulsée, ombragée de cheveux roux qui masquaient en partie le front, et appuyée sur un cou énorme et nu dont les veines étaient gonflées outre mesure. Une barbe inculte et, pour ainsi dire, hérissée, tranchant sur le ton blême des joues; puis, au milieu de tout cela,

deux petits yeux ardents et vifs, d'une mobilité
insaisissable et dont les paupières battaient après
chaque éclair qu'ils lançaient.

D'où venait cet homme?... de quel monde s'était-il
échappé?... à quel cercle des enfers sociaux appar-
tenait-il?

Le général, qui n'avait jamais lu que la loyauté
et l'honneur sur le visage des soldats qu'il com-
mandait naguère, restait comme frappé de stupeur,
et il n'osait plus ni faire un geste, ni proférer une
parole.

— Où suis-je? quel est cet homme? balbutia-t-il
enfin au bout d'un instant, comme au sortir d'un
rêve.

— Pour ce qui est de moi, — répliqua le blessé
— on m'appelle Lombard et je serais mal venu à
faire mon éloge en un pareil moment. Cependant...

— C'est toi qui as assassiné mon ami?

— Oh! il ne faut pas confondre autour avec alen-
tour, mon général. J'ai tiré le premier coup, c'est
vrai. — Mais le second! c'est une autre paire de
manches!

— Que dit-il?

— Je m'explique peut-être mal, mais le cœur y
est...

Un nuage de sang passa devant les yeux du général, à ces paroles ironiques, et il s'oublia jusqu'à
saisir avec emportement le bras du misérable.

— Ah! tu railles! s'écria-t-il d'un ton saccadé et
violent; mais je te livrerai à la justice... je t'enverrai
au bagne, à l'échafaud... entends-tu bien!... et si

tu ne parles pas... si tu ne dis pas ce que tu as fait du portefeuille que tu as volé...

Lombard cligna de l'œil, haussa les épaules et fit entendre une sorte de doux gloussement.

—Eh! eh!... vous demandez des renseignements?... interrompit-il d'un ton goguenard; eh bien! le bureau est ouvert, et vous pouvez passer au guichet... d'ailleurs... la chose est simple comme bonjour, et un enfant saisirait... mais il ne faut pas faire le méchant.., car je puis vous être non moins utile que désagréable,..

Et comme son interlocuteur le regardait interdit :

— Moi, continua-t-il du même ton, je sais comprendre toutes les délicatesses du sentiment, et je ne ferai rien qui puisse ajouter à la douleur d'un père! On a eu aussi des enfants, quoi!... Toutefois, il est bien convenu que ce sera donnant donnant, et que si je me tais, vous aurez pour mon silence tous les égards qu'il mérite.

— Ah! parle! parle!

— Voici la chose!... — Vous avez entendu deux coups de feu, n'est-ce pas!

— Oui... oui... après.

— Le premier, c'est moi qui envoyais une balle à votre ami, et j'aurais mauvaise grâce à le nier; mais le second! c'était mon *copain*, qui, après avoir vu tomber l'homme au portefeuille, brûlait de me refroidir, pour profiter seul du fruit de l'assassinat.

— Tu avais donc un complice?

— Un enfant, mon général, un enfant sur lequel

2

je fondais les plus légitimes espérances, et qui m'a indignement trompé.

— Et il s'est enfui?

— Sans laisser son adresse!... ni dire s'il reviendrait!

Un éclair de joie sillonna le regard de M. de Graçay qui se tourna vers Martial :

— Tout espoir n'est donc pas perdu, s'écria-t-il, aussitôt : Martial !... tu vas courir chez le juge de paix... Le voleur n'a pu se diriger que vers la Suisse, et en télégraphiant dans cette direction, on l'arrêtera avant qu'il ne franchisse la frontière!... Va! ne perds pas de temps... et songe que c'est la fortune de ma pauvre Réjane qu'il s'agit de sauver!

Lombard eut un geste de tendre compassion.

— La! la! objecta-t-il, prenez garde, mon général; ne mettez pas tant de précipitation dans vos actions... car peut-être vous repentiriez-vous d'avoir aidé vous-même à faire arrêter le coupable.

Le général sentit, à cette insinuation, son sang se figer dans ses veines... et toutes les terribles pensées qu'il était parvenu à chasser revinrent en foule assiéger son esprit.

— Quel est donc ce complice?... balbutia-t-il d'une voix qui s'étranglait dans sa gorge.

— Je croyais que vous l'aviez deviné! repartit Lombard, mais si vous désirez que je vous le nomme.

— Tais-toi!...

— Alors, vous y êtes.

— Lui!... lui!... lui!...

Il y eut un moment de silence.

Le général se taisait, atterré et confondu, — et Martial, les mains tendues vers le blessé, se disposait à comprimer ses lèvres, pour l'empêcher de de prononcer une parole de plus.

Lombard s'étendit nonchalamment sur le divan.

— Du reste, dit-il avec calme, je n'ai pas voulu vous prendre en traître... et j'espère que vous m'en saurez gré!... Je pouvais tout compromettre en jabottant avec la justice... il me suffisait de dire un mot, pour que le petit allât passer quelques années sur le quai de Toulon ou dans les *Iles du Salut*, dont le climat est fort malsain... Rien qu'à cette idée, je me suis senti ému. — Une perte d'argent, ça se répare; tandis que l'honneur, ça se raccommode difficilement... d'ailleurs, l'enfant est jeune... il peut se repentir et revenir au bien... j'ai réfléchi à tout cela... et voilà ce que je vous propose...

Les deux hommes relevèrent la tête et écoutèrent.

— J'ai reçu une balle dans l'épaule, poursuivit Lombard d'un ton plus sec et plus ferme. La blessure n'est pas mortelle, et avec des soins attentifs la guérison est certaine; — c'est une affaire de quelques jours. Le général ne refusera pas de me garder chez lui jusque-là!... et une fois sur pied, dès qu'il m'aura rendu à la vie et à la santé, il me donnera un billet de mille pour m'aider à gagner l'étranger. Cela arrange tout le monde, et j'ajoute que jamais plus on n'entendra parler de Lombard ni de son complice.

Le général avait écouté, le cœur haletant, l'œil ardent, les mains crispées.

Le rouge de la honte, la pâleur de la colère montaient alternativement à ses joues altérées, une résolution inattendue éclairait ses traits; il se pencha sur son interlocuteur.

— Ainsi, voilà tout ce que tu as trouvé? dit-il d'une voix acérée. — C'est par ce moyen que tu espères échapper au châtiment que tu as encouru.

— En auriez-vous trouvé un meilleur? demanda Lombard avec ironie.

— Il y en a un.

— Lequel?

— Nous voici seuls à cette heure, dans ce pavillon isolé, où nul ne nous regarde ni ne peut nous entendre! Et s'il me prenait fantaisie de te rendre muet à jamais; si, usant des armes dont tu t'es servi toi-même, j'ordonnais à Martial de débarrasser une bonne fois la société d'un misérable tel que toi, crois-tu que la justice me demanderait compte de mon action, et qu'une voix humaine s'élèverait pour crier vengeance en ta faveur?

— Ah! vous ne feriez pas cela!... balbutia Lombard subitement épouvanté.

Et comme il se soulevait de nouveau, il aperçut le garde qui venait d'armer son fusil.

— Général!... continua-t-il, ce serait un meurtre odieux!... vous ne frapperez pas un homme sans défense... vous ne commettrez pas un pareil crime.

Le général écarta l'arme de Martial dont le canon s'abaissait déjà vers Lombard. Il était revenu au calme et à la raison.

— Non! dit-il avec effort... non! mon bon Martial... n'excédons point notre droit... et laissons à Dieu le soin de juger et de punir!...

Puis pressant une dernière fois son front de ses deux mains, il gagna la porte à pas rapides, et disparut dans la direction du château.

———

L'événement qui venait de s'accomplir donna lieu dans le pays à bien des commentaires; pendant quelques semaines, on en parla avec animation et chacun tenta de pénétrer le mystère dont cette affaire était enveloppée.

Mais nul n'y réussit, et la justice elle-même, dépistée par les réponses de Martial et celles du général, pressentant vaguement quelque chose d'inusité et de supérieur dans ce meurtre dont les auteurs avaient disparu comme par miracle, la justice elle-même, disons-nous, renonça à faire la lumière sur ces ténèbres, et abandonna ostensiblement les poursuites.

Du reste, un autre sujet presque aussi mystérieux vient bientôt offrir une nouvelle pâture à la curiosité publique.

Un mois s'était écoulé.

Un matin, vers cinq heures, un omnibus du chemin de fer quitta le château de Graçay-Chambrun, emportant le général, sa fille Réjane et le garde Martial.

A une demi-lieue environ, sur la route qui conduit à la station du chemin de fer, il y a une montée

2.

du haut de laquelle on peut embrasser d'un coup
d'œil tout le pays environnant.

Arrivé là le général était descendu de voiture avec
Réjane et Martial.

Puis le père et l'enfant s'étant tournés une dernière fois vers le château qu'ils abandonnaient, ils
étaient restés un moment attendris et muets n'osant
se communiquer toutes les pensées qui emplissaient
leur cœur.

Enfin, le général remua rudement la tête, prit les
mains de sa fille, et l'attira doucement dans ses
bras.

— Nous nous en allons vers un avenir incertain.
— Ma pauvre et chère Réjane, dit-il avec un sanglot,
emporte l'image impérissable de la demeure où se
sont écoulées les belles années de ton enfance... et
tâche de puiser, dans ce souvenir, le courage d'af-
fronter les épreuves que te réserve peut-être la vie
nouvelle où tu vas entrer...

Alors il embrassa follement le front de la jolie
enfant, et l'entraîna vers la voiture qui les attendait
à quelques pas.

Une demi-heure plus tard, ils serraient les mains
de Martial, qui sanglotait, et montaient dans le train
de Paris.

PREMIÈRE PARTIE

CINQ ANS APRÈS

I

« Hier mercredi, vers quatre heures du matin, le vicomte Gontran d'Épernon, regagnant l'appartement qu'il occupe, rue de la Chaussée-d'Antin, a trouvé, dans les environs de la rue Basse-du-Rempart, un homme baigné dans son sang et qui ne donnait plus signe de vie.

« L'alarme a été donnée aussitôt : deux sergents de ville se sont empressés d'accourir, et assistés par M. le docteur Duplan, que l'on avait envoyé chercher, ils ont pu procéder aux premières constatations.

« La victime est un' nommé Bocquillon, individu fort suspect, de mœurs douteuses, depuis longtemps surveillé par la police, et qui était signalé pour ses habitudes invétérées d'intempérance.

« Chose singulière !... au moment où on l'a fouillé, il portait dans la poche gauche de son gilet deux pièces d'or à l'effigie de Louis XVIII.

« On suppose qu'il se sera pris de querelle avec
quelques vagabonds, gens dont il faisait sa société
ordinaire ; qu'une rixe aura eu lieu, et que ses ad-
versaires épouvantés auront pris la fuite, sans même
tenter de le voler.

« La justice informe, et nous ferons prochainement connaître à nos lecteurs le résultat de ses investigations. »

Ce fait divers paraissait le matin du 21 décembre
1865, dans un des journaux judiciaires les mieux
accrédités de la capitale ; mais le ton avec lequel il
était rédigé empruntait un tel accent d'indifférence,
et le journal paraissait porter une si faible sympathie aux assassins et à la victime, que la curiosité
publique s'émut fort peu de l'événement, et nous
n'eussions nous-mêmes jamais songé à relever l'article en question, si des considérations toutes particulières ne nous en avaient imposé l'obligation.

Les circonstances à la suite desquelles s'était accompli ce meurtre, en apparence banal, tiennent,
en effet, si étroitement au récit que nous entrepre-
nons d'écrire, quelques-uns de nos principaux per-
sonnages y ont pris indirectement une part si effec-
tive, que nous ne croyons pas pouvoir nous dispenser
de les relater dans tous leurs détails.

Voici donc comment les faits s'étaient passés, et
le lecteur verra à quel point le bizarre se mêle ici à
l'imprévu et à l'invraisemblable.

On était au 19 décembre 1865.

Onze heures venaient de sonner ; une circulation
active animait le boulevard ; et dans l'espace com-

pris entre la porte Saint-Denis et la rue de la Chaussée-d'Antin, c'était un mouvement de voitures, une
cohue, un tapage, un grouillement excessif que l'on
ne rencontre qu'en cet endroit, et dont on demanderait vainement l'équivalent aux autres capitales de
l'Europe.

En ce moment, un coupé, venant de la Madeleine
au trot allongé d'un magnifique alezan, tourna tout
à coup le boulevard et, ralentissant son allure, vint
s'arrêter à la porte de l'Eldorado.

Un homme sauta aussitôt de l'intérieur, ordonna
au cocher de l'attendre, et se mit à arpenter le trottoir de long en large.

Cela dura un quart d'heure à peine, au bout duquel une jeune femme, enveloppée frileusement
dans un ample manteau de fourrures, sortit du cé-
lèbre établissement lyrique, suivie par une sorte de
voyou qui portait un énorme bouquet de camélias,
et se précipita vers le coupé dont le promeneur
s'était empressé d'ouvrir la portière.

Alors, la jeune femme prit place dans la voiture ;
l'homme s'assit à ses côtés, et après avoir jeté une
pièce de monnaie à l'officieux porteur du bouquet :

— Place de la Madeleine, 3, dit-il au cocher.

Le coupé disparut comme un trait.

La jeune femme était la jolie *Brin-de-Tulle*, fort
connue et très-recherchée dans le monde de la galanterie. L'homme était tout simplement M. Charles
Cardinet, un coulissier, moins recherché peut-être,
mais à coup sûr tout aussi connu sous les colonnes

de la Bourse, de deux à trois heures, et sur le boulevard des Italiens de neuf à dix.

Le coupé brûlait le pavé avec une rapidité vertigineuse, déjà il avait dépassé le faubourg Montmartre, lorsque Brin-de-Tulle, qui était restée jusque-là plongée dans une sorte de rêverie inquiète, se dressa du coin où elle s'était accolée, et se tourna avec un sourire vers le jeune homme qui l'accompagnait.

— Tout de même, dit-elle, tu es gentil d'être venu me chercher... C'est mon dernier jour à l'Eldorado... demain, je suis libre de tout engagement, et je ne me sens pas, vois-tu, en songeant que je ne remettrai plus les pieds dans tous ces *bouis-bouis*.

— Cependant ! objecta le coulissier d'un ton ironiquement timide...

— Ah ! voilà ! s'écria la jeune femme, les hommes sont tous les mêmes. Dès que nous les admettons dans notre intimité, ils ne veulent plus croire à notre talent ! Si tu avais vu cependant le succès-bœuf que j'ai obtenu ce soir ?

— Vraiment...

— C'était du délire... on m'a rappelée, couverte de fleurs... C'est le directeur qui faisait un nez !

— Enfin, que vas-tu faire ? Tu as voulu rompre ; je t'avais conseillé de patienter ! — Et maintenant?...

— Maintenant, — interrompit vivement Brin-de-Tulle... — Veux-tu que je te dise ce qui est arrivé?

— Oui, je veux que tu me le dises.

— Une chance inespérée — mon petit — des propositions comme on n'en ferait pas à Schneider.

— Parle ! parle !

La jeune femme n'eut pas le temps de répondre.

— La voiture venait de s'arrêter devant le n° 3 de la place de la Madeleine.

Cardinet offrit la main à Brin-de-Tulle, et pendant qu'elle s'éloignait pour gagner l'entre-sol où elle demeurait, il la suivit portant à son tour le bouquet qui était là comme un éclatant témoignage du triomphe qu'on avait fait à la jeune chanteuse.

Un instant après, ils pénétraient tous les deux dans le délicieux boudoir de la jolie pécheresse...

Un bon feu pétillait dans la cheminée ; dix bougies allumées répandaient une vive lumière dans la pièce ; Brin-de-Tulle jeta à la hâte son manteau aux mains de sa cameriste, et, s'étant assise, elle présenta ses pieds à la flamme du foyer.

Brin-de-Tulle avait des épaules divines, et des pieds adorables.

Mais, pour le moment, Cardinet ne prenait garde ni à ses pieds ni à ses épaules.

Le bouquet qu'il avait déposé sur un meuble de Boule absorbait toute son attention.

— Il n'est venu personne encore ? demanda alors Brin-de-Tulle à sa femme de chambre.

— Non, madame, répondit celle-ci.

— Bien !... S'il vient quelqu'un avant que je ne sois là, vous ferez attendre, je ne serai pas longtemps.

— Tu sais ! continua la jeune femme, je donne

une petite soirée... pour fêter ma libération ! Les
intimes seuls sont invités — j'espère que tu nous
restes ?

Et comme aucune réponse n'était faite à ses questions, elle se tourna vivement.

— Ah çà... à quoi penses-tu donc?... ajouta-t-
elle, je te trouve tout chose, ce soir... est-ce que la
Bourse a monté ?...

— Je crois que oui...

— Et tu es à la baisse.

— En effet.

— Toujours la déveine !... faut soigner ça!... moi
qui suis à la hausse... j'ai bien envie de me vendre
à la Bourse de demain...

Le mot était innocent sans contredit, et la jeune
femme n'y avait mis aucune intention. Mais le
coulissier n'en eut pas moins un sourire équivoque.

— Décidément tu as quelque chose, fit Brin-de-
Tulle d'un ton plus net.

— C'est Adolphe qui t'a remis ce bouquet ? interrogea Cardinet, comme s'il n'eût pas entendu.

— Certainement, c'est Adolphe... répliqua la
jeune femme; mais il était chargé de me le remettre.

— Par qui...

— Un inconnu !

— As-tu remarqué qu'il contient un billet ?

— Sans doute.

— Alors, tu l'as lu ?

— Cette bêtise !...

Brin-de-Tulle se leva, prit le bouquet, et en retira un billet qu'elle présenta ouvert à Cardinet.

— Lis ! dit-elle en même temps ; et quand tu auras lu, tu me diras ce qu'il faut que je fasse.

Cardinet lut ce qui suit :

« Ma chère enfant,

« J'apprends que vous êtes libre, et qu'aucune
proposition ne vous a encore été faite... Votre personne et votre talent m'ont depuis longtemps inspiré la plus vive sympathie, et je serais doublement
heureux, si vous vouliez bien accepter l'engagement
que je viens vous offrir.

« Vous seriez attachée, dès ce moment, au théâtre que je commandite ; vos appointements seraient
fixés au chiffre de deux mille francs par mois, et je
ne doute pas que, mise en vedette, comme il convient à une femme de votre beauté et une artiste de
votre mérite, vous n'arriviez rapidement à la place
à laquelle vous avez droit.

« Vous recevez, ce soir, quelques amis ; l'un des
miens, qui est aussi des vôtres, veut bien me présenter. Permettez-moi d'espérer que vous ferez bon
accueil à une démarche qui m'est inspirée par un
sentiment que je serais heureux de vous faire partager. »

— Eh bien ! fit Brin-de-Tulle, quand Cardinet eut
fini de lire.

— Eh bien ! répondit ce dernier, la lettre est peut-

3

être un peu longue, mais elle ne pêche pas par excès d'obscurité.

— Il n'y a que la signature qui manque.

— Bah ! et cette couronne de baron ? et ces ini-
tiales S. de S... ? que faut-il de plus. — Vous m'auriez donné une bien mauvaise idée de votre perspi-
cacité, si je pouvais douter que vous ayez deviné.

— Alors, vous croyez que c'est...

— Le baron Sosthène de Simler, parbleu !

— Et que pensez-vous de ses propositions ?

Ainsi que le lecteur le remarquera, par un effet
naturel et logique de l'impression qu'avait dégagée
chez les deux jeunes gens la lecture de la lettre, ils
avaient l'un et l'autre renoncé au tutoiement sans,
pour ainsi dire, s'en apercevoir.

— Je pense, ma chère amie, répondit Cardinet,
que vous auriez tort de négliger ces offres. Le baron
est fort jeune, très-riche, et on m'a dit quelquefois
qu'il vous aimait... cela est plus sûr que de jouer à
la Bourse.

— Alors, vous m'engagez ?...

Cardinet ne répondit pas tout de suite.

Tout en parlant, Brin-de-Tulle avait tourné vers
lui ses belles épaules inondées d'une lumière vapo-
reuse et tendre et avançait sa jambe dont la flamme
éclairait les lignes exquises.

Un frisson courut sur sa peau, et un regret glissa
peut-être sur son cœur.

Mais ce fut rapide et fugitif comme un éclair ;
presque aussitôt il reprit possession de lui-même et
tendit la main à la jeune femme.

— Nous sommes des gens pratiques, nous deux, dit-il alors d'un ton désormais fort calme... tu veux faire fortune, moi aussi, et l'honnêteté est ici d'accord avec notre intérêt. Suis donc ton inspiration... et ne crains pas de blesser mon amour-propre...,

— Enfin, que faut-il faire ? interrogea Brin-de-Tulle.

— Le baron va venir ?

— Je le crois.

— Dis que tu l'espères.

— Je dirai ce que tu voudras...

— Il te parlera de la demande qu'il t'a adressée ; si tu veux suivre un bon conseil... remets à demain la réponse que tu auras à lui faire.

— Est-ce tout ce que tu demandes ?

— C'est tout.

— Il sera fait comme tu le désires.,

Cardinet baisa la main qu'on lui avait abandonnée, et alla prendre son chapeau.

— Tu pars ? fit la jeune femme.

— Je viens d'entendre le timbre de l'antichambre, répondit Cardinet ; ton monde arrive... je ferais peut-être triste figure au milieu de cette petite fête, et j'entends n'être importun à personne.

— Mais tu ne m'en veux pas ?...

— Allons donc !

— Je te reverrai...

— Quand tu seras ruinée — ou quand j'aurai fait fortune.

Il pouvait être une heure — la nuit était claire et

fraîche, et Cardinet avait besoin de respirer... Il
partit.

Une fois sur le boulevard, il consulta sa montre.

— Le rendez-vous est indiqué pour une heure et
demie, dit-il, le sourcil contracté... j'ai encore le
temps de rentrer— voilà la première fois que je me
sens ému... Que peut me vouloir cet homme?...
Quel est-il?... Que dois-je attendre de cette aventure?...

Tout en songeant de la sorte, il s'était mis en
marche vers le boulevard des Italiens.

Or, à cette même heure, trois jeunes gens sor-
taient du café Riche, et bien que chacun d'eux eût
son coupé qui stationnait à la porte de la rue Le
Peletier, ils s'éloignèrent à pied, le cigare aux lèvres, dans la direction de la Madeleine.

II

Des trois jeunes gens dont nous venons de parler,
le plus jeune, à peine âgé de vingt-cinq ans, appartenait à la classe de ces privilégiés qui n'ont eu qu'à
naître pour être heureux; son père, le baron de
Simier, lui avait laissé en mourant six millions
gagnés dans l'industrie métallurgique, et le jeune
Sosthène jouissait depuis trois années d'un revenu
qui dépassait souvent trois cent mille francs.

Il faisait, du reste, de sa fortune, un emploi auquel il y avait peu à reprendre.

Il commanditait bien, il est vrai, quelques-uns de
ces théâtres, où l'art est médiocrement honoré, et
entretenait avec les notoriétés du tour du Lac, des
relations assidues dont le caractère n'était point
précisément licite, mais son esprit légèrement borné
se doublait d'un cœur que l'ambition ou la vanité

n'avait jamais troublé; et ses amis lui pardonnaient volontiers son insuffisance en faveur de sa simplicité expansive qui n'était point sans charme.

Le second s'appelait le vicomte Gontran d'Épernon.

Vingt-sept ans au plus : grand, élancé, bien pris dans sa taille; avec une moustache qui estompait sa lèvre fine et des cheveux noirs qui encadraient un front pur et fier.

Gontran était un gentilhomme de race, et s'il donnait à la vie parisienne cette part d'activité et de sensation que la jeunesse dépense avec une si folle prodigalité, il gardait intact le trésor de chastes aspirations et d'affections sereines qu'aucune fréquentation malsaine n'avait pu entamer.

Quant au troisième personnage, il différait essentiellement des deux premiers.

Il était le plus âgé et comptait un peu moins de trente ans. Il portait les cheveux coupés ras sur le front; une barbe fauve qui descendait en pointe sur sa poitrine, et de son visage, on ne voyait bien que ses deux yeux verts dont la mobilité eût paru effrayante, si elle n'avait été tempérée par une grande douceur d'expression.

On l'appelait Beverley... Anglais d'origine, il habitait Paris depuis dix années.

C'était un original ! — Ce que de l'autre côté du détroit on appelle un *excentric man*.

Il avait beaucoup connu le baron de Simler, et c'est à la mort de ce dernier qu'il s'était lié avec Sosthène.

Gontran le connaissait depuis fort peu de temps. Mais, dès les premiers jours, il s'était senti attiré vers lui par une vive sympathie.

C'est que ce Beverley était une individualité des plus singulières.

Esprit pénétrant et vif, primesautier et bizarre, à la fois fantasque et logique, rien n'était curieux comme de le voir quitter parfois l'étroit sentier d'une conversation banale, pour se lancer brusquement et sans transition apparente, dans le champ infini d'observations imprévues, souvent profondes au-dessus duquel son esprit évoluait avec une altière et souveraine envergure.

Son passé, comme son présent, était d'ailleurs couvert d'un voile que nulle main indiscrète n'avait soulevé encore.

Tout ce qu'on savait de lui, c'est qu'il habitait du côté de la rue de Varenne un petit hôtel d'où il ne sortait guère que la nuit, et qu'il y vivait seul, entouré de quelques domestiques qui ne tarissaient pas d'éloges sur sa bienveillance et sa générosité.

Et cependant, à voir le pli sombre qui creusait son front, nul ne doutait que ce ne fût là la trace visible et ineffaçable de quelque déchirement intérieur, et qu'il n'y eût dans la vie de cet homme un de ces secrets terribles qui usent lentement ceux qui les portent, jusqu'à ce qu'ils les tuent !

Les trois jeunes gens marchèrent quelque temps, sans échanger une parole.

Le vicomte d'Épernon surtout paraissait sou-

cieux, et de temps à autre il jetait un regard furtif à
Beverley.

— J'espère, dit-il tout à coup, en se tournant
franchement vers ce dernier, que vous ne nous en
voulez pas des indiscrétions que nous avons com-
mises; c'est la première fois que nous vous entendons parler avec cet abandon, et vous nous connaissez assez, Sosthène et moi, pour être certain que
vous ne pouviez mieux placer vos confidences.

Beverley regarda le vicomte avec étonnement et
haussa légèrement les épaules.

— Des indiscrétions, des confidences! répéta-t-il
avec un sourire ironique...; plaisantez-vous, mon
ami, et qu'ai-je dit qui puisse autoriser l'emploi de
pareilles expressions?

— Vous vous êtes montré, ce soir, plus expansif
que vous ne l'êtes d'habitude.

— C'est possible.

— Vous avez soulevé, pour nous, un coin du voile
qui cache votre existence.

— Vraiment!

— Et s'il vous déplaisait que nous gardassions le
souvenir de cette nuit...

Beverley eut un ricanement.

— Allons donc, interrompit-il vivement, vous êtes
un cœur excellent, mon cher d'Épernon, et votre
amitié a des pudeurs qui lui communiquent un
charme de plus. — Mais ne craignez rien! quoique
nos âges se touchent, nous sommes séparés par un
monde de sensations que vous ne soupçonnerez
probablement jamais!... Vous avez peu vécu encore,

mon ami; moi, au contraire, je suis entré vieux
dans la vie : si j'ai été tenté quelquefois de remer-
cier Dieu de ma pénible et douloureuse expérience,
c'est qu'elle m'a appris le respect que l'on doit à
l'innocence et au bonheur des autres.

— Vous avez souffert? interrogea Gontran avec
intérêt.

— La vie est faite surtout de hasard et d'inconnu,
répliqua Beverley, et nul, que je sache, n'a pénétré
encore la cause mystérieuse qui produit les larmes
ou le rire humains!... Savez-vous comment vous
mourrez?... Vous êtes-vous expliqué pourquoi vous
êtes né? Vous avez reçu en héritage l'éclat de la
fortune avec l'honneur du nom... mais ne vous êtes-
vous pas dit quelquefois que le hasard pouvait faire
des criminels comme il fait des heureux de nais-
sance.

— Mon ami !

L'œil de Beverley lança un éclair et sa voix prit
un accent plus amer.

— Qui s'occupe de cela? qui s'y intéresse?... poursuivit-il, moi seul, sans doute, et pourquoi aurais-je
la prétention d'y arrêter votre pensée?... Tout ce que
vous savez de moi, tout ce que vous en devez savoir,
c'est que j'occupe dans votre société une situation
exceptionnelle qui ne me permet d'y vivre qu'à la
condition de garder éternellement mon masque....
Ai-je à me plaindre d'ailleurs? — Dans une ville où
tout se vend, je possède une fortune qui me donne
le droit de tout acheter... Et puis, il y a mieux...
depuis quelques années, à cette pensée obstinée qui

3.

pesait incessamment sur mon esprit, j'ai trouvé un dérivatif puissant.

— Lequel?

Beverley répondit par un rire nerveux.

— J'ai découvert un aliment à ma curiosité, dit-il, d'un ton ironique : une chose insensée, invraisemblable, puérile... qui peut être comparée à ces jeux que l'on donne aux enfants pour exercer leur patience !

— Vous voulez rire...

— N'en croyez rien ! je n'ai jamais été plus sérieux, — et je vous le prouverai le moment venu. — Toujours est-il que j'ai lu, étudié, observé, — et à l'heure où je vous parle, il n'est pas un mystère de votre capitale que je n'aie pénétré, pas une individualité sur laquelle je ne puisse vous donner les renseignements les plus complets. — C'est peut-être là une chose indigne d'un esprit élevé, — mais ce dérivatif a provoqué en moi une véritable passion et je ne mépriserai jamais une science qui m'a rendu un tel service !

Tout en causant de la sorte, les trois jeunes gens étaient arrivés à la hauteur du restaurant Bignon, et ils venaient de franchir la rue de la Chaussée-d'Antin, quand un homme qui marchait en sens opposé, passa à côté de Beverley.

— Bonsoir, Cardinet ! dit ce dernier, en envoyant un geste amical au passant.

— Beverley !... murmura le coulissier en rendant le salut.

— Où allez-vous donc ainsi ?

— Je rentre.

— J'espérais vous rencontrer chez Brin-de-Tulle.

— Vous y aller?

— Je dois lui présenter un de mes amis, M. le baron Sosthène de Simler, qui aurait été heureux de faire votre connaissance.

Cardinet s'inclina tout en jetant un long regard au jeune Sosthène.

— Je le regrette vivement, répondit-il... mais je compte être plus heureux une autre fois.

— Soit! je ne vous retiens pas... bonsoir.

— Et bonne chance!

Cardinet s'éloigna.

— Quel est ce personnage? demanda Gontran, dès qu'ils eurent fait quelques pas.

— Un coulissier, répondit Beverley.

— Vous le connaissez?

— Pas le moins du monde, mais je l'observe.

— Pourquoi?

— Parce que Cardinet n'est pas un homme comme un autre.

— A quel signe particulier avez-vous deviné cela?

— Oh! à tout et à rien... pour ceux qui, comme moi, savent regarder les choses et les hommes, c'est instinctif...

— Alors vous croyez...

— Je suis sûr que ce n'est pas là une nature banale et vulgaire.

— Il a un mauvais regard.

— Le cœur est encore plus mauvais que le regard.

— Et vous en concluez?

— Qu'avant un an, Charles Cardinet sera un des plus heureux banquiers de Paris, ou qu'il enrichira la collection de nos coquins célèbres.

Gontran fit un geste étonné.

— Et vous fréquentez ces gens-là? dit-il sur un ton dédaigneux.

— Bah! Vous savez ce qu'a écrit Balzac : « Si l'on n'allait que chez les gens que l'on estime, il y a des jours où on ne rentrerait pas chez soi! »

Gontran allait répliquer, mais Beverley mit un doigt sur ses lèvres, et entraîna ses deux compagnons derrière un de ces pavillons que l'administration des Petites-Voitures a élevés de distance en distance, sur les boulevards, pour abriter les gardiens préposés à la surveillance des cochers.

A quelques pas, la rue Basse-du-Rempart creusait un sillon ténébreux, dans lequel s'ouvrait, comme un trou béant, l'ouverture d'une ruelle déserte et sinistre, où la lune jetait en ce moment quelques rayons blafards.

— Ah çà, que signifie?... commença le vicomte d'Épernon.

— Cela signifie, répondit Beverley à voix basse, que, pour un néophyte, vous avez une chance qui ne se présente que rarement dans la vie d'un noctambule de profession.

— Expliquez-vous.

— Je m'en garderai bien !... Seulement regardez dans la ruelle, en face.

— Qu'y a-t-il?

— Ne voyez-vous pas une petite porte qui vient
de s'ouvrir, et une tête d'homme qui se présente
juste dans un rayon de lune.

— En effet...

— Depuis un mois, c'est la seconde fois que je
vois le même phénomène s'accomplir...

— Quel est cet homme?

— Je l'ignore.

— De quelle maison sort-il à cette heure et avec
tant de mystère?

— Je n'ai pu le découvrir encore. — Mais si vous
voulez faire silence et vous dissimuler derrière ce
pavillon, nous saurons bientôt à quoi nous en tenir.

Gontran fit ce qu'on lui conseillait; les trois jeunes gens s'effacèrent dans l'ombre, et pendant quelques secondes ils attendirent, attentifs et curieux.

Alors un spectacle singulier s'offrit à leurs regards.

III

La porte de la ruelle s'était ouverte tout à fait, et un homme était descendu dans la rue Basse-du-Rempart, enveloppé dans un ample vêtement de fourrures dont le collet était relevé par-dessus ses oreilles, plutôt pour cacher son visage que pour le garantir du froid.

Il allait à pas rapides, jetant, à droite et à gauche, des regards furtifs comme s'il eût redouté d'être vu, et il ne reprit une marche assurée et calme que lorsqu'il atteignit le boulevard.

— C'est quelque vieillard en bonne fortune, murmura Gontran.

— Oh! que non pas, répartit Beverley, le vieillard amoureux a des allures qui lui sont propres, il apporte dans ses fredaines presque autant de vanité

que de sentiment, et l'idée qu'il peut être surpris ne
ferait qu'ajouter un excitant à son plaisir...

— N'avez-vous pas eu tout au moins la curiosité
de visiter le nid d'où il sort.

— Je n'y ai pas manqué.

— Qu'avez-vous vu?

— Rien! — et c'est ici le piquant de l'aventure, —
une maison inhabitée, — pour mieux dire dire abandonnée, où il n'y a ni locataires, ni concierge.

— Voilà qui est bizarre.

— N'est-ce pas?

— Ma foi ! j'avoue que je voudrais savoir...

— Allons ! allons ! vous y viendrez, mon ami ; vous
avez les principales qualités du noctambule, et je
ne désespère pas de trouver en vous un de mes meilleurs élèves, — à bientôt !

— Vous nous quittez?

— Bien que notre homme marche lentement, si
je lui laissais prendre trop d'avance, je pourrais le
perdre de vue.

— Vous comptez donc le suivre?

— Parbleu !...

— Et vous ne voulez pas nous mettre de moitié
dans vos investigations.

— Le désirez-vous, vraiment?...

— Dame !...

— Eh bien !... n'hésitons pas davantage... et hâ-
tons-nous, car notre homme est déjà loin.

Sur ces mots, Beverley entraîna ses deux amis, et
tous trois se lancèrent à la suite du mystérieux vieillard.

Seulement, et pour ne lui inspirer aucun soupçon, ils avaient traversé la chaussée et pris le côté
opposé du boulevard.

Le vieillard était, à coup sûr, bien éloigné de se
douter qu'on l'épiait.

Il avait continué sa route à pas lents, serré dans
sa longue houppelande, les bras croisés sur la poitrine, évidemment en proie à une préoccupation
profonde.

Beverley pouvait donc filer son homme à son aise,
— et il ne le quittait pas de l'œil.

Tout à coup, il étouffa un cri et saisit avec vivacité
le bras de Gontran.

— Qu'avez-vous? demanda ce dernier.

— Notre homme vient de disparaître! — fit Beverley.

— Tiens!... vous avez raison.

— Il est entré au n° 34 du boulevard des Italiens.

— J'ignore si c'est le n° 34; mais s'il y est entré,
c'est que probablement il y demeure.

— Plaisantez-vous...

— Cependant...

— Je connais tous les locataires des immeubles
de ce boulevard, depuis le n° 2 jusqu'au n° 38, et il
n'en est pas un qui ressemble... ou plutôt... attendez!...

— Quoi?...

— Attendez, vous dis-je... J'y suis!... ce doit être
cela... c'est chez Cardinet qu'il se rend!... et, une
fois de plus, nous allons pouvoir vérifier l'infaillibi-
lité de la loi des coïncidences.

Gontran regarda son ami, comme si les paroles qu'il venait d'entendre lui avaient fait douter qu'il fût dans son bon sens.

— Ne vous étonnez pas, cher vicomte, continua Beverley, qui devina ce qui se passait dans l'esprit de d'Épernon. — Vous êtes novice encore, et vous n'avez pas, comme moi, étudié ces lois mystérieuses, trop peu observées, dont l'influence s'exerce dans l'ordre moral... La curiosité, qui est déjà un sens, développera les qualités que vous possédez à l'état latent, et vous reconnaîtrez bientôt qu'il y a vraiment une préméditation que j'appellerai primordiale, dans ces coïncidences qui semblent, à beaucoup d'esprits, le simple effet du hasard.

Et comme Gontran se taisait, un peu troublé par l'explication inattendue qu'on lui donnait :

— Pourquoi, poursuivit Beverley, aurions-nous croisé cette nuit ce Cardinet auquel nous ne portons aucun intérêt, pourquoi la rencontre que nous avons faite de ce vieillard inconnu, nous aurait-elle inspiré le vif désir de le suivre, si nous n'étions pas destinés, vous, Sosthène ou moi, tous les trois, ou seulement l'un de nous, à jouer un rôle effectif dans cette aventure... Il n'y a pas plus d'effet sans cause qu'il n'y a de cause sans effet...

— Enfin... qu'espérez-vous ? insista Gontran, dont l'incrédulité faiblissait...

— Voyez vous-même ! répliqua Beverley.

Et d'un geste vif et prompt, il indiqua la maison qui leur faisait face...

— Tout à l'heure, ajouta-t-il, des quatre fenêtres

de l'appartement de Cardinet, celle de la chambre à
coucher était seule éclairée ! Et voilà que la lumière
a présentement disparu de cette chambre, et qu'elle
vient de passer dans la pièce contiguë, qui est le
salon.

— En effet !

— Le vieillard est allé rendre visite à notre coulissier, — et pour mon compte, j'estime qu'une visite... à une pareille heure... de la part d'un tel personnage.

— C'est suspect...

— Nous sommes absolument du même avis... et
quoique vous décidiez, je suis, moi, bien résolu à ne
quitter la place — que lorsque j'aurai réussi... à...

Il n'acheva pas.

Pendant qu'il parlait, un nouveau personnage
avait tourné le coin de la rue du Helder et s'était arrêté à quelques pas du nº 34.

Beverley fit un mouvement.

— Est-ce encore une coïncidence ? — interrogea
Gontran avec une pointe d'ironie.

— Vous en doutez ?

— Connaîtriez-vous le nouvel acteur qui vient
d'entrer en scène.

Un sourire équivoque releva la lèvre de Beverley.

— Mon cher d'Épernon, répondit-il, on voit bien
que l'amour que vous inspire mademoiselle Herminie Dalbane absorbe votre pensée, et enlève à votre
esprit beaucoup de sa lucidité ordinaire... Mais demandez à Sosthène qui, quoique fort épris de Brin-
de-Tulle, n'éprouve pas le même embarras de senti-

ment, s'il n'a pas déjà nommé le personnage dont nous nous occupons.

— C'est Adolphe ! dit le jeune millionnaire.

— Adolphe ou Jules ou Alphonse... continua Beverley ; n'exigez pas de lui autre chose qu'un prénom, il lui serait impossible de vous donner davantage,—c'est une de ces individualités très-parisiennes, qui vivent sur les marges du code jusqu'à ce qu'elles roulent sur les bancs de la correctionnelle ou de la cour d'assises... Celui-ci est d'ailleurs un madré : depuis dix ans, je l'ai à peu près suivi dans toutes les phases de son existence agitée ; il a commencé par être porteur de contraintes, puis clerc d'huissier, puis marchand de contremarques, à la porte des bouis-bouis dramatiques ; plus tard, cabotin dans la banlieue ; protégeant hier Peau-d'Ane, une grue des Folles-Marigny, aujourd'hui Brin-de-Tulle, une étoile de l'Eldorado... s'élevant ainsi peu à peu, et devenant, tout récemment, directeur du ténébreux office où se fabrique le *papier de Stockholm*...

— Le *papier de Stockholm* ! répéta Gontran, qu'entendez-vous par là ?

— Oh ! ne plaisantons pas avec les choses sérieuses !... Un jour, je vous expliquerai le fonctionnement de cet établissement interlope qui joue un rôle important dans les opérations industrielles et commerciales de la capitale... Mais, pour cette nuit, contentons-nous du problème qui s'offre à nos méditations.

— Espérez-vous donc en trouver la solution...

— L'intervention de M. Adolphe va nous y aider.

— Comment cela,

— Eh! par la raison toute simple que connaissant déjà les deux termes de la proposition, je ne pense pas qu'il nous soit difficile d'en découvrir le troisième : étant donnés Cardinet et M. Adolphe... nous devons arriver sans peine à établir l'identité du mystérieux vieillard. Seulement pour ne pas compromettre le succès de nos observations, si vous le voulez bien, nous ne resterons pas sur l'asphalte.

— Et où irons-nous?

— Nous sommes à la porte du Helder, nous donnerons deux louis à Auguste qui ne nous en voudra pas de l'avoir réveillé, et à travers les glaces de l'entre-sol, nous pourrons assister à la pièce sans gêner le jeu des acteurs.

La proposition ne rencontra pas d'opposition, et peu après, les trois jeunes gens étaient assis à l'entresol du café du Helder.

Du reste, Beverley, avec son instinct de noctambule, ne s'était pas trompé sur l'importance de l'aventure.

Mais, si les choses s'étaient passées tout d'abord, comme il l'avait deviné, elles n'avaient pas tardé à prendre une tournure que personne n'eût pu prévoir.

Cardinet était rentré, non-seulement fatigué, mais encore fort préoccupé et soucieux.

La situation du jeune coulissier était loin d'être prospère ; depuis deux mois ses opérations obstinées à la baisse avaient singulièrement ébranlé son crédit; il devait des sommes relativement considérables, et si quelquo heureux coup de Bourse ne venait pas l'arrêter sur la pente où il dégringolait, c'en était fait de lui, et il allait tout droit à l'abîme.

Il *fallait soigner ça!* comme avait dit Brin-de-Tullo, avec cette indifférence que donne à la femme galante le détachement de tout sentiment sérieux...

Cardinet avait beau se creuser l'esprit, il ne trouvait rien.

Seulement, dans la journée, un incident des plus bizarres s'était produit, qui, un moment, lui avait rendu un peu d'espoir.

En rentrant chez lui, vers trois heures de l'après-midi, il avait trouvé une lettre dont le contenu l'avait profondément ému.

« Si vous voulez bien rentrer chez vous, cette nuit, à une heure et demie précise, un homme ira vous trouver, qui peut vous faire demain aussi riche et aussi considéré que M. Dalbane. Ne parlez à personne de cette lettre et soyez exact, si vous tenez à ne rien compromettre. »

Cardinet, qui était un homme positif, eut beau se dire qu'on ne reçoit pas de pareils billets dans la vie privée, et que ce sont là des moyens que l'on n'emploie plus qu'au théâtre où ils sont même passablement usés. Il eut beau se répéter qu'un tel billet ne pouvait être que l'œuvre d'un mystificateur de la coulisse; pendant toute la soirée, il ne cessa de penser à ce rendez-vous, et quand il entendit la demie d'une heure sonner à sa pendule, il était plus ému et plus agité qu'à aucune autre époque de sa vie.

Du reste, son trouble et son agitation ne durèrent

pas longtemps, car une minute ne s'était pas écoulée, qu'un coup de timbre sec et vibrant retentit à la porte de l'appartement.

Cardinet secoua violemment la tête, prit sa bougie, et se dirigea vers l'antichambre d'un pas résolu.

— Qui est là? demanda-t-il avant d'ouvrir.

— L'homme qui vous a écrit... et que vous attendez...

Cardinet ouvrit la porte... et le vieillard entra.

On ne voyait de son visage, qu'un nez fortement vermillonné, et deux yeux dont le mobile éclat s'abritait derrière des verres de lunettes de couleur *fumée.*

A peine eut-il fait quelques pas dans l'antichambre que son regard s'appuya clair et ferme sur celui qui lui ouvrait.

IV

— Vous êtes bien monsieur Cardinet ? demanda-t-il, pendant que le coulissier le soumettait, de son côté, à un examen rapide mais sûr.

— Oui, monsieur, répondit ce dernier.

— Et vous consentez à m'accorder quelques minutes d'entretien ?

— Je suis à vos ordres...

Cardinet prit les devants, entra dans un salon dont le meuble n'était rien moins que luxueux, et ayant offert un siége à son étrange visiteur, il s'assit en face de lui.

— J'espère que vous excusez l'hésitation que j'ai mise à vous ouvrir, dit-il alors d'un ton dégagé, mais je croyais presque à une mystification... et, à cette heure...

— Cela se comprend de reste, monsieur, cela se

comprend... Généralement, vos clients ne viennent
pas vous trouver à cette heure indue... et votre hésitation, qui a d'ailleurs été courte, n'a rien que de
très-naturel.

— J'ajoute, compléta Cardinet, que je ne m'explique même pas encore comment le concierge ne vous
a pas fait quelques objections.

Le vieillard se renversa sur son fauteuil.

— Oh ! le concierge dormait profondément, répliqua-t-il, et je me suis gardé de troubler son sommeil,

— Cependant, il a dû vous tirer le cordon.

— Nullement.

— Qui donc vous a ouvert la porte ?

— Ceci !

Le vieillard montra une clef au bout de ses doigts.

Cardinet garda le silence, bien que le geste signi-
ficatif de son interlocuteur eût éveillé en lui un profond étonnement.

Mais le coulissier n'était pas le premier venu ;
peut-être avait-il même déjà ses raisons pour ne pas
laisser croire qu'il flairait un mystère d'ordre suspect, et il se contenta de s'incliner.

— Au surplus, reprit-il, quel que soit le moyen
que vous ayez pris pour vous introduire dans mon
domicile, vous voici maintenant chez moi, et dès ce
moment, je ne vous dissimulerai pas que j'ai hâte
de connaître...

— Pourquoi je suis venu ?

— Précisément.

— Vous allez être satisfait.

Le vieillard réfléchit un instant; puis dardant ses deux petits yeux :

— Il n'est peut-être pas hors de propos, dit-il, de vous apprendre que vous ne m'êtes pas tout à fait inconnu, et que depuis une année je me suis vivement intéressé à tout ce qui vous touche de près ou de loin.

— Vraiment! dit Cardinet.

— Dès la première heure, j'ai eu des vues sur vous ; j'avais observé la gêne malheureuse dans laquelle se débattait votre ambition précoce... votre activité, votre audace... luttant contre une malechance obstinée; ma sympathie s'était éveillée en faveur d'une individualité qui cherchait à se faire jour à travers tant de difficultés, et j'ai résolu de savoir d'où vous veniez et où vous alliez...

— Et vous a-t-on édifié sur ces deux points ?...

— A bien peu de chose près...

— Voyons donc...

— D'abord — un état civil sur lequel plane une obscurité salutaire... une jeunesse qui paraît avoir eu ses orages, mais qui s'est habilement préservée de la foudre ; un embryon de fortune que la déveine a englouti. Enfin, en dernier lieu, une situation que la menace d'une catastrophe imminente pourrait bien dénouer d'une façon définitive et terrible !

Cardinet accueillit ces paroles avec un sourire ironique.

— C'est à peu près cela — répondit-il, et j'aurais mauvaise grâce à contester... Seulement, j'espère bien que mon humilité vous touchera... et que, de

4

votre côté, vous ne refuserez pas de me dire...

— Quoi donc ?

— Eh ! mais... qui vous êtes ?...

— Moi !

— Sans doute...

Le vieillard eut un rire qui ressemblait à un ricanement.

— Ah ! ah ! répliqua-t-il presque aussitôt... vous êtes curieux, maître Cardinet, et je ne déteste pas cela...; mais il ne faut pas cependant que la curiosité des autres gêne ma tranquillité...

— Est-ce que je serais indiscret ?...

— Un peu...

— Et vous n'êtes pas disposé...

— Je suis disposé à garder l'anonyme . D'ailleurs, une fois le service rendu qu'importe la main de laquelle on le tient. Refuseriez-vous de recevoir cent mille francs d'un homme qui prétendrait ne vous les remettre qu'à la condition que vous vous laisseriez bander les yeux...

— Cependant...

— Ne faites pas l'enfant !... Soyez sérieux... écoutez-moi. Vous voulez savoir qui je suis ? Eh bien, je suis un homme qui en cherche un autre, — tâchez de me comprendre, — je vous ai suivi, observé, pénétré, et je crois avoir trouvé l'homme que je cherche.

— Monsieur...

— Appelez-moi monsieur, si cela vous dit... mais ce monsieur qui vous parle peut vous faire riche et vous permettre d'atteindre à tous les sommets qui,

jusqu'ici, vous ont paru inaccessibles... Ça vous
effraye-t-il... et vous sentez-vous toujours en veine
de discuter?

Comme Cardinet ne répondait pas, le vieillard
tira de sa poche cinq petits cartons bleutés qu'il dé-
posa sur la table.

Le coulissier le suivait avidement des yeux.

— Chacun de ces petits bibelots, dit-il, représente
une valeur nette de cent mille francs; ils provien-
nent de la maison Durfort, Claver et Cie de Picca-
dilly, Londres : la maison est en compte-courant
avec M. Dalbane..., qui vous payera cela demain à
présentation... Dans le cas cependant où une hésitation se manifesterait à ce sujet, vous télégraphie-
rez et la réponse ne se fera pas attendre... C'est
donc comme si je déposais sur cette table cinq cent
mille francs en billets de banque ou en or battant
neuf.

— Et à qui destinez-vous cette somme? demanda
Cardinet d'une voix haletante.

— Soyons graves... je n'ai pas de fille à doter, et
je suis le premier et le dernier de ma famille : je ne
m'occupe que de vous.

— Eh bien?...

— Eh bien, vous allez ramasser ces amours de
carton, rédiger un reçu en bonne et due forme sur
le papier timbré que j'ai apporté à cet effet, et demain, vous vous présenterez à la caisse de papa
Dalbane.

— Mais que ferai-je de cette somme?

Le vieillard renouvela son petit rire.

— J'aime cette candeur ! approuva-t-il, elle nous présage un avenir d'inaltérable amitié ; si vous m'en croyez, vous ne toucherez pas tout le même jour... Vous prendrez cent mille francs pour vous ; vous laisserez une égale somme entre les mains de M. Dalbane pour le couvrir dans les opérations que nous ferons par son intermédiaire, et le payement des trois cent mille francs restant pourra être échelonné de semaine en semaine.

— Alors... nous allons jouer.

— Quelque peu... mais, pas de bêtise... j'ai mes idées là-dessus... et je veux que vous suiviez mes instructions, quand il s'agira d'acheter ou de vendre... Vous trouverez, sous cette enveloppe, des ordres auxquels vous aurez à vous conformer, au moins jusqu'à notre prochaine entrevue.

— Quand vous reverrai-je ?

— De temps en temps — on ne peut pas savoir — je viendrai peut-être vous réclamer ma part dans les bénéfices que nous allons réaliser, mais à coup sûr je serai près de vous chaque fois que vous aurez besoin d'argent... Est-ce clair ?

— Assurément — et il n'y a qu'une chose qui ne le soit pas.

— Laquelle ?... ne vous gênez pas.

— Je me demande pourquoi, riche comme vous l'êtes, vous ne jouez pas vous-même...

— Il y a une raison excellente à cela, mais je ne crois pas utile de vous la faire connaître — tant mieux pour vous si vous devinez ! — Et puis... qu'importe... acceptez-vous ?

Cardinet s'était mis à rédiger le reçu des cinq cent mille francs, d'une main fiévreuse et le souffle ardent.

Le vieillard le contemplait d'un œil attendri.

— A merveille !... dit-il, en prenant le papier timbré qu'il fit disparaître dans la poche de sa houppelande — et maintenant une dernière question...

— Parlez...

— Vous allez être riche... tenir un certain rang, fréquenter la haute... comme on dit dans le grand monde... vous ne pouvez rester dans ce bouge et il faut quitter cet appartement.

— Le temps d'en chercher un...

— Je vous ai épargné ce soin.

— Comment !

— L'appartement est trouvé et arrêté... rue de la Chaussée-d'Antin, 19, au premier étage... vingt mille francs de loyer, j'ai payé trois années d'avance... rien que ça... du reste, pas un meuble à acheter... tout est aménagé... bureaux... salons... chambres à coucher... rien ne manque... vous y entrerez demain matin...

— C'est un rêve...

Le vieillard montra du doigt les cartons bleutés.

— Les cinq cent mille francs qui sont là, répondit-il, vous prouveront que nous nageons en pleine réalité...

Et il se leva.

— Vous partez ? dit Cardinet, qui craignait que son rêve ne finît dès que le bizarre personnage se serait éloigné.

4.

— Je vous ai dit tout ce que j'avais à vous dire...
je n'ai plus rien à faire ici.

— Enfin ne voulez-vous pas me faire connaître?...

Le vieillard s'enfonça la tête dans le col de sa
houppelande.

— Pas un mot de plus, dit-il, d'un ton qui devint
tout à coup impérieux et bref, ne cherchez pas à
farfouiller dans ce mystère. Contentez-vous d'être
riche, tâchez d'être heureux, et croyez que vous
n'aurez pas deux fois dans votre vie une chance pareille à celle que je vous offre.

Sur ces mots, il fit un brusque geste de la main,
gagna la porte, et disparut.

Un moment après, il était sur le boulevard, et allait droit à Alphonse qui n'avait pas quitté son poste
d'observation.

— Tu es exact, lui dit-il aussitôt à voix rapide et
basse, j'aime cela. Sais-tu quelque chose de nouveau?

— Toujours la même chose, répondit Adolphe.

— Il fait les mêmes dépenses?

— Hier encore, il a envoyé une parure à la petite
Peau-d'Ane.

— Bon.

— Faut-il continuer?

— Continue... Je vais être deux jours absent... A
mon retour... j'irai te voir.

— Où cela?

— Eh!... à ton caboulot, parbleu!

Et le vieillard s'éloigna, après avoir déposé un

billet de cent francs dans la main de son interlocuteur.

Ce dernier contempla un moment le billet avec
intérêt, et il allait quitter la place, quand il sentit
une main s'appuyer sur son épaule.

Il exécuta un saut de côté.

— Bon ! as-tu peur que je ne te vole... dit alors
une voix derrière lui.

V

— M. Beverley ! s'écria Adolphe, en reconnaissant celui dont l'attouchement venait de le faire tressaillir.

— Avec qui causais-tu là tout à l'heure ?

— On n'a jamais pu savoir.

— Tu ne connais pas ce vieillard ?

— C'est invraisemblable, peut-être, mais c'est comme ça...

— Et tu n'as pas cherché ?

— A quoi bon.

— Si on te payait bien ?

— Ce serait à voir... Vous voulez des renseignements pour bientôt ?...

— Pour tout de suite, et je simplifierai la besogne.

— Comment cela ?

— Il ne s'agit que de me trouver un homme...
sûr... habile à s'introduire la nuit dans les maisons
sans locataire et sans concierge. — As-tu mon affaire?

Au lieu de répondre, Adolphe jeta dans l'air un
de ces appels singuliers modulés à la façon d'un
signal, et que quelques-uns de nos lecteurs ont dû
parfois entendre retentir dans le silence des nuits
parisiennes...

— *Pt... huit !...*

Et presque immédiatement, déboucha de la rue
Louis-le-Grand, un homme qui accourut vers l'ex-
cabotin et que celui-ci présenta à Beverley.

— Aimé Bocquillon... dit-il en même temps... autrement dit le *Roi des Rossignols !...*

Bocquillon salua.

— De quoi... qu'y retourne? demanda-t-il d'une
voix enrouée.

Beverley lui tendit deux louis...

— Il s'agit de peu de chose, répondit-il. Il y a, rue
Basse-du-Rempart, une maison inhabitée, qui porte
le numéro 5. Vous allez vous introduire dans cette
maison... Vous la visiterez de la cave au grenier,
et quand vous rapporterez demain le résultat de
vos investigations, vous recevrez une somme égale à
celle-ci.

— Et il n'y a personne dans la maison?

— Absolument personne.

— Un jeu d'enfant?

— Alors, vous acceptez.

— Ne perdons pas de temps... C'est l'affaire d'une

heure, et vous verrez comment Bocquillon sait travailler.

Beverley partit suivi à peu de distance par son
compagnon.

Il avait quitté ses deux amis auxquels il avait
donné rendez-vous chez Brin-de-Tulle où ils devaient
se retrouver.

Arrivé à la hauteur de la ruelle, Beverley indiqua
à Bocquillon la porte qui donnait accès dans la maison mystérieuse.

Bocquillon haussa les épaules.

— Un jeu d'enfant ! répéta-t-il, où faudra-t-il vous
porter la réponse ?

— Votre ami, Adolphe, vous le dira.

— A demain donc, mon ambassadeur.

— A demain, et ne négligez aucun détail.

Puis ils s'étaient séparés. Bocquillon avait en-
filé la ruelle, et Beverley s'était rendu chez Brin-de-
Tulle.

Le lecteur a vu comment l'affaire s'était dénouée,
et quelle triste fin attendait l'infortuné Bocquillon ;
nous pouvons donc poursuivre notre récit, sans
crainte qu'aucune obscurité reste dans son esprit.

Il y avait à cette époque, à l'angle de la rue de
Varennes, un petit hôtel qui, par ses allures mystérieuses, semblait, comme le sphinx de Thèbes,
proposer un constant défi à la curiosité des passants.

Un silence mélancolique planait autour de cette
demeure ; pour ainsi dire, on n'y voyait jamais entrer personne, et jamais non plus aucun bruit de

l'intérieur ne franchissait les murs élevés qui la dé-
fendaient...

Si la grande porte de chêne qui donnait sur la
rue s'était tout à coup ouverte, on se fût certainement attendu à voir se dessiner au fond de la cour,
la morne silhouette de quelque fastueux mausolée
— le séjour d'un mort plutôt que l'habitation d'un
vivant !

Le matin du jour où avait paru dans la *Gazette des
Tribunaux* l'article que nous avons cité plus haut,
vers onze heures, une voiture de maître s'arrêta
devant l'hôtel silencieux ; le valet de pied, qui se
tenait à côté du cocher, sauta aussitôt du siège et
s'empressa d'aller sonner à la porte, puis il revint
vers son maître.

Ce dernier descendit alors sur le trottoir, franchit la porte qui venait de s'entr'ouvrir, et se dirigea vers un pavillon qui s'élevait à droite de l'entrée et sur le seuil duquel le concierge venait
d'apparaître.

— M. Beverley ? demanda-t-il d'un ton évidemment habitué au commandement.

Et, en même temps, il présenta sa carte à celui à
qui il parlait.

Le concierge salua humblement après avoir lu, et
quittant immédiatement la loge :

— Si monsieur le vicomte veut bien se donner
la peine de me suivre, dit-il, on va prévenir monsieur.

Le jeune gentilhomme, — qui n'était autre que
Gontran d'Épernon, — suivit son guide, et un ins-

tant après, il traversait le vestibule de l'hôtel, montait au premier étage, et pénétrait dans une pièce qui était moins un salon qu'un vaste cabinet de travail.

C'était la première fois que Gontran venait chez Beverley, et il ne put se défendre d'un vif sentiment de curiosité en mettant le pied dans l'habitation d'un homme dont la vie lui avait toujours paru pleine de réticences singulières.

La pièce dans laquelle il venait d'être introduit, ne présentait d'ailleurs rien de bien particulier.

Une grande table de chêne, au milieu, sur laquelle s'amoncelaient des brochures, des journaux et des livres; des statuettes dans tous les coins, de grands tableaux contre les panneaux, des bahuts à droite et à gauche... de tous côtés enfin un fouillis artistique qui, à première vue, charmait le regard par son harmonieux désordre...

Une chose seule contrastait avec le ton général de l'ameublement; une chose bizarre, — vers laquelle on se sentait invinciblement attiré et dont on ne pouvait plus détacher les yeux, dès qu'on l'avait remarqué.

Sur le panneau qui faisait face à la porte, il y avait un grand tableau, au cadre d'ébène, sur lequel s'étendait un long voile de crêpe noir!...

Que représentait ce tableau? Un portrait sans doute.

Mais, pourquoi ce cadre sombre et ce crêpe noir!...

Gontran sentit un frisson involontaire courir sur sa peau.

Et puis, qui expliquera ce phénomène ?

Un moment, il lui sembla que le crêpe noir s'agitait doucement, et que la lueur d'un regard éclairait le funèbre tissu...

C'était une illusion !... sans doute, un souffle de brise se jouant dans un rayon de soleil...

Mais il n'eut pas le temps d'analyser la sensation qui le saisit, car au même instant, des pas glissèrent sur le tapis du salon, et quand il se retourna à ce bruit, il aperçut devant lui, un petit négrillon qui montrait ses dents blanches entre deux lèvres de bronze...

— Ton maître m'attend ?... demanda le vicomte en allant à sa rencontre.

Le noir enfant remua la tête, où brillaient deux yeux intelligents, et montra sans répondre la porte par laquelle il était entré.

Presque aussitôt, la portière se soulevait, et Beverley s'avança précipitamment et les mains tendues...

— J'ai à m'excuser, dit alors Gontran, d'être venu vous chercher jusque dans votre retraite... mais le motif qui m'amène est assez grave pour me faire pardonner mon indiscrétion.

Beverley serra affectueusement la main du jeune gentilhomme.

— Vous êtes tout excusé, mon ami, répondit-il ; à vous, ma porte ne sera jamais fermée; et aujourd'hui même, je suis doublement heureux de vous voir, —

5

puisque je me proposais d'aller vous chercher rue de la Chaussée-d'Antin ou au club.

Puis, se tournant vers le petit nègre :

— Saleb ! ajouta-t-il comme si l'enfant eût pu l'entendre ; laisse-nous !...

Ce dernier salua, sourit encore une fois, et s'éloigna à pas rapides.

— Drôle de petit bonhomme ! fit Gontran, dès que la portière fut retombée... Celui-ci au moins n'est ni bavard ni indiscret.

Beverley eut un triste sourire.

— Il y a une excellente raison à cela, répliqua-t-il.

— Laquelle ?

— C'est qu'il est sourd et muet.

Gontran fit un geste de surprise.

— Ah ! le pauvre enfant — balbutia-t-il. Ce que vous me dites là augmente encore l'intérêt qu'à première vue il m'avait inspiré.

— Intérêt qu'il mérite, approuva Beverley.

— Il y a longtemps qu'il est à votre service ?

— Huit années environ.

— Et comment y est-il entré ?

— Je vous raconterai cela. — C'est une histoire qui vaut la peine d'être écoutée, et que j'aime à raconter quand il se trouve, pour l'entendre, des gens de cœur comme vous ; mais ce sera pour une autre fois... Aujourd'hui, nous avons autre chose à nous dire, car je ne suppose pas que vous soyez venu pour Saleb.

— En effet...

— Vous avez à me parler de Bocquillon...

— Comment le savez-vous?

— J'ai lu la *Gazette des Tribunaux*... j'ai appris ce qui vous est arrivé, après m'avoir quitté au sortir de chez Brin-de-Tulle... Et je sais, comme tout Paris, que vous avez trouvé un cadavre au moment de rentrer à votre domicile.

Une ombre glissa sur le front de Gontran...

— Si je n'avais rencontré qu'un cadavre, répondit-il, je n'aurais eu aucune raison de vous venir déranger ce matin...

— Que voulez-vous dire?

— Un cadavre ne parle pas.

— Eh bien !

— Tandis qu'un moribond...

— Achevez...

Un éclair sillonna l'œil de Beverley...

— Achevez! insista-t-il d'un ton âpre et presque violent : quand vous avez rencontré cet homme! ce Bocquillon... il n'était donc pas mort?

— Non !

— Il a parlé peut-être?...

— C'est cela !

— Vous avez pu recueillir quelques-unes de ses paroles... et vous savez?...

Beverley passa sa main rapide sur son front moite...

VI

— Je sais peu de chose... répondit Gontran, plus surpris qu'il n'eût voulu le paraître de la chaleur avec laquelle son interlocuteur l'interrogeait... seulement, les quelques mots que cet homme a articulés m'ont paru se rapporter si manifestement à certains incidents de notre promenade de l'autre nuit, que j'ai cru devoir vous en faire part...

Le visage de Beverley s'éclaira.

— Il s'agit de la rue Basse-du-Rempart, n'est-ce pas, dit-il, et du vieillard que nous avons suivi jusque chez Cardinet?

— Précisément.

— C'est de lui que Bocquillon a parlé?

— En effet...

— C'est lui peut-être qu'il a accusé de sa mort?

Gontran tressaillit.

— D'où savez-vous?... balbutia-t-il interdit.

Beverley eut un geste de défi.

— Oh! ne vous étonnez pas, — répondit-il, — car tout sera expliqué... Après vous avoir quitté, hier, j'ai été mis en rapport avec ce Bocquillon; c'est moi qui l'ai engagé à aller visiter la maison de la ruelle, et les deux pièces d'or que l'on a trouvées sur lui, c'est de moi qu'il les tenait.

— Mais quel intérêt?...

— Gardez-vous de chercher, vous ne trouveriez pas! Il y a des mystères dont il n'est pas bon de sonder la profondeur; les esprits les mieux trompés y sont pris de vertige!

— Enfin, vous connaissez ce vieillard?

Un pli creusa le front de Beverley et donna tout à coup à sa physionomie une sombre expression.

— Je ne le connais pas, mais je veux le connaître, répondit-il, et cette nuit même, j'irai à mon tour demander son secret à la maison d'où nous l'avons vu sortir.

Gontran fit un mouvement.

— Y pensez-vous? dit-il d'un accent troublé.

Beverley garda un moment le silence : il avait fait un geste farouche, et son regard s'était attaché au parquet.

— Voyez-vous! reprit-il les poings crispés et sans lever les yeux, on n'éprouve pas sans raison une pareille impression! Cet homme m'attire comme l'abîme! Rien qu'à le voir passer, j'ai senti ma chair frissonner, et palpiter mon être tout entier; ce ne peut être là un effet du hasard, non plus que

lo résultat d'une coïncidence banale. D'ailleurs, savez-vous ce qu'il a fait, cet homme?

— Quoi donc?

— Depuis hier, Cardinet tient le haut du trottoir
de la finance; il a quitté le boulevard pour aller
habiter un appartement somptueux, rue de la
Chaussée-d'Antin, et Sosthène m'a assuré qu'il avait
déposé une couverture de deux cent mille francs
chez le banquier Dalbane.

— Que trouvez-vous de surprenant à cette fortune
subite du coulissier?...

— N'y devinez-vous pas l'intervention de notre
vieillard?

— Quand cela serait!

— Ah! vous n'êtes pas curieux, mon ami, si vous
pouvez passer, sans vous retourner, à côté d'un
homme qui, après avoir jeté l'or avec une telle prodigalité, assassine lui-même les indiscrets qui von
lui rendre visite.

— Rien ne prouve encore qu'il soit l'assassin de
Bocquillon.

— En doutez-vous, vous-même?

— Mais...

— Que vous a dit Bocquillon? Qu'avez-vous compris à travers les convulsions suprêmes de son
agonie?

— Vous avez raison, et je ne puis dire le contraire, ce malheureux a désigné la maison qui nous
a si fort intrigués, il a dépeint le vieillard à ne s'y
pas tromper, et cependant...

— Cependant, — tout cela est manifeste, — c'est

lui, lui ! vous dis-je, et il y a de plus, en moi, une voix terrible qui me le crie et qui l'accuse.

Beverley était en proie à une agitation violente et désordonnée.

Machinalement et comme pour respirer, il se dirigea vers l'une des deux grandes fenêtres qui éclairaient le salon.

— Vous avez ici un retrait exquis ! dit Gontran. Le repos... la solitude... des arbres séculaires... on se croirait à cinquante lieues de Paris.

— N'est-ce pas ?... fit Beverley un peu calmé... Et puis la vue est magnifique.

En parlant ainsi, il avait ouvert la fenêtre, et mis le pied sur une terrasse qu'abritait une élégante vérandah.

— C'est merveilleux, en effet, dit Gontran, qui l'avait suivi.

On trouve encore dans le quartier Saint-Germain quelques jardins qui affectent la forme de grands parcs.

Du haut de cette terrasse, aussi loin que le regard pouvait s'étendre, on apercevait de longues perspectives silencieuses, que bornaient à l'horizon les massifs du Luxembourg...

L'hiver avait dépouillé les arbres : le tableau était comme empreint de tristesse, mais l'impression qui s'en dégageait à première vue, rappelait vaguement le charme mélancolique et doux des campagnes de province.

Gontran demeura absorbé.

Le tableau qu'il avait sous les yeux était si diffé-

rent de celui que présentent les quartiers qu'il fréquentait d'ordinaire... Il régnait autour de cette
demeure un calme si harmonieux que son cœur se
sentit ému, comme au souvenir d'impressions depuis longtemps oubliées.

Mais cela dura peu, car tout à coup, on le vit se
rejeter vivement en arrière et étouffer une exclamation près de lui échapper.

— Qu'avez-vous? demanda Beverley étonné.

— Oh! la délicieuse enfant!... balbutia le vicomte.
Voyez donc! là! là!

Et, du geste, il indiquait l'allée d'un petit jardin
contigu au mur de l'hôtel.

Beverley regarda, et, involontairement, il fit un
mouvement pour se retirer.

Dans l'allée que Gontran venait de désigner, une
jeune fille s'avançait à pas lents, l'attitude recueillie, le front penché, sans se douter de l'attention
dont elle était l'objet.

Les longs cheveux blonds qui s'échappaient de sa
capeline de soie bleue, tombaient un peu en désordre sur ses épaules. Sa taille flexible et souple avait
la gracilité élégante et saine des jeunes arbustes.
Une pureté sereine éclairait son front, et le regard
de ses beaux yeux noirs rappelait l'éclat voilé de
ces lampes d'or qui brûlent éternellement dans les
temples du culte catholique.

— Vous connaissez cette enfant? dit Gontran au
bout d'un instant.

— Moi!... non... je ne sais pas... répondit Beverley, je viens rarement ici... peut-être l'ai-je aperçue

quelquefois... mais sa beauté ne m'a laissé qu'une impression fugitive.

— C'est étrange.

— Quoi?

— Il me semble à moi que maintenant que je l'ai vue... je ne l'oublierai plus jamais.

— Quelle idée!

— Qui est-elle ?

— Je l'ignore.

— Mais son nom, ne l'avez-vous pas entendu prononcer ?

— Jamais !

En ce moment, une voix d'homme s'éleva du jardin, appelant la jeune fille.

— Réjanel... dit cette voix, dont le son grave et tendre monta jusqu'à la terrasse... tu vas prendre froid, mon enfant... il faut rentrer.

— Oui, père, répondit la jeune fille.,,

— D'ailleurs, il y a ici une surprise qui t'attend.

— Vraiment! — laquelle ?

— Notre bon Martial...

L'enfant jeta un petit cri vif et doux, comme un cri d'oiseau, et prenant sa course, elle disparut peu après dans la maison.

Gontran contenait sa respiration... une sensation inouïe s'était emparée de tout son être.

Beverley lui mit la main sur l'épaule.

— Eh bien! eh bien!... dit-il avec un rire presque sardonique... à quoi songez-vous donc, mon ami ?...

Gontran revint à lui, et secoua la tête, comme au sortir d'un rêve.

5.

— Vous avez raison, fit-il avec un dernier frémissement... et je ne sais vraiment à quelle rêverie je m'abandonne... d'ailleurs, il est temps de me retirer.

— Vous partez?...

— Il le faut. J'ai promis au comte Dufresnoy de déjeuner avec lui, ce matin, et j'ai à peine le temps de me rendre rue du Faubourg-Saint-Honoré, où il demeure.

— Le comte Dufresnoy?... répéta Beverley comme s'il eût cherché à se rappeler.

— Oh! vous ne le connaissez pas... dit Gontran. — C'est un vieil ami de ma famille... qui habite la Bourgogne... il paraît qu'il veut acquérir une des propriétés que j'y possède.

— Le château de Graçay-Chambrun?

— Précisément.

— Vous êtes donc disposé à le vendre?

— Mon Dieu, je n'en sais rien encore... Cela dépendra... A la mort de mon père, et au partage des biens, j'ai reçu dans mon lot les terres de Beaujeu et celles de Graçay-Chambrum... Beaujeu!... C'est là que j'ai été élevé, tandis que je n'ai mis les pieds à Chambrun que deux ou trois fois, au moment de l'ouverture de la chasse... Je n'ai donc aucun intérêt à garder une propriété qui me coûte certainement beaucoup plus qu'elle ne me rapporte.

— Et on vous offre de l'acheter.

— Le comte Dufresnoy désire en causer avec moi, et c'est pourquoi je déjeune chez lui ce matin. Au

surplus, nous nous reverrons ce soir chez M. Dalbano.

— C'est juste. Il y a grand bal, cette nuit, rue
Caumartin.

— Vous y serez?

— C'est mon chemin pour aller à la maison mystérieuse qui est mitoyenne avec celle du banquier.
J'irai vous raconter le résultat de mon expédition
nocturne.

En causant de la sorte, ils étaient rentrés dans le
salon.

Beverley marchait devant.

Comme il passait devant le tableau voilé de deuil,
il ralentit le pas et salua à la manière arabe, portant la main de son cœur à ses lèvres et de ses
lèvres à son front.

Gontran, de son côté, avait suspendu sa marche,
et instinctivement poussé par un sentiment de reli-
gieux respect, il s'était découvert en s'inclinant.

Beverley lui serra énergiquement la main.

— Merci, dit-il d'une voix étranglée, merci; vous
venez de vous incliner devant la plus sainte et la
plus malheureuse des femmes...

— Mon ami!...

— Il y a là une victime du plus odieux des atten-
tats... et Dieu permettra sans doute que je ne meure
pas avant d'avoir accompli ma terrible mission...
mais venez! éloignons-nous! Quand je parle des
morts, il me semble toujours que leur âme est là,
qui écoute et recueille mes paroles!...

Et il entraîna le jeune gentilhomme, qui un mo-

ment plus tard quittait l'hôtel et regagnait son
coupé.

Nous ne le suivrons point rue du Faubourg-Saint-
Honoré, ni au Bois, ni au club où il alla dîner, mais
nous ne pouvons passer sous silence l'incident singulier qui se produisit, quand il rentra vers neuf
heures du soir, dans son appartement de la rue
Basse-du-Rempart.

Il avait passé devant la loge du concierge, et allait
monter la première marche de l'escalier quand il
entendit une voix prononcer son nom derrière lui.

Il se retourna vivement.

Il y avait là un homme qu'il ne reconnut pas tout
de suite, mais dont les traits ne lui parurent pas
cependant tout à fait inconnus.

— Monsieur le vicomte ne me reconnaît pas? dit
l'homme en remuant doucement la tête.

— Attendez donc !... fit Gontran.

— Monsieur vient si rarement... de nos côtés.

— Martial !...

Le vicomte ne fut pas maître d'un premier mouvement... et tendit la main à l'ex-brigadier qui la
lui serra à la briser.

— Toi ! à Paris... balbutia-t-il... ah ! tu arrives à
propos... car j'ai justement à te parler... suis-moi...
viens... j'ai une heure encore devant moi... et nous
pourrons causer à notre aise...

Et il escalada son premier étage, suivi de près
par le garde de Graçay-Chambrun.

VII

Martial avait peu changé depuis cinq années. C'était une nature particulièrement robuste et saine, et la vie qu'il menait au château de Graçay-Chambrun ne lui laissait pas le temps d'être malade, — c'est du moins l'explication qu'il donnait quand on le complimentait sur sa mine excellente et sur son infatigable activité.

Seulement, la forte moustache qui ombrageait sa lèvre avait un peu grisonné, et son crâne s'était légèrement dégarni : — à part cela, c'était le même homme droit, l'œil bien ouvert, le visage empreint de franchise et de loyauté.

Gontran lui avait indiqué un siége, et tout en procédant à sa toilette, il avait entamé la conversation.

— Sais-tu bien, mon ami, lui dit-il d'un ton de

reproche bienveillant, que j'aurais à me plaindre de
toi...

— De moi !... interrompit Martial.

— Eh ! sans doute ?... Comment ! tu quittes Graçay-Chambrun, tu viens à Paris, et tout cela sans
me prévenir ?

Martial eut un regard étonné.

— Madame la duchesse de Frilouse n'avait donc
point informé M. le vicomte ?... dit-il vivement.

— Ma sœur ne m'avait rien dit de cela...

— C'est pourtant madame la duchesse qui m'a dit
de venir.

— Dans quelle intention ?

— Il me semble avoir compris qu'il s'agissait de
la vente du château.

— Ah ! ah !

— M. le comte Dufresnoy aurait parlé à madame
la duchesse de son désir d'acquérir la propriété.

— Et sans me prévenir—ma chère sœur a presque
disposé d'un bien qui m'appartient.

— M. le vicomte me pardonnera, si j'ai pu lui déplaire.

— Eh ! tu es tout pardonné, mon excellent Martial : seulement, je me réserve d'adresser des re-
montrances à la duchesse — et une autre fois,
j'espère qu'elle me permettra de m'occuper moi-
même de mes affaires.

— M. le vicomte n'a-t-il pas formé le projet de
vendre le château ?

— Est-ce que je sais ? Moi, je n'ai aucun projet.
Seulement la duchesse a compris que cette terre me

coûte fort cher... et comme je n'y vais jamais.

— C'est là qu'est le mal... monsieur.

— Comment ?

— Si vous vouliez y venir quelquefois, l'hiver, vous changeriez bien vite de sentiment, j'en suis certain. — Un bon pays, — des bois profonds où l'on trouve tout ce qu'on veut, depuis le lièvre jusqu'au sanglier. Et des étangs ! où les carpes finiront par se manger entre elles, si l'on ne prend pas des mesures énergiques. — Et puis le château est en excellent état. Je n'ai cessé de l'entretenir avec soin... Il est habitable aujourd'hui, comme au moment où les anciens maîtres l'ont quitté.

Une ombre passa sur le front du garde pendant qu'il prononçait ces derniers mots.

— Tu étais très-dévoué à tes maîtres... fit Gontran qui l'observait avec intérêt ; — on me l'a dit !

— Et l'on a eu raison, monsieur le vicomte, répondit Martial ; car j'aurais été bien ingrat, si je ne leur avais été dévoué ; le général avait toujours été si bon pour moi... Quoique je fusse moins âgé que lui de quelques années seulement, je l'aimais et le vénérais à l'égal d'un père.

— Il avait une fille ?

— Pauvre et chère demoiselle ! Qui ne l'aurait aimée... Elle n'avait que quatorze ans alors, et quand elle venait là-bas, chaque année, en vacances, c'était la providence du pays, et les pauvres la connaissaient bien !... Mais tenez, monsieur le vicomte... ces souvenirs-là, voyez-vous, je crois qu'il faut en parler le moins possible.

— D'autant plus qu'il y a, je crois, dans ce passé un catastrophe terrible sur laquelle le jour n'a jamais été complétement fait.

Martial baissa la tête et ne répondit pas.

Gontran craignit d'avoir été indiscret; c'était un cœur élevé et délicat... Il s'empressa de changer le cours de la conversation.

— Et quand retourneras-tu à Chambrun? demanda-t-il tout en continuant de s'habiller.

— D'après les ordres de madame la duchesse, ce sera dans trois jours, répondit Martial, mais ce sera plus tôt si M. le vicomte le désire.

— A Dieu ne plaise, mon ami. D'ailleurs, tu dois bien avoir quelques affaires personnelles... des amis à visiter.

— Moi !... fit Martial en tressaillant.

— Ne connais-tu personne à Paris?

— Mais... non... Qui pourrais-je y connaître?...

— Cependant...

— Que veut dire M. le vicomte?...

Ce dernier s'était pris à regarder son interlocuteur avec attention... et en remarquant son attitude embarrassée, un vague soupçon traversa son esprit, et il se rappela tout à coup le nom de Martial qu'il avait entendu le matin sur la terrasse de Beverley.

Mais, en même temps, un sentiment de pudeur le saisit... Il pensa qu'il y avait là un secret qu'il n'avait pas le droit de solliciter puisqu'on ne paraissait pas disposé à lui en faire la confidence, et il se contint une seconde fois.

— Rien, rien, répondit-il, et je n'ai plus autre
chose à te demander... Il est convenu que tu partiras dans trois jours... d'ici là, tu voudras bien venir
me voir tous les matins.

— M. le vicomte n'a pas d'autres ordres à me
donner ? dit Martial en s'inclinant.

— Pour le moment... non !... si j'avais besoin de
toi... je te le dirai demain.

— A demain alors, monsieur le vicomte.

— A demain, mon ami...

Et Martial se retira.

Il était dix heures et demie. Gontran donna un
dernier coup d'œil à sa toilette, passa son pardessus
avec l'aide de son valet de chambre, et ne tarda pas
à quitter son appartement pour se rendre chez
M. Dalbane, dont l'hôtel était rue Caumartin, à deux
pas.

— Faut-il faire avancer la voiture ? avait demandé le valet.

— C'est inutile — répondit Gontran — il fait une
nuit superbe ; j'irai à pied.

Il sortit.

Les événements qui s'étaient accomplis depuis le
matin, l'avaient diversement impressionné.

Sa visite à Beverley, la conversation qu'il avait
eue avec le jeune gentlemen, l'image voilée de deuil
devant laquelle il s'était arrêté, et surtout cette jeune
fille qui lui était apparue dans sa grâce et sa pureté
sereines, tout cela lui communiquait une émotion
contre laquelle il cherchait vainement à se défendre.

Gontran était une nature impressionnable et
tendre... un caractère loyal et fier jusqu'à l'excès...
un cœur d'or qu'il avait réussi jusqu'alors à préser-
ver des atteintes malsaines du monde dans lequel il
vivait.

Or, depuis quelques jours... il lui semblait que
tout à coup l'air s'était obscurci et que son regard
troublé avait peine à voir en lui et autour de lui.

Que se passait-il ?

Jamais encore il n'avait rien éprouvé de pareil. Il
se sentait comme entraîné sur une pente au bout
de laquelle il entrevoyait obscurément quelque
chose de terrible, ou tout au moins d'inconnu... et
un vague instinct lui disait qu'il touchait à une heure
solennelle et grave...

Il y avait cette nuit-là, chez M. Dalbane, le banquier de la rue Caumartin, une fête à laquelle devait assister tout ce qui, à Paris, tient un rang dans
la finance, dans la magistrature, dans les lettres ou
dans l'administration.

M. Dalbane était l'une des notoriétés de la banque
parisienne, — on le disait riche à plusieurs millions ;
— c'était, de plus, de l'aveu de tous, l'homme le
plus honnête et le banquier avec lequel les transactions étaient le plus sûres.

Le faubourg Saint-Germain et le faubourg Saint-
Honoré même ne dédaignaient pas d'envoyer chez
lui leurs représentants les plus autorisés, et l'on
était sûr d'y rencontrer le dessus du panier des aris-
tocraties anciennes et modernes, c'est-à-dire celles
de l'intelligence, du nom et de la fortune.

Il faut bien le dire, toutefois...

La notoriété dont jouissait M. Dalbane, et la considération éclatante qui s'attachait à son nom, ne suffisaient qu'imparfaitement à justifier la faveur réservée aux fêtes qu'il donnait chaque hiver, et il y avait à cet empressement général que nous signalons, une autre cause plus positive qui expliquait mieux encore la présence, dans ses salons, de la jeunesse élégante ou titrée.

Le banquier avait une fille — Mlle Herminie Dalbane — et cette fille était bien la plus belle et la plus séduisante créature qu'il fût possible de rêver.

Herminie entrait alors dans sa vingtième année.

L'année précédente, on se rappelait l'avoir vue un peu grêle, peut-être... l'air timide, le sourire réservé, le regard hésitant et voilé !

Mais la tiède atmosphère des salons avait promptement mûri cette jeune plante, pleine de vigueur et de sève... — Sa beauté s'était développée avec une rapidité vertigineuse, et à voir maintenant ses bras et ses épaules d'un modelé exquis, son front altier, couronné d'une opulente chevelure d'un blond fauve, quand on s'oubliait à contempler ses lèvres un peu épaisses, où la sensualité se trahissait sous l'éclat d'un sang généreux ; quand, surtout, on se laissait pénétrer par le regard de ses deux yeux noirs, où l'audace se voilait bizarrement de langueur, on se demandait si, vraiment, c'était bien la jeune fille que l'on avait remarquée naguère, et à l'aide de quel miracle une pareille transformation avait pu s'accomplir !

Du reste, ce n'étaient pas là les seuls étonnements que provoquait la vue de la belle Herminie... Un travail mystérieux s'était opéré en elle, pendant l'année écoulée, et la transformation morale qu'elle avait subie, était aussi étrange peut-être que la transformation physique que nous indiquons.

En rentrant chez son père, au sortir du couvent, Herminie y avait apporté l'ardent désir de connaître enfin ce monde si souvent entrevu ou pressenti à travers ses rêves de jeune fille... Son imagination de feu l'avait bien déjà instruite à moitié; mais ce n'était là qu'une satisfaction insuffisante.

Elle comprenait, dans sa curiosité inquiète, qu'il devait y avoir autre chose dans la vie — et plus d'une fois, à certains frissonnements mystérieux qui l'avaient mordue jusqu'au cœur, elle s'était sentie comme honteuse de son ignorance.

Malheureusement, M. Dalbane, trop occupé du soin de ses affaires, ne pouvait ni la surveiller, ni la guider, et elle était restée seule, pour ainsi dire livrée à elle-même, ou ce qui est pis cent fois — abandonnée sans contrôle aux mains d'une femme de chambre.

Aussi, ne tarda-t-elle pas à faire elle-même sa vie, dans laquelle elle apporta le mouvement avide et l'âpre curiosité qui étaient en elle.

Elle se fit habiller chez Worth, se livra à de longues courses à cheval, le matin, au Bois, souvent seule, quelquefois escortée de jeunes gens que sa fortune autant que sa beauté attirait sur son chemin.

Chaque soir, on la voyait au théâtre ou dans le monde, partout où elle pouvait être adulée et enviée.

En peu de mois, elle connut le Tout-Paris dont elle avait tant entendu parler... Elle apprit le nom des jeunes gens à la mode et celui de leurs maîtresses, et elle devint ce que deviennent quelques-unes des jeunes filles que nos lecteurs ont certainement rencontrées, — celles dont Proudhon a dit qu'elles sont nées pour être entretenues : filles par leur père, femmes par leur mari, maîtresses par leur amant.

L'attitude qu'elle avait prise ainsi dès le début avait, il faut le reconnaître, éloigné d'Herminie bon nombre de prétendants; mais le nombre de ceux qui restaient sur les rangs était considérable et suffisait à affirmer son triomphe.

Toutefois, parmi ceux-ci, deux seulement semblaient avoir jusqu'alors arrêté son regard, et ce n'était un mystère pour personne que la préférence marquée qu'elle leur accordait.

L'un de ces prétendants était le vicomte Gontran d'Épernon — et nous n'avons plus rien à dire.

Quant à l'autre, c'est différent, et il mérite une mention spéciale... On l'appelait le prince Lubiroff...

Et c'était bien le plus singulier personnage qui eût depuis longtemps traversé le monde parisien.

VIII

Le prince Lubiroff touchait à la soixantaine ; il n'avait jamais dû être beau, et il manquait essentiellement de grâce et d'esprit.

Mais il était prince ! il menait un grand état, habitait un merveilleux hôtel avenue des Champs-Élysées, et l'on assurait qu'il possédait en Russie des mines inépuisables d'or et de diamants.

Il était arrivé à Paris depuis une année à peine, et tout d'abord son existence s'était affirmée par des prodigalités dignes d'un personnage des *Mille et une Nuits*.

On comprit qu'il y avait là une fortune dont il était impossible de préciser l'étendue, et l'on se garda bien d'en rechercher l'origine.

A Paris, la fortune a droit d'insolence.

A la vérité, certains esprits moroses essayèrent

bien de mêler une note discordante à ce concert de
louanges qui s'élevait autour du prince.

Ils insinuèrent que d'ordinaire, on ne jette pas
de la sorte l'argent que l'on a gagné honorablement;
ils signalèrent quelques lacunes inexpliquées dans
la vie de ce nouveau favori de la curiosité parisienne, et relevèrent même dans les traits de son
visage — ce que nul ne put contester — un mélange
bizarre de sauvage et de civilisé... quelque chose
d'hybride... qui participait à la fois de l'homme et
de la fauve !

Mais qui les écouta !

Le prince d'ailleurs s'inquiétait peu de cela ! et
dès les premiers pas qu'il fit dans le monde, on le
vit marcher à son but, avec la fermeté d'un homme
bien résolu à ne s'en laisser détourner par aucune
considération humaine.

Ce but, c'était la possession de mademoiselle Herminie Dalbane.

Comment s'y prit-il pour gagner l'amitié du père
et les bonnes grâces de la fille... Nous n'essayerons
pas de l'expliquer — ce qu'il y a de certain, c'est
qu'au bout de quelques mois, Gontran et lui étaient
les deux seuls prétendants auxquels la belle Herminie réservait son meilleur et son plus invitant accueil.

Quand le vicomte d'Épernon fit son entrée dans
les salons du banquier, il y avait foule déjà, mais
du premier coup d'œil, il aperçut, au bras de Sosthène, mademoiselle Dalbane, qui lui envoya de
loin, son plus doux sourire.

Gontran s'en sentit pénétré jusqu'au fond du cœur...

Jamais il ne l'avait vue aussi belle.

Son corps souple s'abandonnait aux mouvements de la valse, avec des grâces et des ondulations de syrène ; ses yeux étaient comme imprégnés de langueur, et sous la lumière des bougies, ses épaules de marbre empruntaient des tons voluptueux et chauds où le regard s'oubliait ébloui et charmé.

La valse finissait...

En regagnant sa place, Herminie passa devant Gontran, et quittant brusquement le bras de son cavalier, elle vint prendre celui du jeune vicomte.

— J'ai à vous parler... dit-elle alors d'une voix où tremblait une légère émotion... il y a deux jours... vous avez vu mon père ?

— C'est vrai ! répondit Gontran en tressaillant.

— Vous lui avez demandé la faveur d'un entretien.

— Il vous l'a dit ?

— Mon père n'a pas cru devoir me faire un mystère de votre démarche... il a supposé que vous aviez l'intention de lui demander ma main.

— Ah ! c'est mon rêve le plus cher.

— Je ne vous dirai pas que je suis flattée d'avoir été remarquée par vous... Ce serait tout simplement banal et je hais cela, mais je ne vous cacherai pas que depuis deux jours j'ai été plus émue qu'à aucun autre moment de ma vie.

— Est-ce possible !

— Ne vous hâtez pas de vous réjouir. J'ai beau-

coup réfléchi — il faut que je vous parle... Seulement, à cette heure, vous le voyez, je ne m'ap-
partiens pas encore — mais je vous ai réservé le
quatrième quadrille, et tout le temps qu'il durera,
nous le passerons à causer. — Voulez-vous ?

— Vous ne savez pas combien vous me rendez
heureux !

La jeune fille eut un sourire singulier, et serra la
main du vicomte.

Puis, comme les accords de la mazurka se faisaient entendre, elle s'abandonna aux bras d'un
nouveau cavalier, et disparut avec lui dans un tour-
billon de gaze et de dentelles.

Gontran était resté profondément troublé.

Son amour datait du premier jour où il avait rencontré Herminie, et depuis, il n'avait pas eu d'autre
désir ni d'autre rêve que sa possession.

Peut-être bien cependant, s'était-il dit quelquefois, que mademoiselle Dalbano avec ses excentricités d'enfant élevée à l'américaine, n'était pas la
femme qui convenait de tous points au vicomte
d'Épernon, frère de la duchesse de Frileuse !... Mais
le sentiment qu'il éprouvait n'était pas de ceux qui
peuvent s'expliquer ; il obéissait à un entraînement
dont il n'avait même plus conscience... et eût-il été
certain que cette union dût le mener à des abîmes
inconnus, qu'il n'eût pas hésité davantage, et s'y
fût précipité sans réfléchir.

Et puis, un moraliste l'a dit, le cœur a des raisons
que la raison ne comprend pas toujours.

Tout en réfléchissant aux quelques paroles que

6

lui avait dites mademoiselle Dalbane, Gontran avait quitté le salon, où il venait de la laisser, et machinalement, cédant à un besoin de recueillement et de solitude, il avait gagné la serre qui formait comme une immense rotonde de cristal au fond du dernier salon.

Une fois là, il s'assit sur un divan, s'accouda sur le dossier, et laissa son regard indifférent se perdre dans les méandres que les allées du jardin traçaient au-dessous de lui.

Et tout d'abord, il vit peu de chose : sa rêverie l'absorbait tout entier, et il n'apercevait rien du dehors. Mais peu à peu son regard s'assura davantage, il parcourut avec un intérêt croissant le tableau qui s'offrait à lui, et, tout à coup, on eût pu le voir tressaillir et se soulever à demi.

Au bout du jardin, à quelques mètres du mur de clôture, se dressait une habitation, d'aspect sombre et morne, dont la silhouette détachait ses vives arêtes sur le fond bleu clair du ciel.

Dès qu'il eut remarqué cette habitation, Gontran ne put plus en détacher ses regards.

Et alors il s'orienta, rappela ses souvenirs des nuits précédentes... et presque aussitôt la vérité se fit jour.

Il avait devant lui la maison mystérieuse dans laquelle Beverley devait se rendre cette nuit même !

Mais il n'eut pas le te... s d' s'abandonner aux impressions qui le saisirent à ce... découverte, car au même moment, un bruit se fit à ses côtés, et il se retourna vivement.

Un homme était à quelques pas.

Le prince Lubiroff...

Gontran réprima un mouvement de contrariété.

— Je vous demande pardon de troubler votre rêverie, dit alors le prince avec un sourire, mais vous
voyant seul en ce réduit, je n'ai pu résister au désir
très-vif que j'éprouvais de causer quelques instants
avec vous.

— Vous avez à me parler ?... demanda Gontran,
au comble de l'étonnement.

— Précisément.

— A quel propos ?

— Je vais vous le dire... Si vous voulez bien me
permettre de prendre place à vos côtés...

Gontran ne revenait pas de sa surprise... Jamais
encore le prince ne lui avait adressé la parole, et
dans les circonstances où il se trouvait, après la conversation qu'il venait d'échanger avec mademoiselle
Dalbane, une pareille démarche lui semblait inexplicable.

Cependant, le prince s'était assis sur le divan, et
son œil d'une mobilité c   me ne quittait pas son
jeune partenaire.

— Je ne crois pas vous apprendre une chose nouvelle, dit-il bientôt, en vous disant que nous venons
chez M. Dalbane pour le même motif, et que nous y
apportons tous deux les mêmes intentions...

— Je ne comprends pas, — balbutia Gontran.

— En termes plus clairs, répliqua le prince, dont
l'accent devenait plus ferme et plus net, vous êtes

amoureux de mademoiselle Dalbane, dont moi-même
j'ai le désir de faire ma femme...

— Monsieur !

— Appelez-moi monsieur... si le mot vous plaît,
je n'y trouverai rien à reprendre... seulement,
j'estime qu'entre gens de notre monde, une explication du genre de celle que je provoque peut se
circonscrire dans des limites étroites de convenance
et de courtoisie... N'est-ce pas votre avis?

— Sans doute.

— A la bonne heure... Au surplus, je ne viens
pas vous demander de renoncer à mademoiselle
Dalbane ; encore moins, ai-je la prétention de vous
disputer sa main en champ clos... Vous avez pour
vous le double avantage de l'élégance et de la jeunesse, et je ne me dissimule pas que ce sont là des
qualités auxquelles je n'ai rien à opposer... mais il
y a d'autres considérations à vous présenter qui
méritent bien que vous y arrêtiez votre attention. .

— Lesquelles?

— Vous aimez mademoiselle Herminie, et vous
êtes bien résolu à la demander à son père... mais
vous êtes désintéressé, chevaleresque, et on vous
ferait certainement injure en supposant que vous
avez pensé à la situation de M. Dalbane.

— Que voulez-vous dire? fit Gontran, en fronçant
les sourcils.

— Vous voyez! l'hypothèse seule d'une pareille
supposition amène déjà la rougeur à votre front...
et cependant... la position de M. Dalbane est tout
exceptionnelle sur la place de Paris... Sa fortune

entière est engagée dans sa maison de banque, et il
suffirait d'une catastrophe, que le moindre nuage à
l'horizon politique peut déterminer...

— Ah ! assez, monsieur, interrompit vivement
Gontran ; vous en avez trop dit, et je ne veux pas en
entendre davantage ; d'ailleurs, je trouve singulier
que vous prétendiez m'effrayer par des perspectives...
dont vous ne paraissez pas vous-même vous être
préoccupé.

— Oh ! moi... c'est différent... répartit le prince
d'un ton ironique.

— Comment cela ?

— Je suis très-riche... et je suis déjà bien vieux...
Dans l'hypothèse d'une catastrophe, mademoiselle
Herminie Dalbane, devenue princesse Lubiroff,
trouverait dans sa nouvelle existence tout le luxe
qu'elle a pu rêver, et qui est nécessaire à sa nature
avide de plaisirs... Et puis... il y a autre chose.

— Quoi donc ?

— Rien — le sujet vous déplaît, je n'aurai garde
d'y insister... mais croyez-moi, monsieur le vicomte,
ne précipitez rien, ne vous engagez pas trop vite,
attendez quelques semaines au moins, et si vous
suivez mon conseil, peut-être me remercierez-vous
un jour, d'avoir osé vous le donner.

Gontran garda le silence, une sourde irritation
pesait sur son esprit, il ne voulut pas rester une seconde de plus en la compagnie du prince.

Il se leva.

— Vous m'en voulez ? — dit Lubiroff d'un ton
sous lequel perçait une pointe d'ironie !

6.

Gontran allait répondre, mais la parole resta suspendue à ses lèvres, et un frisson courut sur sa peau.

Un vif et rapide éclair venait de passer, embrasant les glaces de la vitrine d'un jet de feu.

Il en avait été presque aveuglé.

Il se dressa devant la glace... et pendant que son regard plongeait au dehors, un cri lui échappa, cri de surprise mêlé d'effarement.

— Qu'y a-t-il? demanda le prince avec un tressaillement inconscient.

— Là! là!... Cette lumière... Regardez...

Le prince suivit l'indication de Gontran, et une pâleur de suaire se répandit sur ses traits quand il aperçut, courant de fenêtre en fenêtre, au premier étage de la maison mystérieuse, une lumière dont les reflets rayaient vivement l'obscurité de la nuit.

IX

Ce fut rapide d'ailleurs, et cela dura à peine le temps de l'écrire.

Le prince Lubiroff avait porté les deux mains à ses joues blêmes, et par une pression énergique, il rappela bien vite le sang au visage.

En même temps ses traits reprenaient leur placidité apparente, et un sourire félin relevait le coin de sa lèvre.

Gontran, tout entier à son observation, n'avait rien remarqué de ce trouble momentané dans l'attitude de son interlocuteur.

— Voilà qui est singulier, en effet, dit alors le prince d'une voix calme ; à plusieurs reprises déjà, en venant me reposer ici, j'avais remarqué cette maison silencieuse et morne, — et je m'étais imaginé qu'elle était inhabitée.

— Oui, — oui... — répondit Gontran — sans trop
savoir ce qu'il disait.

Il était ému, presque terrifié à la pensée du danger que Beverley courait peut-être en ce moment,
et il prêtait l'oreille, s'attendant à chaque instant à
entendre un coup de feu donner raison à ses appréhensions.

— Vous paraissez attacher à cet incident, poursuivit le prince en dardant sur lui ses deux yeux
clairs, plus d'importance qu'il ne mérite... Y a-t-il
ici quelque chose de particulier qui vous intéresse ?

— Mais vous ne savez donc pas ce qui se passe !
s'écria le jeune vicomte.

— Que se passe-t-il ?

— C'est Beverley.

— Ah !

— J'ai fait tout ce que j'ai pu pour le dissuader,
mais il n'a rien voulu entendre, car il était encore
sous l'impression de l'autre nuit.

— Quelle impression?

— L'assassinat de Bocquillon...

— Bon!... j'ai lu cela dans le journal... C'est vous
qui l'avez ramassé, rue Basse-du-Rempart... Mais
quel intérêt... votre ami pouvait-il porter à ce malheureux... et surtout, quel rapprochement...

— Il y en a un.

— Vraiment?... ma foi, je serais curieux de savoir.

Gontran ne quittait pas la maison du regard.

La lumière qui avait si violemment attiré son
attention, venait de descendre au rez-de-chaussée,

et finalement, elle avait disparu et la maison s'était de nouveau enveloppée d'ombre et de mystère.

— C'est fini ! dit le prince en s'asseyant.

— Et j'avoue, répliqua le vicomte, que je suis maintenant un peu plus rassuré.

— Quel danger pouvait menacer votre ami dans une maison inhabitée ?

Gontran eut un geste de dénégation.

— Inhabitée... répéta-t-il ; Beverley, Sosthène et moi, nous pourrions élever quelque doute sur ce point.

— Vous en avez vu sortir quelqu'un ?

— Précisément.

— Qui cela ?

— Un homme... un vieillard... Nous ne saurions dire au juste...

— Vous ne l'avez pas reconnu ?

— Non... mais nous l'avons suivi.

— Ah !

Gontran allait poursuivre... Mais à ce moment même, il aperçut mademoiselle Dalbane qui venait de s'arrêter sur le seuil de la serre, et lui faisait un geste de la main.

Le jeune homme courut à cet appel... Herminie s'empara de son bras, et tous deux disparurent dans les salons encombrés.

Le prince était resté seul, soucieux et sombre.

Quand il les eut vus disparaître, son œil s'injecta subitement de colère ; ses sourcils se froncèrent à la manière des tigres, et une sorte de rugissement gronda dans sa poitrine...

— Allons... allons !... murmura-t-il les dents ser-
rées, pendant qne ses ongles, durs comme des
griffes, labouraient le velours du divan... c'est assez
de m'amours... je n'aime pas qu'on regarde comme
ça dans mon jeu... il faut en finir...

Et son regard fulgurant se tourna vers la maison
inhabitée... pour s'y oublier dans une contempla-
tion que troublaient de temps à autre de profonds
tressaillements de haine et de rage.

Cependant Gontran et mademoiselle Dalbane,
après avoir réussi à fendre les flots pressés de la
foule, venaient de se réfugier dans une pièce située
à l'extrémité de l'appartement, et qui était la
chambre même d'Herminie.

Il n'y avait personne.

Les deux jeunes gens échangèrent un regard à la
vue de cette solitude propice, et s'assirent l'un à
côté de l'autre, sur une chaise longue.

— Combien je vous remercie de ce moment de tête
à tête que vous voulez bien m'accorder, dit Gontran
d'une voix émue, je vais pouvoir enfin vous dire que
vous êtes belle... et que je vous aime.

La jeune fille se prit à sourire.

— Il ne me déplaît pas que vous me trouviez
belle, répondit-elle, et j'éprouve même un certain
charme à vous entendre répéter que vous m'aimez...
vous le savez, je ne suis pas une jeune fille comme
une autre, et j'ai tenu à affranchir ma vie de tous
ces mensonges niais que les mères enseignent à
leurs enfants... je suis ce que je parais être, et ceux
qui m'aiment n'ont point à redouter jamais d'être

déçus de leurs illusions... Donc, vous m'aimez, mon cher vicomte, et vous avez dû déjà vous apercevoir que vous ne m'étiez pas indifférent.

— Herminie...

— Attendez... vous êtes jeune, élégant, vous vous mettez avec un goût exquis, et vous n'avez pas galvaudé votre cœur dans des promiscuités détestables. De plus, vous avez un nom noble que vous portez noblement, et il n'est pas une femme qui ne serait flattée d'avoir été distinguée par vous. — Seulement...

— Qu'allez-vous dire ? répéta Gontran en suspendant son regard inquiet au regard de celle qui lui parlait.

— Seulement, poursuivit Herminie, il y a dans votre situation un point noir, dont il faut bien que je fasse passer l'ombre sur votre bonheur.

— Parlez ! parlez !

— Vous vous rappelez la ravissante scène du duc Job où une jeune fille, éprise, cherche à établir le budget de sa vie, pour l'hypothèse où elle se résoudrait à devenir la femme de celui qu'elle aime.

— C'est la plus adorable scène que je connaisse — répondit Gontran — la plus délicieuse preuve d'amour qu'une jeune fille puisse donner à son amant.

Herminie approuva du geste.

— Eh bien — répliqua-t-elle — cette délicieuse preuve d'amour, je vous l'ai donnée aujourd'hui.

— Vous !

— Moi-même.

— Et comment !

— J'ai fait mon budget, pour le cas où je vous
épouserais.

— Ah ! que vous êtes bonne !

— Pas tant que cela peut-être. — Écoutez-moi.

Et la belle enfant prit un air presque grave...

— Si l'on ne m'a pas trompée, poursuivit-elle, M. le
vicomte d'Épernon, votre père, a laissé en mourant,
une fortune qui peut être évaluée à deux millions.

— A peu près.

— Vous êtes deux enfants... madame la duchesse
de Frileuse, votre sœur, et vous. Ce qui fait cinquante
mille livres de rente pour chacun... Quant aux immeubles, ils se composaient d'un hôtel sis rue de
Varennes et des châteaux de Beaujeu et de Graçay-
Chambrun... Lors du partage, la duchesse de Frileuse
a reçu dans son lot l'hôtel du faubourg Saint-Germain, et de votre côté vous êtes devenu propriétaire
des terres de Beaujeu et de celles de Graçay-
Chambrun, qui vous coûtent beaucoup plus cher
qu'elles ne vous rapportent.

— Je crois entendre le notaire de ma famille ! fit
le vicomte d'un ton enjoué... ·

— De sorte que votre fortune personnelle n'atteint même pas au chiffre de cinquante mille livres de
rente.

— Ne trouvez-vous pas ?...

— Pour un garçon, c'est assez, sans doute, interrompit Herminie, mais pour le futur époux de mademoiselle Dalbane, je pense que c'est tout à fait
insuffisant.

Gontran fit un mouvement.

— Ah! ce que vous dites là est bien cruel... balbutia-t-il interdit.

— J'en suis navrée, comme vous, mon ami... j'ai fait mon budget avec toute la conscience possible, et les chiffres ont été impitoyables. — Je sais bien qu'il y a une chose dont vous avez la délicatesse de ne pas parler, et que je devrais faire entrer en ligne de compte... ma dot... qui sera considérable... mais, songez-y, monsieur le vicomte... mon père est banquier ; il ne donnera pas le capital de cette dot, et se contentera d'en servir la rente... de sorte que si, par impossible — il faut tout prévoir dans ces temps de trouble et de révolutions — si enfin une catastrophe survenait — vous ne voudriez pas me voir obligée à renoncer à cette vie de luxe, de tapage et de fête pour laquelle je suis évidemment née, et dont je ne pourrais certainement pas me passer...

Gontran garda un moment le silence. Il était presque atterré... et ne savait que répondre.

— Vous m'en voulez de vous avoir parlé avec cette franchise?... fit la jeune fille d'une voix câline et douce.

— Moi!... se récria Gontran ; non... mais il y a une chose que je viens de découvrir... et qui m'a durement frappé.

— Laquelle?

— La certitude que vous ne m'avez jamais aimé!

— Vous croyez? dit Herminie.

Et il y eut dans le ton dont ces deux mots furent prononcés une telle émotion mal déguisée que

7

Gontran releva brusquement la tête et prit ses deux
mains qu'elle ne lui retira qu'après qu'il les eut
baisées avec transport.

— Vous êtes un enfant, dit-elle en plongeant son
regard dans ceux du jeune homme, et moi qui
entre à peine dans la vie, je la connais déjà mieux
que vous ne la connaîtrez jamais.

— Mais vous en épouserez un autre.

— Peut-être.

— Le prince Lubiroff ?

— Qui sait...

Gontran crispa ses deux poings qu'il porta à ses
lèvres.

— Celui-là ou un autre... continua Herminie...
qu'importe, puisque ce n'est pas vous... et ne pré-
férez-vous pas que je devienne la femme d'un
homme qui n'a rien que l'on puisse aimer?

— Que dites-vous ?

Gontran secoua le front avec force...

Tout ce qu'il entendait était si inattendu, qu'il
avait peine à se retrouver.

La belle jeune fille s'était levée : une dernière
fois, elle serra les mains du vicomte dans les
siennes et pendant qu'une contraction nerveuse
froissait sa lèvre :

— Nous nous reverrons !... dit-elle à voix lente;
et à la réflexion, vous comprendrez mieux le langage que je vous ai tenu aujourd'hui... Quant au
prince Lubiroff, si je l'épouse, ma foi, c'est lui qui
l'aura voulu, et il ne devra s'en prendre à personne... Venez me voir alors... je vous réserverai

toujours mon plus amical accueil... et je vous dirai si le prince est heureux en ménage.

Puis, elle salua du geste, et rentra dans le bal, d'un pas mesuré et calme.

Gontran étouffait...

C'était l'écroulement de tout ce qu'il avait rêvé... et le coup était d'autant plus douloureux qu'il ne s'y attendait pas...

S'il avait tenu le prince Lubiroff... il l'aurait certainement mal mené.

Il quitta la pièce... il avait besoin d'air; instinctivement, il se dirigea vers la serre, où il espérait bien ne plus trouver le prince.

Il n'avait fait vingt pas, qu'il suspendit sa marche.

A l'extrémité du couloir dans lequel il s'était engagé... il venait d'apercevoir Beverley, l'œil ardent... les cheveux en désordre... le visage altéré...

Il courut à sa rencontre.

— Vous! vous! s'écria-t-il... ah! je suis heureux de vous voir... Vous venez de la maison inhabitée?

— Oui! répondit Beverley d'un ton vague.

— Vous l'avez visitée.

— C'est cela.

— Et qu'avez-vous vu... dites... qu'avez-vous vu?

Une sombre expression se répandit sur les traits de Beverley... et sa main saisit fortement le bras de son ami...

— Venez! venez! dit-il, et vous verrez si je n'avais pas raison dans mes appréhensions et dans mes épouvantes !

X

Beverley resta d'abord quelques secondes sans parler... Sa poitrine se soulevait avec force ; de sinistres lueurs traversaient son regard, et ses mains semblaient comme attachées à ses tempes.

Enfin, il passa ses doigts rapides sur son front, comme s'il eût voulu en chasser une pensée obstinée, et se tourna vers Gontran.

— J'en avais le pressentiment, voyez-vous, dit-il d'un ton fiévreux ; mon cœur était dévoré de curiosité... et je me doutais que cette maison cachait un mystère redoutable auquel je devais me trouver fatalement mêlé... Eh bien, ce que j'ai vu dépasse tout ce que je pouvais imaginer.

— Expliquez-vous...

— Voici... Je vous ai confié ce matin le projet que j'avais formé... Je voulais visiter cette habitation... et rien ne devait plus m'arrêter... Toutefois,

je suis un homme pratique, et je n'entendais pas
m'exposer au sort de ce misérable Bocquillon. J'a-
vais fait prévenir Adolphe, il avait promis de m'accompagner, et vers onze heures une voiture de place
nous déposait rue Basse-du-Rempart.

— Vous étiez armés?

— Nous portions chacun un revolver... et Adolphe
s'était chargé de se procurer les outils nécessaires
pour l'ouverture des portes. — En outre, il s'était
précautionné d'une lanterne sourde, et c'est, munis
de ces divers objets, que nous atteignîmes la porte
qui donne sur la ruelle.

—Après?

— Cette première porte ne nous opposa qu'une
faible résistance, dont nous eûmes facilement raison.

En trois secondes, mon compagnon en fit sauter
la serrure, et nous entrâmes dans le jardin...

Je dis jardin, parce que je ne trouve pas un autre
mot pour peindre le fouillis inextricable de ronces et
d'épines qui avaient envahi le sol et masquaient les
allées... mais ce n'était là qu'un détail insignifiant,
et qui ne pouvait nous arrêter... Nous franchîmes
résolument l'espace qui nous séparait de la maison...
quelques mètres au plus, au bout desquels nous
trouvâmes la porte.

A notre grand étonnement, celle-ci était à peine
fermée; une poussée suffit pour l'ouvrir, et nous
pénétrâmes alors, de plain pied, dans une salle à
manger, sur les dalles de laquelle nos pas résonnèrent
avec une sonorité qui me fit tressaillir.

Cette pièce était nue et sans meubles, l'humidité avait depuis longtemps détaché la tapisserie qui pendait par bandes vertes et traînait jusque sur le sol.

Nous jetâmes un regard circulaire, mais rien ne frappa notre attention, et nous continuâmes d'avancer.

Je ne prenais, d'ailleurs, aucune précaution, et pour tout dire, ce que je redoutais surtout, c'était de ne rencontrer personne.

Je sortis de la salle à manger, et je me trouvai alors dans une espèce de couloir qui tourne autour des trois appartements du rez-de-chaussée.

Je remarquai le même délabrement dans toutes les pièces; j'en conclus naturellement que la maison était bien inhabitée, et que, si quelqu'un y venait de temps à autre, ce ne pouvait être que pour quelque œuvre de ténèbre ou de sang.

Je poursuivis.

Au bout du couloir, s'ouvre un escalier à vis.

Je m'y engageai.

J'avais, à tout hasard, saisi d'une main mon revolver, et, de l'autre, je dirigeais devant moi les rayons de la lanterne sourde.

Adolphe suivait à quelques pas derrière.

Au premier étage, il y a trois grandes chambres; l'une donne sur la ruelle, les deux autres sont celles dont vous apercevez les fenêtres, et qui prennent jour du côté de l'hôtel où nous sommes.

— Vous n'y avez rencontré personne?

— Personne; mais en observant attentivement, savez-vous ce que j'ai découvert?

— Quoi donc?

— Contre le mur et sur le parquet, il y avait des traces de sang !

— Celui de Bocquillon peut-être !

Beverley haussa les épaules :

— Allons donc ! répliqua-t-il, l'affaire Bocquillon s'est passée il y a quelques jours, tandis que le sang dont les traces m'ont frappé a dû être versé à une date bien antérieure.

— Vous pensez alors qu'un crime a été commis dans cette habitation?

— Oui, mon ami, et j'ajoute, d'après des données qui me sont toute personnelles, j'ajoute que ce crime doit remonter à six années.

Le vicomte regarda Beverley, et celui-ci eut un ricanement sinistre.

Ils gardèrent le silence.

Par une opposition bizarre, mais qui avait son côté poignant, pendant que Beverley faisait son lugubre récit... à quelques pas des deux jeunes gens, le bal avait atteint le paroxysme de la gaieté et de l'entrain. Ils voyaient passer à travers les grandes baies de lumière les couples enlacés que la valse emportait dans leurs rêves éphémères de plaisir ou d'amour, et l'écho affaibli de l'orchestre semblait se faire invitant et doux pour les arracher aux terribles impressions dans lesquelles ils s'isolaient.

Beverley ne tarda pas à poursuivre.

Tout entier au sentiment qu'il rapportait de son

expédition nocturne, il ne voyait rien et n'entendait
rien de ce qui se passait à ses côtés... et Gontran
lui-même ne prêtait qu'une oreille distraite aux murmures confus qui arrivaient jusqu'à lui.

— Six années!... reprit Beverley, après un long
silence... Que de choses écoulées depuis cette époque
qui fut la plus cruelle et la plus douloureuse de ma
vie! Six années! Mais ne pensons plus à cela et pour-
suivons... — La découverte que je venais de faire
avait doublé l'âpre curiosité qui était en moi. Je
montai du premier dans les combles, faisant la
lumière dans tous les coins, cherchant avidement
quelque indice qui pût me mener à la vérité. Mais,
chose singulière, je ne trouvai nulle part des traces
récentes de pas.

Quel chemin prenait donc le mystérieux vieillard
quand il venait la nuit dans cette demeure!

Je n'y comprenais rien!

Alors, je redescendis.

J'étais indécis, troublé, mécontent, quand, tout à
coup, je sentis un frisson glacé courir par tout mon
être!

— Qu'était-il arrivé?...

— En apparence presque rien... Je m'étais arrêté
devant la porte ouverte qui conduit à la cave... et je
regardais, sans voir, le trou béant et noir qui était
devant moi; machinalement, cependant, j'avais mis
le pied sur la première marche.

— Après?...

— Puis, lentement, un à un, j'en parcourus tous
les degrés, et à mesure que je descendais, il me

sembla qu'un sentiment nouveau me pénétrait.

— Comment cela?...

— A chaque marche, le long du mur apparaissaient des *brisées* manifestes attestant, comme dans nos bois, le passage de la fauve. — Il n'avait rien à faire dans la maison, cet homme, et c'est la cave seule qui l'attirait.

— Enfin?

— Enfin, mon pied posa sur le sol humide et mou, et la terre détrempée me montra des empreintes de pas qui formaient comme un sentier banal.

— Vous avez suivi ce sentier?

— Parbleu! Seulement, je ne suis pas allé tout de suite jusqu'au bout.

— Pourquoi?

— Le sentier suivait une ligne courbe dont l'extrémité doit évidemment aboutir à l'hôtel de M. Dalbane; je m'y suis engagé, espérant bien trouver au bout de la route l'explication des visites nocturnes de notre vieillard... Mais j'avais à peine fait vingt-cinq pas, que je me suis arrêté.

— Vous aviez rencontré un obstacle...

— Non.

— Qu'était-ce donc?

Beverley essuya son front où perlait une sueur glacée.

— Il y avait là, répondit-il à voix lente et grave, une ondulation de terrain, que je ne m'attendais pas à rencontrer et dont la forme et la dimension me frappèrent; sans que je puisse dire pourquoi, je

7.

sentis tout mon sang affluer brusquement vers
mon cœur... et je me vis contraint de suspendre ma
marche...

— Cependant...

— Ah! je ne suis pas un homme comme un
autre, mes impressions ne sont ni vulgaires, ni banales, et à ce moment, il me sembla que j'avais
devant moi...

— Quoi donc?...

— Une tombe! — Vous, peut-être, ou tout autre,
vous eussiez passé indifférent : moi, dès que je l'eus
aperçue, je ne pus plus m'en détacher...

— Mais, quelle probabilité?

— Tout se tient... le crime du premier explique
la tombe souterraine... — Du reste, c'est une vérification que je tenterai.

— Comment?

— Mais j'irai seul, cette fois... et il faudra bien
alors que la maison maudite me livre son sanglant
secret.

— Vous ne supposez pas cependant que le vieillard
de l'autre nuit...

— Celui-là, répondit Beverley, je crois savoir
maintenant à quoi m'en tenir sur son compte.

— Vraiment!

— Toutefois, il y a encore beaucoup de confusion
dans mes idées, il faut que je mette de l'ordre dans
toutes ces choses, et puis, il importe que je voie au
plus tôt M. Dalbane. Ne m'en veuillez donc pas,
mon cher vicomte, si je vous prie de me laisser...
D'ailleurs, mademoiselle Dalbane me reprocherait

de la priver du cavalier auquel elle tient le plus, et je ne veux pas me faire une ennemie de la plus charmante et de la plus adorable des jeunes filles...

Gontran se leva sur ces mots, serra la main que lui tendait Beverley, et il ne tarda pas à rentrer dans le bal.

Tous les événements de cette nuit l'avaient vivement impressionné, et il était encore tout ému quand il franchit le seuil du premier salon.

Mademoiselle Dalbane passait; elle vint à lui avec une grâce parfaite.

— Est-ce que vous boudez?... dit-elle, avec une petite moue qui lui allait à ravir...

— N'en croyez rien ! se récria Gontran.

— Après ce que je vous ai dit, si vous n'êtes pas content... eh bien... vrai ! vous êtes difficile...

Et elle lui pressa le bras. Gontran renaissait à l'espoir; il se pencha à son oreille.

— Vous n'aimez pas le prince? demanda-t-il d'une voix faible comme un souffle.

— Je le jure ! répondit-elle, en élevant le bras, comme eût pu le faire une grisette effrontée.

— Et vous ne l'épouserez pas?

— Je me le demande ! interrompit la jeune fille, qui s'épanouit en un rire éblouissant.

Gontran, quoi qu'il en eût, ne put s'empêcher de partager son hilarité.

— Vous me traitez comme un enfant, dit-il, d'un ton de doux reproche.

— Et vous n'êtes pas autre chose ! Voyons ! soyez

de votre âge... laissez-moi vous conduire et je vais
vous présenter à quelqu'un.

— Qui cela ?

— Une amie de couvent... jolie comme un cœur,
et que les fées ont dotée de toutes les qualités.

— Mais, je ne veux pas...

— Regardez au moins avant de parler, et quand
vous aurez vu, vous refuserez, si vous en avez la
force.

— Voyons donc !...

Et Gontran plongea son regard dans la direction
indiquée par mademoiselle Dalbane.

Mais il n'eut pas plus tôt aperçu la jeune fille qui
lui était désignée, qu'il laissa échapper un cri de
surprise.

Il venait de reconnaître la jolie enfant qu'il avait
vue le matin, dans le jardin contigu à l'hôtel de Beverley.

Réjane !

XI

Réjane !...

Sous ses vêtements de gaze, avec sa couronne de myosotis qui mêlait ses petites fleurs délicates à l'opulence de ses cheveux blonds, elle avait le même air chaste et calme, et son beau regard, pudique comme celui des vierges de la Bible, planait imprégné de curiosité, au-dessus de l'atmosphère brûlante du bal.

Gontran s'était pris à la contempler, et on eût dit que tout avait disparu devant cette vision !

— Eh bien ! — fit Herminie surprise peut-être de son immobilité et de son silence.

Le jeune homme revint à lui.

— Quelle est cette jeune fille ? balbutia-t-il d'un ton troublé.

— Cette jeune fille est mademoiselle Réjane, une

amie de couvent, ainsi que je vous l'ai dit, et jolie,
ainsi que vous le pouvez voir...

— Je ne l'ai point encore vue dans le monde.

— C'est en effet le premier bal auquel elle as-
siste... Voyons, ne désirez-vous pas que je vous
présente ?

— A quoi bon ?

— Je dois lui faire les honneurs de cette soirée,
et elle sera heureuse, j'en suis suis sûre, d'avoir
passé en votre compagnie le temps d'un quadrille
ou celui d'une polka.

Gontran ne résista pas davantage. Ce qu'on lui
proposait, il le désirait d'ailleurs lui-même.

— Soit, dit-il, comme avec résignation. Vous le
voulez et je vous obéis, mais laissez-moi du moins
me présenter moi-même.

— Faites comme vous l'entendrez.

Gontran quitta alors le bras de mademoiselle Dalbane; les premiers accords de la valse s'étaient fait
entendre : le salon dans lequel se tenait Réjane
avait été déserté dès les préludes de l'orchestre, et
la jeune fille s'y trouvait presque seule, assise, recueillie et pensive auprès de la cheminée.

Gontran vint la saluer et lui demanda de vouloir
bien accepter son bras pour la valse qui commençait.

La jolie enfant releva la tête à cette invitation et
regarda le vicomte de son bel œil clair et doux.

En même temps, elle souriait.

— Je vous remercie, monsieur, répondit-elle...

mais je suis déjà bien fatiguée... Et puis, je ne valse
pas...

— Au moins, insista Gontran, daignerez-vous
m'accorder la faveur du prochain quadrille ?

— Ça... c'est différent ! dit Réjane, je suis tout à
fait libre, et je veux bien.

— Vous m'autorisez alors à attendre dans ce
salon que la valse soit finie...

Une rougeur subite monta aux joues de Réjane,
qui baissa les yeux sans répondre.

Le jeune vicomte s'assit, non loin d'elle ; mais
soit qu'il éprouvât un sincère plaisir à la contempler, pendant quelques secondes, il garda le silence,
pour ne pas rompre le charme.

Toutefois, cette situation ne pouvait se prolonger
longtemps, sans devenir ridicule, et il ne tarda pas
à reprendre la conversation.

— Mademoiselle Dalbane, dit-il, me confiait tout
à l'heure que vous étiez une de ses meilleures
amies, et elle paraît vous porter une profonde affection.

Réjane releva ses beaux yeux sur celui qui lui
parlait.

— Herminie a bien raison de m'aimer, répondit-
elle ; nous étions étroitement unies au couvent, et
depuis, bien que des circonstances inattendues
eussent dû nous séparer, elle n'a jamais cessé de
me témoigner un véritable attachement.

— C'est la première fois, — m'a-t-elle dit, — que
vous venez au bal.

— C'est vrai...

— Je m'explique alors pourquoi je ne vous avais point remarquée encore, et je remercie mademoiselle Dalbane à laquelle nous vous devons...

Réjane remua doucement la tête.

— Oh ! ce n'a pas été sans peine, répliqua-t-elle... mon excellent père, qui est retenu par la goutte, ne pouvait pas m'accompagner et il avait des appréhensions... nous vivons fort retirés... l'un près de l'autre... nous ne nous quittons pour ainsi dire jamais... et vous comprenez que ça été de sa part un grand sacrifice.

— Je le comprends.

— Mais Herminie a tant insisté... elle est revenue si souvent à la charge... qu'il a fini par céder, quelque contrariété qu'il en eût.

— Et puis, peut-être, avait-il une autre pensée.

— Laquelle ?

— N'étiez-vous pas curieuse de voir cette fête... de vous mêler à ce monde que vous ne connaissiez pas. Il s'est dit qu'il ne devait pas vous priver de ce plaisir... et...

Une ombre glissa sur le front si pur de la jolie enfant.

— Cher père..., dit-elle d'un ton pénétré..., il doit bien se douter cependant que le plaisir que je goûte loin de lui, sera toujours mêlé d'amertume et de tristesse.

— Que dites-vous ?...

— Mais pardon, monsieur !... vous voyez, je n'ai pas l'habitude encore... je ne sais pas dissimuler mes impressions, qu'elles soient gaies ou tristes.

— Ah ! ne craignez rien ! dit Gontran avec chaleur... vos paroles ne sont pas recueillies par un indifférent, et il me semble que je vous connais déjà depuis longtemps.

— Monsieur...

— Écoutez-moi... laissez-moi vous dire !... si vous saviez... depuis quelques heures, l'intérêt que vous m'inspirez...

Gontran n'acheva pas... Réjane venait de faire un mouvement pour se lever.

Il se passait dans le cœur de la jeune fille quelque chose de bien singulier, — et elle éprouvait en ce moment une sensation dont la profondeur l'effrayait, sans qu'elle pût en définir encore le caractère.

Depuis qu'elle était dans ce bal, elle n'avait guère ressenti que des impressions banales ou qui, tout en intéressant sa curiosité, avaient laissé son cœur parfaitement indifférent.

Mais, depuis quelques minutes, elle se sentait gagner par un trouble inconnu contre lequel elle cherchait vainement à réagir, et dans son ignorance, elle était bien près de trouver excessives, peut-être même impertinentes... les paroles que venait de prononcer Gontran.

— Mademoiselle ! fit ce dernier, devinant tout à coup le sentiment auquel elle obéissait; ah ! je ne vous ai pas offensée en parlant comme je l'ai fait.

— Non, sans doute... monsieur... répondit simplement Réjane... Et pourtant, si peu que j'aie l'habitude de ce monde, il me semble que votre langage...

— C'est celui d'un véritable ami.

— Peut-être... — mais je ne vous ai pas autorisé à croire que vous fussiez le mien !...

Gontran s'inclina.

— Vous avez raison !... — répondit-il d'un ton grave ; — et j'ai eu tort de m'abandonner trop vivement à la sympathie que j'éprouvais... Cependant, il y a une explication à ma conduite... et j'espère que vous voudrez bien me permettre de vous la donner.

Réjane avait repris sa place, mais elle ne relevait pas les yeux.

Gontran continua :

— Je vous ai vue aujourd'hui pour la première fois, dit-il. Hier encore, je ne vous connaissais pas, et à l'heure présente, je sais que votre père vous appelle Réjane, — et voilà tout ! — Seulement, nous ne sommes peut-être pas aussi étrangers l'un à l'autre que vous le supposez.

— Que voulez-vous dire ? demanda l'enfant avec une vague curiosité.

— Ce matin, un homme est allé vous voir, rue de Varennes.

— Eh bien...

— Cet homme s'appelle Martial, n'est-ce pas ?

— Oui... oui... le meilleur et le plus dévoué des serviteurs.

— Je l'ai toujours considéré ainsi.

— C'est le garde du château de Graçay-Chambrun.

— Précisément.

— Vous le connaissez ?

— Depuis cinq ans...

— Mais... alors... vous, vous, monsieur, qui donc êtes-vous ?

— Le vicomte Gontran d'Épernon! répondit le jeune gentilhomme avec un sourire qui se glaça presque instantanément sur ses lèvres.

Une pâleur de marbre venait d'envahir les joues de Réjane !

— Qu'avez-vous? s'écria Gontran.

— Ce n'est rien ! répondit la jeune fille; je n'ai pu maîtriser un premier mouvement de surprise... Je m'attendais si peu...

— D'où vient que mon nom...

— Vous le comprendriez mieux si je vous avais appris le mien.

— Comment ?

— Mon père, disiez-vous, m'appelle Réjane... monsieur le vicomte — et mon père est le général de Graçay-Chambrun !

A ce nom, Gontran se rejeta brusquement en arrière...

— Oh ! pardon..., pardon..., mademoiselle... balbutia-t-il.

Et il saisit les mains de la jeune fille, qu'il pressa dans les siennes avant qu'elle eût le temps de les retirer.

Mais elle ne tarda pas à se dégager de l'étreinte du jeune homme; et se leva :

— Ah! ne partez pas !... supplia Gontran, avec un cri mal étouffé.

— Excusez-moi, monsieur, répondit Réjane.

— Vous m'aviez promis le prochain quadrille.

— J'avais trop présumé de mes forces... cette atmosphère m'étouffe... j'ai besoin de respirer... et mon père m'attend.

— Vous quittez le bal !

— A l'instant.

— Mais je vous reverrai !...

Réjane eut un regard sous le voile duquel trembla un moment une lueur d'une indéfinissable expression.

— Je suis la meilleure amie d'Herminie, répondit-elle d'une voix contenue; et vous pouvez être assuré que je serai près d'elle et que je prierai Dieu du plus profond de mon cœur, le jour où elle épousera M. le vicomte d'Épernon !

Puis elle salua et gagna la porte.

Gontran réprima un geste de dépit — et sans se rendre bien compte de ce qu'il allait faire, il la suivit à pas rapides et heurtés !...

Mais, comme il atteignait le seuil du salon, il se croisa avec Beverley...

Ce dernier paraissait agité, et plus soucieux qu'il ne lui était apparu encore.

— Eh ! vous voilà ! dit-il à Gontran, en l'entraînant dans l'embrasure d'une fenêtre. Où allez-vous donc ainsi ?

— Moi ! fit le vicomte du ton d'un homme qui serait pris en flagrant délit d'indiscrétion.

— Est-ce cette jeune fille que vous suiviez ?

— Pourquoi pas ?

— Elle est charmante.

— N'est-ce pas?

— Vous savez son nom?

— On l'appelle Réjane.

— Et son père... est le général de Graçay-Chambrun.

Gontran regarda Beverley dont l'œil avait tout à coup pris une sinistre expression.

Involontairement, il tressaillit.

— Vous saviez donc qui elle était, dit-il, quand ce matin vous m'avez répondu que vous ne la connaissiez pas?

— C'est possible.

— Beverley!...

— Quoi donc...

— Mais il me semble...

Beverley serra le bras de son interlocuteur à le briser.

— Soit !... répondit-il d'un accent farouche et les sourcils contractés, oui... je connaissais son nom — mais je ne voulais pas vous le dire, à vous.

— Comment...

Beverley secoua énergiquement la tête.

— Tenez ! mon cher vicomte, dit-il avec violence, il ne doit pas y avoir de réticences entre nous... et ce matin, il m'a semblé vous voir frissonner quand cette enfant a passé devant vous.

— C'est vrai.

— Alors, j'ai eu peur que vous n'en vinssiez à l'aimer !

— Quelle idée !

— A votre âge, les impressions sont profondes presque autant que fugitives, et tout est possible.

— Enfin, quand cela serait?

Un rugissement gronda dans la poitrine de Beverley, et un hideux rictus tordit sa lèvre.

— Ah! taisez-vous!... — proféra-t-il. — Par respect pour notre amitié... par pitié pour vous ou pour moi!... Ne vous arrêtez pas une seconde à cette supposition... Cette enfant m'appartient, entendez-vous, au nom du droit sacré de la plus légitime des vengeances!... — et malheur à qui tenterait de me la disputer!...

Et, quittant le vicomte, il s'éloigna sans même regarder en arrière.

XII

Près de trois semaines s'étaient écoulées depuis le jour où Charles Cardinet avait reçu la visite de son étrange associé.

Dans cet intervalle, l'humble coulissier avait escaladé avec une audace sans pareille tous les degrés de la Bourse, et à l'heure où nous le retrouvons installé dans son appartement somptueux de la Chaussée-d'Antin, la chance l'a favorisé à ce point, qu'il peut traiter d'égal à égal avec les plus illustres représentants de la finance parisienne.

L'étonnement provoqué par une fortune aussi rapide n'était pas de nature à se calmer facilement ; et bien que son crédit s'appuyât sur des valeurs de premier titre, qu'il avait déposées dans les principaux comptoirs de la capitale, bien que l'on eût appris que la maison Dalbano avait encaissé pour

son compte une somme de cinq cent mille francs
provenant de l'une des premières banques de
Londres, l'obscurité qui planait sur la source de
cette fortune, suffisait à troubler la confiance, et il
semblait que l'on attendît que Cardinet s'expliquât
lui-même.

Mais ce dernier ne pouvait pas parler. — Peut-
être serait-il plus juste de dire qu'il ne le voulait
pas.

Et puis, à quoi bon?...

Il était riche, le reste lui importait peu.

Sa nouvelle position ne l'avait ni surpris ni inquiété.

Depuis le moment où il avait changé les cinq
petits cartons bleutés, contre cinq cent mille francs
en billets de banque, toute incertitude avait disparu
de son esprit.

Il s'était mis à l'œuvre, et dès ses premières opérations, un succès inouï avait couronné son audace.

Chose bizarre, toutefois, et qui était peut-être la
véritable cause de l'hésitation avec laquelle ses
rivaux accueillirent son triomphe, ses opérations
s'étaient portées sur des valeurs ordinairement
immobiles, et dont les fluctuations insensibles ne se
prêtent pas d'ordinaire aux jeux de la Bourse.

Cependant, par une coïncidence inattendue, invraisemblable, extravagante, le cours de ces valeurs
avait, tout d'un coup, subi des dépressions qu'aucune explication naturelle et logique ne pouvait
justifier et dont seul le nouveau favori paraissait
avoir eu l'intuition !

Y avait-il là quelque coup longuement préparé à l'avance, dont Charles Cardinet avait surpris le mystère, et qu'il avait gardé pour lui?

C'était possible, et les exemples ne sont pas rares !

Ce qu'il y avait de certain en tout cas, ce qui était manifeste et indéniable, c'est qu'en moins de trois semaines, il avait réalisé des bénéfices considérables, qui pouvaient se chiffrer par plus de deux millions de francs.

On va vite à la Bourse — quand on n'y regarde pas de trop près.

Charles Cardinet pouvait donc jouir de son triomphe, auquel rien ne manquait... et à peine un nuage passait-il sur son front, quand le souvenir du vieillard inconnu se présentait à son esprit.

Il ne l'avait pas revu depuis qu'il s'était installé rue de la Chaussée-d'Antin. Mais il s'attendait à chaque instant à recevoir sa visite.

Un matin, après avoir déjeuné sommairement, il venait de passer dans son cabinet et s'était mis à feuilleter une collection nombreuse de titres étalés sur son bureau.

Dans le premier moment, rien de particulier ne se produisit, et il semblait procéder à une vérification banale ou indifférente.

Mais, peu à peu, son front s'assombrit, ses sourcils se contractèrent, et quelques mots inintelligibles s'échappèrent de ses lèvres...

— Qu'est-ce que cela signifie ? dit-il enfin, en relevant les yeux.

8

Et, d'une main fiévreuse, il pressa une poire électrique qui pendait le long de la cloison.

Un garçon en livrée se présenta.

— Jean ! dit Cardinet d'une voix brève et sèche, priez M. Merlot de venir à l'instant même.

M. Merlot était le caissier.

Il s'empressa d'accourir.

Il avait une cinquantaine d'années, le visage glabre, le front fuyant, l'air obséquieux.

Il salua humblement.

— Monsieur m'a fait appeler? demanda-t-il en s'approchant de Cardinet.

— Oui, monsieur, — répondit ce dernier. — Ce matin, vous m'avez remis des titres qui vous ont été livrés hier par la maison Périer frères. Je viens d'y jeter un coup d'œil et savez-vous ce que j'y découvre.

— Quoi donc, monsieur?

— Ces titres portent les mêmes numéros que ceux que nous avons déposés il y a trois semaines, entre les mains de M. Dalbano, pour nous couvrir de nos opérations.

— Je l'ai remarqué également.

— Et vous n'avez pas cru devoir me faire part de votre remarque?

— J'attendais que Monsieur fût seul.

— Ce qui arrive est inexplicable.

— En effet.

— Enfin qu'en pensez-vous vous-même?

Le caissier Merlot remua la tête.

— Mon Dieu ! — répondit-il, — on ne peut pas

savoir... Il n'y a peut-être là, après tout, qu'une confusion imputable à quelque commis de la maison Dalbane... on y fait des opérations si nombreuses... on y reçoit tant de valeurs, de tous les marchés financiers de l'Europe, qu'une erreur de classement a pu se produire.

— Vous avez raison.

— Pris, isolé, ce fait n'a rien de précisément grave, mais, s'il se renouvelait... cela pourrait devenir inquiétant.

— Vous y veillerez.

— Monsieur peut s'en rapporter à moi.

— C'est bien...

Ils en étaient là quand le timbre de l'appartement retentit.

On entendit la porte de l'antichambre s'ouvrir, puis, un valet de chambre entra dans le bureau, et remit une carte à Cardinet.

Ce dernier n'y eut pas plus tôt jeté un regard qu'il fit un mouvement.

Il y avait sur la carte un seul mot :

BIBI

Cardinet lança la carte dans le foyer et se tourna vivement vers le valet.

— Faites entrer... dit-il aussitôt.

Puis, s'adressant à Merlot.

— Vous pouvez vous retirer, ajouta-t-il; plus tard nous reprendrons cette conversation... et, s'il y a lieu, nous aviserons.

Le caissier gagna la porte.

Comme il en atteignait le seuil, il se croisa avec l'homme à la carte.

Merlot s'effaça pour le laisser passer, et le vieillard lui fit un signe de tête amical.

Un moment après, la porte se refermait, et Charles Cardinet se trouvait seul avec son mystérieux associé.

Celui-ci s'était avancé à pas lents, examinant avec un sérieux intérêt la pièce dans laquelle il venait d'entrer, et promenant son regard sur les moindres détails de l'ameublement.

— Pas mal ! pas mal ! dit-il en souriant, je vois que vous comprenez les affaires... et vous méritez le succès que vous obtenez.

— Ce succès vous est dû tout entier... repartit Cardinet.

— Parbleu ! c'est clair... mais encore, y a-t-il un un certain talent à ne pas effaroucher la confiance.

Cardinet avait avancé un fauteuil : le vieillard s'y assit.

Il était mis comme la première fois, enveloppé de fourrures, les yeux cachés derrière des verres de couleur fumée.

Mais c'est à peine s'il prenait, cette fois, le soin de dissimuler.

— Au surplus... reprit Cardinet après quelques secondes de silence, — ne vous ayant pas revu depuis trois semaines, et ne sachant pas quelles étaient vos intentions, j'ai tenu à jour le compte exact de nos bénéfices... Votre part a été mise de côté avec un soin scrupuleux, et je suis prêt à vous remettre la somme qui vous revient à ce jour.

Le vieillard se renversa avec un petit glousse-ment.

— Fi donc ! fi donc ! — se récria-t-il, — prenez garde, mon ami ; je ne vous ai pas dit que je cher-chais un homme honnête... j'ai cru seulement avoir rencontré un homme habile, et cela me suffit. — Ne vous diminuez pas par des prétentions déplacées au prix de vertu.

— Cependant...

— Parlons d'autre chose.

— De quoi donc ?...

— Vous êtes presque riche à l'heure qu'il est ; les affaires affluent chez vous et l'on vous cite à l'égal des premiers financiers de l'Europe.

— Je n'oublierai jamais que c'est vous...

— Bon ! des bêtises !... je n'ai que faire de cela... D'ailleurs, du moment où la reconnaissance devien-drait une obligation, le bienfait serait bien près d'avoir été un calcul. Ne nous payons pas de clichés et dites-moi ce que vous comptez faire ?

— Mais, je ne sais encore, répondit Cardinet avec un peu d'embarras.

Le vieillard haussa les épaules.

— Ce n'est pas à un vieux singe comme moi que l'on apprend à faire des grimaces, répliqua-t-il ; si je déteste que l'on regarde dans mon jeu, il ne me déplaît pas de fourrer l'œil dans les cartes de mes associés.

— Que voulez-vous dire ?

8.

— Que vous êtes sur le point de faire des sottises.

— Comment ?

— Vous êtes allé trouver le papa Dalbano.

— Qui vous l'a dit ?

— Qu'importe, puisque je le sais ; j'ajoute que j'ai deviné le motif secret qui vous y attirait.

— Vraiment ! fit Cardinet.

Le vieillard se leva à demi.

— Ah çà ! dit-il en changeant tout à coup de ton et d'allure, est-ce que décidément vous me prenez pour un imbécile ! et croyez-vous, par hasard, que je vous ai confié cinq cent mille francs, tout simplement pour vous procurer la chance d'épouser mademoiselle Dalbano, dont le père n'aura pas demain matin dix centimes à offrir à son gendre.

Cardinet se dressa presque épouvanté, mais avant qu'il eût eu le temps de se remettre, le vieillard était allé à la table, et avait plongé ses deux mains frémissantes, dans les titres qui y étaient étalés.

— Et ces *fafiots* !! poursuivit-il d'un accent incisif et dur, est-ce que tu n'as pas remarqué les numéros qu'ils portent... ne te rappelles-tu pas que tu les as confiés, il y a trois semaines, à la maison Dalbano, et peux-tu m'expliquer comment ils te reviennent par le comptoir des frères Périer !... Ah ! je te croyais plus *roublard*... et à certains tressaillements de ton visage, l'autre nuit, j'étais resté convaincu que tu m'avais reconnu — mais regarde-moi donc !

En parlant de la sorte, le vieillard rabattit le col de sa houppelande fourrée, et remit tranquillement ses lunettes dans leur étui.

Cardinet jeta un cri.

— Lombard! vous! dit-il en se voilant les yeux de ses deux mains.

— Ingrat! répondit son interlocuteur; avoir pu oublier si vite notre vieille et tendre amitié, quand, moi, au contraire, j'ai été si heureux de te retrouver, — mais maintenant, nous voici réunis de nouveau : nous sommes seuls et nous allons pouvoir jaboter comme au bon temps. Allons! assieds-toi là et écoute ce que j'ai à te dire.

Et comme Cardinet ébauchait un geste de résistance.

— Surtout, ajouta Lombard, ne faisons pas de peine à Bibi; et pour le cas où tu serais tenté de faire le méchant, pense quelquefois à la petite maison de la ruelle et n'oublie pas que, moi aussi, je sais où est le cadavre!

A ces mots, Cardinet baissa la tête et se laissa tomber comme affaissé sur son siége.

XIII

Lombard fit un geste satisfait et, ayant repris sa place, il poursuivit :

— Il faut que je fasse un aveu qui coûte à mon amour-propre, dit-il avec ce gloussement de poule sensuelle qui lui était familier ; jusqu'au jour où tu m'as planté une balle dans l'épaule, je n'avais en toi qu'une confiance limitée. Tu étais jeune, ardent, peu scrupuleux sur le choix des moyens. Cela promettait un joli coquin pour l'avenir ; mais, enfin, ce n'était encore qu'une promesse. Seulement quand, après l'affaire de Graçay-Chambrun je compris toute l'habileté du coup double que tu avais préparé, ce fut une autre paire de manches, et j'ai été tenté de te tirer mon chapeau ! Aussi, je ne fus pas méchant... J'ai respecté la douleur d'un père, et lorsque je t'ai retrouvé après cinq années de séparation, ç'a été

pour t'accabler de billets de banque... Qu'as-tu à
répondre à ça?

— Rien! rien! balbutia Cardinet.

— A merveille!... Du reste, je ne suis pas venu de
si bonne heure pour te raconter des histoires que tu
connais aussi bien que moi, ni pour t'adresser des
reproches dont tu te moques comme de Colin-Tam-
pon... Nous avons des choses plus sérieusses à traiter, et je me permettrai d'ajouter que le moment est
solennel!...

— Quels sont donc vos projets? demanda curieu-
sement Cardinet.

Lombard l'enveloppa d'un regard mélancolique.

— Autrefois, tu me *tutéyais*, répondit-il... et ta voix
ne me semblait que plus douce... N'éprouves-tu pas
le besoin de revenir aux habitudes de notre vieille
intimité?

— Comme tu voudras.

— A la bonne heure! et maintenant, procédons
avec méthode... tu me demandes quels sont mes
projets, et je suis obligé de te faire quelques cachot-
teries sur ce point.

— Mais ce que tu me disais de M. Dalbano?...

— Ça... c'est différent.

— Tu crois que sa position est menacée...

— Tiens-toi bien... elle ne vaut pas la tienne...

— Cependant.

— Pas un mot de plus.

— Mais s'il en est ainsi... la couverture que j'ai
déposée chez lui... les deux cent mille francs qu'il a
reçus de moi!...

— Laisse bêler le mérinos!... la nuit prochaine, il
se passera des choses qui étonneront bien des gens...
et on entendra quelque bruit dans Landerneau!...
Mais pour ne pas se trouver pris dans l'engrenage,
il faut ouvrir l'œil et jouer serré... ça me regarde...
écoute!... Aujourd'hui, tu feras reprendre chez papa
Dalbane une forte partie du dépôt que tu as effectué
entre ses mains... et ce soir, tu me diras où tu en es
avec lui!

— Où te verrai-je?

— Tu feras retenir pour cette nuit... un cabinet
chez Brébant.

— Tu sais qu'il y a bal à l'Opéra.

— Précisément... nous n'irons pas au bal, mais
nous serons tout de même de la petite fête... A partir de minuit.., tu iras t'installer chez le restaura-
teur de la jeune littérature... et tu m'attendras.

— A quelle heure viendras-tu m'y rejoindre?

— On n'a jamais pu savoir... Je serai très-occupé
cette nuit... et quand tu me reverras, le plus fort
sera fait.

Il y eut un silence.

Cardinet observait son interlocuteur avec intérêt,
et il était frappé de l'énergie avec laquelle il scan-
dait chacune de ses paroles.

— Est-ce tout ce que tu as à me dire? demanda-
t-il au bout d'un instant.

— Pas tout à fait... Car il y a des choses qu'il est
bon que tu saches.

— Lesquelles?

— Tu as entendu parler du prince Lubiroff.

— Parbleu! c'est un des prétendants à la main de mademoiselle Hérminie Dalbano.

— Je crois que tu avais rêvé un moment de devenir son rival.

— Pourquoi pas?...

— N'anticipons pas sur les événements! Le prince Lubiroff est l'époux qui convient à mademoiselle Dalbano, et il serait imprudent de te fourrer dans ses jambes. D'ailleurs, il a pris les devants... et je crois savoir qu'aujourd'hui même il a fait sa demande, et qu'il a été agréé par le papa et par la fille.

— Est-ce possible! s'écria Cardinet.

— Ce mouvement de surprise n'est pas flatteur pour le prince, mais il s'en fiche pas mal!... Seulement, le dernier mot n'est pas dit quant au *conjungo*, et il faut voir venir. Nous en recauserons en temps opportun. Mais il était bon de te faire part de ce mariage, afin de te rendre toute ta liberté d'esprit. Un dernier mot.

— Parle!

— Il y a, parmi cette jeunesse que je rencontre parfois, ici et là, un homme qui m'intrigue et sur lequel je n'ai pu encore avoir des renseignements précis.

— Qui cela?

— Tu le connais.

— Son nom?

— Beverley!...

Cardinet eut un geste insouciant.

— Bon! répondit-il, Beverley est un original, vi-

vant la nuit plutôt que le jour, qui n'a d'autre passion que la curiosité, et qu'il suffit d'observer deux
minutes, pour pénétrer jusqu'à fond du cœur.

— Tu crois?

— J'en suis sûr.

— Eh bien, tu te trompes !

Et Lombard prononça ces quelques mots, d'une
voix si nette et si ferme, que Cardinet tressaillit.

— Tu te trompes ! répéta Lombard ; Beverley
n'est pas l'individu que tu crois, et de pareils hommes
ne doivent pas se traiter légèrement.

— Crois-tu?...

— Sais-tu ce que cet homme a fait, il y a quelques
semaines ?

— Quoi donc?

— Il est allé, la nuit, visiter, la maison de la
ruelle.

— Lui ! dans quel but?

— Je cherche...

— Et tu n'as pas trouvé ?

— Pas encore... Oh ! il a du vice, celui-là... Après
l'expédition nocturne à laquelle il s'est livré, il s'est
dit que probablement il serait surveillé, qu'on cher-
cherait à surprendre le mobile qui le pousse : et il
n'a plus bougé, attendant sans doute une occasion
meilleure.

— C'est invraisemblable !

Lombard remua la tête.

— Il n'y a que les choses invraisemblables qui
arrivent, répondit-il sentencieusement ; cet homme
n'est pas le premier venu ; il y a dans sa vie un mys-

tère qui nous intéresse... et à tout prix, il faut qu'il nous livre le mot de l'énigme !

— Que crains-tu donc de lui?

— Je ne sais ! mais mon flair est sûr,.. et c'est à l'un de nous deux qu'il en veut.

— Quelle idée !

— Où l'as-tu connu ?

— Sur le boulevard... au théâtre... chez Brin-de-Tulle.

— Et il ne t'a rien dit qui ait pu éveiller tes soupçons?

— Rien !

— Tu n'as pas été chez lui?

— Jamais.

— C'est une lacune.

— Nos relations se bornaient à l'échange de quelques mots quand nous nous rencontrions...

— Soit ! soit ! nous songerons à tout cela et nous réglerons notre conduite sur la sienne. S'il se tient tranquille, nous le laisserons en paix, mais s'il prétend nous gêner dans nos entournures, nous pourrons bien aller lui pousser une visite rue de Varennes ! — et alors... ce n'est pas moi qui payerai la casse...

En parlant de la sorte, Lombard s'était levé.

— Tu ne veux pas d'argent? insista Cardinet.

— A quoi bon?... rien ne presse... répondit Lombard. Seulement, fais toujours établir mon compte, parce que, si les choses tournent comme je l'espère, je serai peut-être obligé de quitter Paris, sans prendre congé de mes amis.

9

— Comment cela !...

— Laissons planer une ombre tutélaire sur l'avenir... et ne troublons pas ce regain charmant d'amitié qui nous rapproche... Nous reprendrons ce discours prochainement.

— Je te reverrai cette nuit ?

— C'est convenu... à minuit, chez Brébant, attends-moi.

Sur ces mots, il gagna la porte et disparut.

Pour tout dire, Lombard était plus agité qu'il ne convenait à un homme de sa trempe.

La pensée de ce qu'il allait tenter durant cette nuit, dont il n'était plus séparé que par quelques heures, lui communiquait une sorte de fièvre à laquelle il fallait un aliment et il se mit à marcher devant lui sans bien savoir précisément quelle direction il prenait.

Machinalement — instinctivement peut-être — il descendit le boulevard vers la Madeleine, passa les ponts, et au bout d'une heure, il remarqua que, tout en flânant, il avait atteint le faubourg Saint-Germain.

Et alors, une idée lui vint.

Il n'était pas loin de la rue de Varenne.

Il s'y rendit.

L'hôtel de Beverley formait l'angle de la rue, ainsi que nous l'avons dit, et il se mit à l'examiner avec attention, et à rôder le long des murs élevés qui le protègent.

Au bout de quelques minutes, cette inspection des

lieux l'absorba à ce point qu'il ne fit plus attention à autre chose.

Il y a peu de passants dans ces quartiers solitaires, et il n'avait pas à craindre que sa présence éveillât la curiosité ou provoquât le soupçon.

Et cependant, un fait se produisit, auquel il ne s'attendait guère.

Comme il revenait sur ses pas, après avoir fait le tour de l'hôtel et constaté l'existence d'une porte de sortie qui ouvrait sur le jardin, il s'aperçut qu'un homme le suivait depuis quelque temps, épiant avec intérêt chacun de ses mouvements.

Lombard n'aimait pas cela.

Quel était cet homme, et que lui voulait-il.

Il lui envoya un regard vif et prompt, et, involontairement, il se prit à frissonner.

Celui qui le suivait — il venait de le reconnaître — était Martial, le garde du château de Graçay-Chambrun !

Que faisait-il dans ces parages? Habitait-il le quartier? Ou l'y avait-il suivi sans qu'il s'en aperçût?

Il hésita un moment.

Cependant Martial s'était approché, et, en passant près de lui, il murmura à son oreille quelques mots, parmi lesquels Lombard crut entendre son nom.

Mais il n'avait pas le temps d'entamer une conversation qui pouvait présenter des dangers sérieux, et sans attendre une nouvelle provocation, il s'in-

clina vivement, tourna le dos et détala avec une rapidité de vélocipédiste.

Il ne ralentit sa course que lorsqu'il eut mis le
pied sur le pont de la Concorde.

— Ouf! souffla-t-il alors... D'où sort-il donc, celui-là? Hum! il faudra veiller à ça avant qu'il soit
trop tard...

Or, à quelques heures de là, par une nuit sombre
et sans lune, un homme enfilait la rue Basse-du-
Rempart, et se dirigeait, à pas cauteleux et lents
vers la maison de la ruelle...

Avant d'y entrer, il jeta à deux ou trois reprises
un regard soupçonneux à droite et à gauche, et
quand il fut bien sûr de ne pas avoir été suivi, il ouvrit la porte qu'il referma derrière lui, et disparut
bientôt dans le jardin.

Cet homme, c'était Lombard.

XVI

Une fois qu'il eut ouvert la porte de la maison, Lombard s'engagea dans la salle à manger et marcha droit à la cave.

Le chemin paraissait lui être familier; il se dirigeait à travers les ténèbres sans hésitation, et son pas était résolu et ferme.

Quand il atteignit le dernier degré de l'escalier, il continua d'avancer, prit le sentier sinueux et mou qu'avait suivi Beverley quelques semaines auparavant, et parvint au mur mitoyen qui séparait la maison inhabitée de l'hôtel de M. Dalbane.

Alors il tira de son paletot une lanterne qu'il tenait cachée, et, l'ayant allumée, il en projeta les rayons devant lui.

L'humidité avait revêtu les murs d'une couche épaisse de salpêtre, sous laquelle disparaissaient presque entièrement les lignes de ciment qui marquaient chaque assise de pierres. Seulement, en face même de l'endroit où venait de s'arrêter Lombard, deux ou trois moellons semblaient avoir été descellés récemment, sans doute dans le but de se frayer un passage vers les sous-sols du banquier.

Lombard ne perdit pas de temps... il alla prendre une longue barre de fer dans l'angle du mur, et, d'un geste énergique et prompt, il en appliqua la pointe taillée en biseau entre les moellons descellés.

Cela dura trois minutes à peine, au bout desquelles deux énormes pierres tombèrent en dedans du mur, ouvrant ainsi un vaste trou par lequel Lombard ne tarda pas à disparaître.

Un instant plus tard, il se trouvait dans une cave dépendant de l'hôtel Dalbano !

Une cave longue, spacieuse, voûtée comme une chapelle, et contre les parois de laquelle s'élevaient d'immenses casiers, défendus par une grille de fer, armée elle-même de cadenas et de verrous.

Derrière cette grille, s'entassait une effrayante quantité de titres et de valeurs de toutes sortes, classés et rangés avec ordre, et dont les provenances diverses étaient indiquées par de larges étiquettes, blanc et noir, qui pendaient à chaque étage.

C'est en ce lieu qu'étaient disposées toutes les valeurs confiées à la maison Dalbano, et, à première vue, cela rappelait assez bien le cours de la Bourse

que donnent chaque jour les journaux de Paris à
leur quatrième page.

Lombard ne s'oublia pas à admirer l'ordre qui
régnait dans le classement de ces valeurs; tout au
plus constata-t-il qu'il y avait des lacunes nombreuses parmi ces entassements de titres; mais son
but n'était pas de rechercher les causes de ces lacunes, et il paraissait avoir hâte d'en finir.

Il traversa donc la cave dans sa largeur, et gagna
le casier qui faisait face au mur par lequel il était
entré.

Ce casier, comme celui de droite, était armé de
verrous et de cadenas.

Mais ces engins-là n'avaient pas de secrets pour
Lombard.

En deux tours de main, à l'aide d'un outil dont
il s'était muni, cadenas et verrous volèrent en
éclats, et la grille, rendue à la liberté de ses mouvements, roula doucement et d'elle-même sur ses
gonds.

La poitrine de Lombard se dilata, tout son corps
se pencha alors en avant, et ses deux mains s'en-
foncèrent dans la masse des titres et des valeurs!

C'était le nid important, — et il le savait bien.

D'ailleurs, cette expédition était la dernière qu'il
dût faire... Depuis quelques mois il avait pris au
banquier ce qu'il y avait de meilleur, — le dessus
du panier des dépôts — la prudence lui conseillait
de ne pas aller plus loin, et il était décidé à borner
l'aventure à la tentative qu'il effectuait en ce moment.

Mais il fallait cette fois composer un lot intelligent, et parmi ces *actions* qui s'offraient à lui, choisir celles dont il pourrait se défaire facilement, dût-il, — ce qu'il avait fait déjà, — aller les vendre jusque sur les marchés de Londres, de Vienne ou de Francfort !

Il se mit donc à cette recherche avec une âpre activité, plongeant ses doigts dans ces parchemins, les examinant un à un, s'emparant de ceux-ci pour les enfouir dans ses poches qui se gonflaient à vue d'œil, rejetant dédaigneusement ceux-là sur ce sol qu'ils finirent par joncher.

Absorbé tout entier dans son œuvre acharnée, il ne songeait pas à autre chose ; sa poitrine haletait, et de temps à autre, quand il faisait une découverte inattendue, inespérée, ses veines se prenaient à battre avec violence, et il passait comme un voile devant ses yeux !

Tout à coup, un cri sourd s'étrangla dans sa gorge, et un frisson glaça sa chair.

La porte de la cave venait de remuer.

Son œil se tourna ardent de ce côté.

Il s'était trompé sans doute !... il avait mal entendu... il n'était pas possible que quelqu'un osât venir le déranger.

Mais presque aussitôt, le même bruit se reproduisit... on eût dit le grincement d'une clef dans la serrure.

Il se rejeta brusquement dans un angle obscur et souffla sa lanterne.

Il ne lui restait plus le temps de fuir... la porte

s'était ouverte... et dans le jet de lumière qui rayait l'ombre, un homme venait d'apparaître.

M. Dalbane!...

Pâle, le visage défait, la cravate dénouée, les cheveux en désordre, tenant un bougeoir dans sa main décharnée et tremblante...

Un spectre!

Ce qui s'était passé était horrible, et ressemblait au plus épouvantable des cauchemars.

Depuis quelques jours, une inquiétude sans nom s'était emparée du malheureux banquier et l'avait cruellement ébranlé.

C'était quelque chose d'impalpable et de terrible comme l'inconnu!

Des pressentiments sans cause, des appréhensions sans motifs, des murmures insaisissables qui parlaient de ruines prochaines.

Puis, cela avait pris consistance...

La remarque dont Cardinet entretenait son caissier Merlot le matin même, cette remarque avait aussi frappé M. Dalbane.

Des ordres de vente lui étaient parvenus désignant certains numéros d'actions qu'il savait lui avoir été confiées, et qui ne devaient pas être sorties de ses caisses.

C'était peu de chose, à la vérité; une irrégularité de classement ou une erreur dans l'indication des numéros pouvait tout expliquer.

Mais le fait s'était renouvelé et avait pris des proportions bizarres.

Ce même samedi, pendant toute la journée, les

9.

télégrammes s'étaient succédé, venant de Londres, de Berlin, de Vienne, accusant une persistance inquiétante dans le désordre, et pouvant finalement inspirer le soupçon d'un vol.

M. Delbane était l'honneur et la probité même... sa réputation était européenne, la sûreté qu'il offrait dans les transactions financières avait attiré autour de sa maison l'estime et la considération générales...

Ses employés lui étaient tous connus depuis longues années ; l'idée ne pouvait lui venir de chercher un coupable parmi eux !

Cependant, le vol était manifeste... et le ton des dernières dépêches qu'il reçut dans la soirée lui fit même comprendre que la situation était beaucoup plus grave qu'il ne l'avait voulu croire d'abord...

Alors, il n'y tint plus !

Il s'était retiré vers dix heures du soir, dans son cabinet de travail, après avoir embrassé Herminie qui avait elle-même gagné sa chambre.

Une fois seul, il se livra à une vérification attentive de ses livres, compulsa les dossiers de ses clients, et compara à nouveau les ordres de vente avec les numéros des dépôts, espérant toujours rencontrer au bout de cet examen une preuve qui pût le rassurer.

Il ne trouva rien !

A mesure qu'il avançait, la situation s'accusait de plus en plus menaçante, et le déficit ouvrait ses profondeurs sous ses regards terrifiés.

C'était à donner le vertige...

Et pendant les deux longues heures qui s'écoulèrent de la sorte, il sentit passer sur son front blême et creusé de rides douloureuses, toutes les années qui lui restaient à vivre!...

Quand il se releva, ses cheveux avaient blanchi aux tempes; ses yeux se troublaient de lueurs d'égarement et de folie, et sa peau semblait s'être collée sur les os saillants de ses joues.

Il était méconnaissable!

Minuit venait de sonner... il alluma un bougeoir... se munit de plusieurs clefs... et avant de sortir, il alla à un secrétaire qu'il ouvrit.

Dans l'un des tiroirs, il y avait un revolver.

Il s'assura que les canons en étaient chargés... et le prit...

Puis, il descendit, et gagna la cave.

Lorsqu'il poussa la porte devant lui, sa main ne tremblait plus... Il avait pris une résolution suprême...

Il fit quelques pas, et dans le premier moment son œil indécis n'eut que des perceptions vagues...

Mais cela dura peu.

Bientôt il aperçut la grille ouverte, le sol jonché de parchemins, les titres et les valeurs bouleversés sur les étagères.

Il s'arrêta.

Le doute n'était plus possible, le crime était manifeste.

Un sanglot gonfla sa poitrine; et il voulut crier!...

— A moi!... A l'aide! balbutia-t-il d'un ton faible comme un souffle.

Au même instant, ses yeux s'ouvrirent démesurément et ses doigts crispés se tordirent sur la poignée
de son revolver.

Il venait d'entendre un bruit à ses côtés, et s'était
retourné.

Il y avait un homme devant lui !

— Ah ! c'est toi !... toi ! s'écria-t-il en retrouvant
tout à coup l'énergie et la force.

Et, se précipitant sur Lombard, il le saisit à la
cravate et le maintint d'une main affolée de colère et
de rage.

— Eh ! là ! là !... grommela ce dernier en cherchant à se dégager... si vous criez ainsi,   us allez
faire accourir tous les curieux du quartier.

— Misérable !... tu m'as volé.

— Pardieu !

— Rends-moi ces titres... qui sont mon honneur...
la fortune de mon enfant... la...

Le banquier n'acheva pas.

Le visage de Lombard se trouvait en ce moment
en pleine lumière, et à sa vue ses doigts se détendi-
rent et lâchèrent prise.

— Grands dieux !... balbutia-t-il épouvanté, cette
ressemblance !... Lubiroff !.. est-ce possible !...

Lombard proféra ce petit gloussement dont il n'a-
vait jamais pu se défaire.

XV

— Et où prenez-vous Lubiroff? dit-il en exécutant un bond de côté, et cherchant à gagner le passage par lequel il était venu.

Instinctivement, M. Dalbano remarqua ce mouvement et revint immédiatement à la réalité de la situation.

La ressemblance qu'il venait de constater ne pouvait être qu'une horrible ironie du hasard...L'homme qu'il avait devant lui n'était qu'un vulgaire voleur et, son arrestation pouvant seule sauver son honneur, il ne voulait pas le laisser échapper.

Il arma son revolver.

— Tu ne sortiras pas d'ici, s'écria-t-il, en visant le misérable.

— Ça... c'est une autre paire de manches, répliqua Lombard, et malgré tout le plaisir que j'aurais à passer quelques heures en votre compagnie...

— Je puis te tuer! je n'ai qu'à presser la détente de cette arme, si tu fais un geste, je n'aurai ni hésitation ni pitié.

C'est tout ce qu'il put dire.

Lombard avait déjà pris son parti! Il venait de s'élancer de sa place, avait envoyé au loin le bougeoir que le banquier tenait à la main, et, rassuré désormais par l'ombre qui s'était faite instantanément, il se précipita vers l'issue qu'il s'était ménagée.

Mais, à ce moment, un coup de feu retentit; la balle du revolver l'atteignit en pleine poitrine, et il se retint au mur en proférant une imprécation de douleur et de rage.

En même temps, il entendit M. Dalbane courir à la porte de la cave, et appeler à l'aide.

Mais, il était près d'une heure; tous les domestiques dormaient à l'hôtel et dix minutes s'écoulèrent avant qu'aucun d'eux n'arrivât à son secours.

— Joseph! Est-ce toi? balbutia M. Dalbane, en allant à la rencontre du premier valet qui se présenta.

— Qu'y a-t-il? Qu'avez-vous? demanda le valet d'un ton troublé.

— Viens! Viens! Suis-moi.

Et ils rentrèrent dans la cave.

Le valet avait rallumé la bougie éteinte. M. Dalbane marchait en avant, l'arme braquée, l'oreille tendue, l'œil ardent.

Mais il eut beau fouiller tous les coins, visiter les casiers, effectuer les perquisitions les plus minutieuses, il ne trouva rien.

Rien! qu'une mare de sang à l'extrémité du caveau et à quelques pas, dans la muraille, un trou qui était resté ouvert...

Le banquier tressaillit.

— C'est par là qu'il venait! murmura-t-il d'une voix défaillante... C'est par là qu'il a disparu...

Le valet allait se précipiter... M. Dalbano le retint...

— Non! non! dit-il accablé et sans force... Reste! ne me quitte pas... D'ailleurs, il y a autre chose à faire!... et je veux...

— Quoi donc?

Les regards de M. Dalbano s'étaient portés vers les titres qui jonchaient le sol, et vers les casiers presque vides...

— Ruiné! perdu! déshonoré! balbutia-t-il en labourant son crâne de ses doigts crispés.

Puis, tout à coup, saisi par une nouvelle pensée, il abandonna le caveau, remonta l'escalier d'un pas fiévreux, et regagna son cabinet.

Le valet l'avait suivi.

— Joseph, dit-il alors, laisse-moi, mon ami, tu es un bon et fidèle serviteur, toi; et j'ai une confiance absolue dans ta probité... laisse-moi... réveille Philippe et Jacques... Veillez tous les trois à ce que personne ne puisse plus s'introduire dans le caveau... Et, si j'ai besoin de vous, je vous appellerai.

— Monsieur ne veut pas... insista l'honnête valet.

— Non, j'ai besoin d'être seul. — Le coup qui me frappe est des plus cruels. — Mais il n'est pas aussi terrible peut-être que j'ai dû le supposer tout

d'abord. — Il faut que j'examine, que je vérifie. —
Et pour cela, je n'ai besoin que de solitude et de
calme. Va!

A peine le valet se fut-il retiré, que M. Dalbane se
rua sur les registres qui étaient restés ouverts sur
son bureau et il se mit à les feuilleter d'une main
agitée et convulsive.

A chaque page qu'il tournait, on eût dit que son
agitation augmentait d'intensité; ses dents mordaient
ses lèvres jusqu'au sang, de grosses gouttes de sueur
perlaient sur son front, et un moment même deux
larmes tombèrent de ses yeux et allèrent tracer un
douloureux sillon sur ses joues.

— Ruiné! perdu! deshonoré! répéta-t-il... il n'y a
plus d'illusion possible... il m'a tout pris... ma fortune tout entière ne suffira pas à combler cet épouvantable gouffre!... Mon Dieu! mon Dieu! mon
Dieu!

C'était effrayant à voir... Ses traits étaient convul-
sés... une torsion affreuse contractait sa bouche...
on ne voyait plus pour ainsi dire de ce visage
que le masque de lividité même sous lequel il disparaissait!

Tout à coup cependant, il parut revenir à lui.

La pensée de sa fille avait traversé son cerveau,
avec la rapidité d'un éclair, et il s'était redressé
comme subitement rappelé de la folie à la raison.

— Herminie!... dit-il en serrant sa poitrine pour
empêcher son cœur d'éclater, pauvre et chère enfant!... La ruine, elle l'accepterait peut-être... —
mais le déshonneur... Ah! jamais! jamais!...

Et son poing, en frappant la table, rencontra la poignée de son revolver.

Il frissonna...

— Non ! ajouta-t-il, il ne faut pas que cela soit... et je sais ce qu'il me reste à faire. — Mais elle, elle ! — Ah ! qu'ai-je donc fait à Dieu pour qu'il m'envoie une aussi épouvantable épreuve !...

Il repoussa l'arme que sa main venait de rencontrer et secoua la tête avec résolution.

On eût dit qu'une nouvelle sensation venait de le frapper et avait tout à coup changé le cours de ses pensées.

Il s'éloigna de son bureau, fit quelques pas à travers le cabinet, puis se dirigea vers la porte.

Il traversa alors un grand salon qui était contigu à la pièce qu'il quittait, franchit sa propre chambre à coucher, et arriva enfin à celle d'Herminie.

Un silence profond planait sur toutes ces pièces ; les tapis moelleux assourdissaient le bruit de ses pas ; on n'entendait que le mouvement monotone et régulier des pendules...

Sur le seuil de la chambre d'Herminie, il s'arrêta.

Une lampe qui pendait du plafond éclairait la chambre qu'il venait d'atteindre, et ses rayons, tamisés par un globe dépoli, jouaient mystérieusement sur les meubles de soie orange.

M. Dalbano resta quelques secondes, contemplant ce retrait charmant, où tout semblait imprégné de grâce et de virginité.

Toutefois, à force de regarder, il finit par remarquer certains détails inaperçus d'abord, et qui lui communiquèrent un trouble inattendu.

Il régnait dans cette pièce un désordre singulier ; les meubles n'occupaient pas la place qui leur était habituelle : deux candélabres, enlevées à la cheminée, avaient été comme ·oubliés sur une console ; sur la chaise longue, un jupon gisait fripé et déchiré. Çà et là, l'œil rencontrait sur le parquet, ou un ruban, ou un nœud de dentelles, enfin, sur la table à toilette, c'était un fouillis de flacons roses et blancs, de boîtes de poudre qui roulaient au milieu d'une profusion d'épingles noires.

M. Dalbano sentit une vague terreur s'emparer de lui.

Que pouvait signifier un tel désordre qui était si peu en harmonie avec les habitudes de sa fille ?

Il n'y comprenait rien... mais il avait peur.

Il voulut voir.

Il marcha au lit, écarta vivement les rideaux de gaze et de soie, et alors la vérité lui apparut dans toute son horreur !

Le lit était vide... Herminie n'était point dans sa chambre... elle avait quitté l'hôtel à l'insu de son père !

Quelques heures auparavant, ce coup l'eût tué.

En ce moment, il eut la force de regarder en face ce nouveau malheur, et l'âpre curiosité de tout apprendre.

Il avait trempé sa lèvre à une coupe de lie, il voulut la vider jusqu'au fond.

Il descendit.

Le concierge dormait; il le réveilla.

— Jérôme, interrogea-t-il aussitôt, tu n'as pas quitté ta loge ce soir, et tu as dû voir toutes les personnes qui sont sorties de l'hôtel?

— Oh! parfaitement, monsieur, répondit le concierge. Je ne me suis même couché qu'à minuit... quelques minutes après que mademoiselle a été partie.

— Tu l'as vue, alors!...

— Comme je vous vois...

— Elle n'était pas seule?

— Mademoiselle Laure, sa femme de chambre, l'accompagnait.

— Et elles n'ont pas dit à quelle heure elles rentreraient?

— Pour ce qui est de ça... non!... mais elles paraissaient bien pressées... même que mademoiselle Laure a failli déchirer son domino et qu'elle a laissé tomber son masque...

— Ah!... fit M. Dalbano avec un tressaillement... mademoiselle Laure était masquée.

— Comme mademoiselle...

Le malheureux n'en pouvait plus.

Un mot encore, et il se fût trahi.

Il se contint.

— Bien! bien! dit-il, j'étais resté longtemps à travailler cette nuit... je n'avais pas vu partir ma fille, et je me sentais inquiet; tu m'as rassuré, je te remercie...

— Si monsieur avait besoin de mes services.

— C'est inutile... tu peux te recoucher.

Il était près de deux heures : M. Dalbane reprit à pas lents le chemin de son cabinet, et une fois qu'il y eut pénétré, il se laissa tomber sur une chaise, roula sa tête dans ses mains et fondit en larmes.

— De quelque côté que je porte mes regards, je ne vois que honte et déshonneur !... murmura-t-il à travers ses sanglots... Ah ! je n'y survivrai pas... et mieux vaut la mort qu'une pareille destinée !

Il se leva, marcha à son bureau et saisit le revolver qu'il y avait laissé.

Puis il l'arma.

Il y avait là, devant lui, le portrait de sa fille, qui le regardait d'un air caressant et doux.

Il ferma les yeux pour ne pas la voir, et appuya résolûment la bouche du revolver contre son cœur !

En ce moment, un roulement de voiture se fit entendre au dehors et vint s'arrêter à la porte de l'hôtel.

Toute sa chair frissonna à ce bruit.

Ce ne pouvait être qu'Herminie, — elle revenait ! Dieu la lui envoyait à temps pour qu'il pût l'embrasser avant de mourir.

Il s'élança éperdu vers la chambre de sa fille.

Mais une nouvelle déception l'y attendait. Ce n'était pas Herminie qui venait de rentrer. C'était mademoiselle Laure, sa femme de chambre.

A cette vue, M. Dalbane ne fut pas maître d'un premier mouvement de colère, et il bondit vers la jeune fille, l'œil plein d'éclairs.

Celle-ci, du reste, était restée terrifiée et muette en apercevant son maître.

XVI

— Toi ! c'est toi ! dit alors M. Dalbano... parle u'as-tu fait de ma fille ?...

— Mais, monsieur... balbutia mademoiselle Laure, ntcrdite.

Une petite soubrette, à l'œil mutin, à la mine orinairement effrontée...

— Réponds ! réponds ! insista le banquier, en lui errant les mains à les briser.

Elle poussa un cri de douleur.

— Vous me faites mal, dit-elle en cherchant à se dégager.

M. Dalbano lâcha prise.

— Parle alors... continua-t-il... d'où viens-tu ?... cette heure !... et seule !...

La petite soubrette regardait sa main que l'étreinte furieuse du banquier avait un peu meurtrie...

et tout en regardant elle réfléchissait à ce qu'elle
devait répondre.

Ce ne fut pas long, car presque aussitôt elle reprit son aplomb et son sang-froid...

— Vous demandez ce que j'ai fait... et d'où je
viens ! dit-elle, l'œil impertinent et la voix railleuse...
eh bien... j'arrive de l'Opéra !

— Que dit-elle ? fit M. Dalbanc.

— Après tout, je n'y suis pour rien, moi, et je n'ai
fait qu'obéir à mademoiselle. Elle avait appris aujourd'hui qu'elle allait épouser le prince Lubiroff.

— Eh bien ?

— Eh bien, elle a voulu, avant son mariage, assister à l'un de ces bals dont elle avait tant entendu
parler.

— Et tu l'as accompagnée ?

— C'est ce que j'avais de mieux à faire.

— Vous êtes parties ensemble ?

— Vers minuit.

— Et pourquoi reviens-tu seule ?

— Ah ! voilà ! fit la soubrette... vous ne vous ima-
ginez pas la foule qu'il y a là-bas... dans le premier
moment, cela a bien marché : Mademoiselle et moi
nous nous tenions par le bras, et malgré la cohue,
nous ne nous quittions pas... mais arrivées à la
porte du foyer... un mouvement nous a tout à coup
séparées... et j'ai perdu mademoiselle de vue.

— Qu'était-elle devenue ?

— Je n'en sais rien.

— Tu ne l'as pas cherchée ?

— Pendant plus d'une heure.

— Et alors ?

— Alors, voyant que je ne la retrouvais pas, la peur m'a prise ; et comme j'avais fouillé tous les couloirs, toutes les loges, sans succès, j'ai pensé que Mademoiselle avait quitté le bal, et qu'elle était rentrée à l'hôtel.

M. Dalbano passa ses mains sur son front moite.

— La mesure est comble ! murmura-t-il, c'est plus d'épreuves qu'un homme n'en peut supporter !

Laure, désormais remise de son émotion, s'était rapprochée.

— Si monsieur le désire, dit-elle, je retournerai à l'Opéra.

M. Dalbano fit un geste négatif.

— Non !... interrompit-il vivement, non !... Ta maîtresse ne peut tarder à rentrer... Il est probable que se trouvant seule, tout à coup, elle prendra le parti que tu as pris toi-même... Il faut l'attendre... et quand elle rentrera...

— Faudra-t-il prévenir monsieur ?...

Le malheureux leva les yeux au ciel.

— C'est inutile ! répondit-il... Ne lui dis même pas que je me suis aperçu de son absence... Il ne faut point ajouter à son émotion... demain... je lui parlerai... et en apprenant les inquiétudes auxquelles elle m'a livré, elle comprendra, j'en suis sûr, tout ce qu'il y a de condamnable dans sa conduite.

M. Dalbano regagna son cabinet dont il ferma la porte derrière lui, et certain alors qu'il était bien seul et qu'aucun indiscret ne pouvait plus le venir troubler, il se jeta sur un fauteuil, et, la tête dans les mains, le regard attaché au parquet, immobile et muet comme la statue du Désespoir, il se prit à songer.

Le silence était profond ; de temps en temps seulement, au dehors, on entendait le roulement des voitures, auquel se mêlaient les appels joyeux des troupes de masques qui se croisaient sur le boulevard.

Chaque fois que ces bruits arrivaient jusqu'au malheureux père, un déchirement affreux se faisait en lui, et il pensait à sa fille. — Le déshonneur pour lui ! La honte pour elle ! Comment vivre après cela !

Ainsi que nous l'avons dit, il y avait ce soir-là bal à l'Opéra !...

En temps ordinaire, minuit est au boulevard une heure curieuse !...

Les théâtres et les concerts ont fermé, et les bals commencent à ouvrir.

Deux courants s'établissent alors entre les gens qui se retirent et ceux qui arrivent.

Plus de trente mille personnes, jetées ainsi tout à coup dans la circulation, sillonnent en tous sens la ligne équatoriale qui partage Paris de la Bastille à la Madeleine.

Cette crue subite de la foule dure près d'une heure. Puis le flot des passants tarit, le mouvement se ralentit ; il semble que le pouls de Paris batte moins vite.

Les magasins ont retiré leur concours à l'éclairage municipal, et l'œil qui parcourt la longue ligne bordée de deux guirlandes de gaz s'étonne que tant d'ombre le dispute à tant de lumière.

C'est la nuit, on la sent derrière soi, autour de soi... mais la journée parisienne n'est pas finie.

Au boulevard elle ne finit jamais ! Elle se continue dans ce qu'elle a de fiévreux, d'exceptionnel et d'excessif, et sur cette voie enténébrée s'ouvrent de nombreux et ardents foyers de vie vers lesquels gravitent de toutes parts, de tous les coins, de tous les mondes, les passions raffinées, les désirs insatiables, les ivresses sans nom !... — tous les affamés de plaisir, lassés, blasés, inassouvis !

Là, dans une atmosphère saturée de plaisirs stimulants, ils vont renouer l'intrigue dont le fil s'est brisé au retour du Bois ou à la première des Bouffes, — se retremper ou se rattraper.

Tous les quartiers de Paris sont plus ou moins tributaires du Boulevard, et dans leurs contingents mêlés et confondus, on retrouve ceux qui payent pour s'amuser, et ceux que nous payons pour qu'ils nous amusent.

C'est la fusion des classes.

Le gentilhomme s'y laisse tutoyer par sa blanchisseuse ; nos jeunes créanciers nous serrent la main, et les étrangers nous invitent à rêver de la fraternité des peuples.

Le plaisir est polyglotte, et l'or aussi !

Il y a de tout là-dedans.

Pour les uns, la vie nocturne est une habitude, comme aux Orientaux l'opium et le hatchi.

Pour d'autres, c'est un moyen d'existence.

Les seconds sont souvent les parasites des premiers. — Les passions de ceux-ci font des rentes à ceux-là, et de leurs excès, dont l'éclat fait scandale, on peut dire que si beaucoup en meurent, beaucoup plus en vivent.

Il y a donc là des excentriques et des aventuriers, des rêveurs et des faiseurs, des gentilshommes d'une noblesse aussi authentique que les crus de Bignon et de Brébant, et des barons de Lancy, des princes de Markariantz, des comtesses de Montesson.

Du vrai et du *toc*.

Des armoiries et des dossiers !

Il y a autre chose !

On n'y rencontre pas seulement les habitués de la nuit, ou les déclassés du jour !

Ceux-là sont connus, cotés et ne font mystère ni de leurs vices, ni de leurs infirmités...

Mais on y retrouve encore, errant, inquiet et taciturne, celui dont parle Edgard Poë et qu'il a appelé *l'homme des foules !*

Où va-t-il ? — d'où vient-il ?

Pendant le jour — ceci a été observé — sous ses flots tumultueux et affairés de ce Bosphore parisien que l'on appelle le Boulevard, il s'opère un travail incessant de sédimentation qui va déposer dans les bas-fonds sociaux certains germes mystérieux dont la fécondation est réservée aux monstrueux accouplements de la nuit.

L'homme des foules est peut-être un de ces produits redoutables.

Il vient de l'ombre, et va aux ténèbres.

Et son esprit rumine alors l'œuvre terrible qui sans doute l'épouvanterait lui-même, quelques heures plus tard.

Heureusement le tableau de la nuit parisienne ne se compose pas uniquement de couleurs sombres.

Il a aussi son charme et sa gaieté.

Charme malsain et gaieté factice, — Mais qu'importe!

La femme!

Tout un monde que l'on peut diviser également en population flottante et en population sédentaire.

Le regard ébloui y voit passer des étoiles de la haute galanterie... et de simples nébuleuses... Des artistes érotiques dont la photographie a popularisé les *attraits* en les flattant... et d'humbles et très-actives prêtresses de Vénus qui, selon l'expression de Balzac, vont en *journée la nuit*, déjeunent quand on les invite à souper, et vous aiment avant qu'on les en prie!

D'où viennent-elles ces bohèmes à la toilette d'une élégance douteuse, aux paupières bistrées, à l'attitude indolente ou tapageuse? de quel versant descendent-elles?... sous quelle latitude vont-elles se réfugier pendant le jour?

Qui l'a dit jamais... et qui s'en préoccupe?

Elles vont et viennent : *Quærens quem devoret!* plus soucieuses que tristes, plus excentriques que spirituelles, singulières marchandes d'illusions et de volupté qui font une bien maigre réclame à la gaieté française!

Le soir, vous les voyez rôder le long des cafés aux

terrasses lumineuses; — la nuit, vous les retrouvez sur les divans des maisons de souper.

Chez Brébant ou chez Riche, au Helder ou dans le sous-sol de Frontin, chez Hill's ou chez Péters, qui ne les connaît! Ce personnel est toujours le même, il ne varie pas beaucoup, et c'est à peine si, de loin en loin, vous y rencontrerez une irrégulière du grand monde, une madame de Châlis qui, par caprice, a voulu respirer l'âcre parfum des cabarets à la mode et y souper avec le prince Titiano!

Après tout, ne nous montrons pas trop sévères; laissons à d'autres le rôle de censeur détaché du tableau de Couture et n'oublions jamais que des statisticiens émérites veulent bien ne pas croire inutiles à la prospérité de la Champagne et de la Bourgogne ces nuits de bal qui remplissent jusqu'au matin d'une foule houleuse et altérée les salons des établissements que nous venons de citer.

Cette même nuit, au moment où Lombard s'introduisait dans la maison de la ruelle, Beverley et Sosthène de Simier montaient l'escalier de Brébant et faisaient appeler Désiré.

Ce dernier accourut.

— Mon ami, dit alors Beverley, je crois savoir que M. Charles Cardinet a fait retenir ici un cabinet pour cette nuit.

— Précisément, monsieur, répondit Désiré, nous lui avons donné le salon vert.

— Ce salon est contigu, ce me semble, au grand salon rouge que j'ai retenu moi-même.

— C'est cela.

— A quelle heure doit venir M. Cardinet?

— Entre minuit et une heure.

— Alors vous ne l'avez pas vu encore?

— Non, monsieur.

— Tout est pour le mieux!... Quand il viendra, ne lui dites pas que je serai son voisin cette nuit, c'est une surprise que je lui ménage, et la discrétion est de rigueur.

— Monsieur peut être tranquille...

— C'est parfait... tenez le salon rouge prêt... nous serons vraisemblablement ici, vers deux heures.

Désiré salua, et les deux jeunes gens descendirent sur le boulevard.

Dès qu'ils eurent fait quelques pas, Sosthène se tourna vers son compagnon, et l'enveloppa d'un regard où il y avait peut-être autant d'inquiétude que de curiosité.

XVII

— Ah çà ! dit-il vivement, à quelle machination travaillez-vous donc, mon ami, et quelle surprise ménagez-vous à ce Cardinet que vous connaissez à peine ?

Beverley se prit à sourire.

— Seriez-vous jaloux de l'ex-coulissier ? demanda-t-il d'un ton ironique, et comme pour détourner la conversation.

— Moi ! se récria Sosthène.

— Alors, pourquoi vous occuper de lui ?

— Vous vous en occupez bien vous-même.

— Oh ! c'est différent... quand je parais m'intéresser à Cardinet, c'est l'autre que je vise.

— Quel autre ?

— Vous l'avez déjà oublié ?

— Le vieillard ?...

— Parbleu !

— Que vous a-t-il fait ?

L'œil de Beverley lança un éclair qui s'éteignit aussitôt.

— Rien ! répondit-il.., seulement, vous savez, je suis curieux, je veux connaître ce qu'il est, et je le saurai cette nuit.

— Comment cela ?

— Vous verrez. Si je m'expliquais, vous y prendriez moins de plaisir.

— A votre aise.

— D'ailleurs, Brin-de-Tulle nous attend à l'Opéra. Moi-même, j'y veux aller faire un tour ; ne perdons pas de temps.

Quand ils arrivèrent rue Le Peletier, il y avait foule, et la cohue des masques et des habits noirs inondait les portiques.

Beverley et Sosthène montèrent l'escalier entre deux haies d'arbustes, et atteignirent assez vite le premier étage.

Comme ils allaient entrer dans le foyer, Sosthène aperçut Gontran d'Épernon, auquel il envoya de loin un salut amical.

Gontran répondit de la main, et s'éloigna.

— C'est singulier ! fit Sosthène, comme s'il se fût parlé à lui-même.

— Quoi donc ? interrogea Beverley.

— Avez-vous remarqué d'Épernon ?

— Certainement.

— Il s'est éloigné au lieu de venir à nous... est-ce que vous êtes en froid ?

— Un peu.

— A quel propos ?

— Un détail insignifiant ; j'irai le voir... et j'espère que ce refroidissement ne durera pas... Au surplus, ce n'est pas là peut-être la véritable cause de son attitude...

— Cependant...

— Gontran est très-discret ! et je ne pense pas que ce soit pour nous qu'il vient ici.

Sosthène se frappa le front.

— Au fait ! s'écria-t-il... vous avez raison... je me rappelle.

— Que vous rappelez-vous ?

— Dans la journée, j'ai vu d'Epernon chez lui.

— Eh bien ?

— Il avait reçu une lettre qui l'intriguait beaucoup.

— Ah ! ah !

— Un petit billet parfumé... avec des pattes de mouches... Quelque chose de tout à fait *chic*...

— Et que disait ce billet ?

— On lui donnait rendez-vous... ici...

— Vous voyez ! je ne me trompais pas !... il y a quelque intrigue sous roche.

— Qui cela peut-il être ?...

— Eh ! qu'est-ce que cela vous fait... tenez !... voici Brin-de-Tulle qui s'avance dans un magnifique domino de satin bleu... je ne veux pas troubler votre bonheur et je vais vous laisser... Avant une heure, je serai rentré chez Brébant et je compte bien que vous ne me ferez pas attendre.

— Brin-de-Tulle est trop heureuse de souper avec vous ! répondit Sosthène ; elle doit même abuser de l'invitation que vous lui avez faite pour amener Peau-d'Ane, Ninoche et Turbine...

— Qu'elle amène toutes ses amies, si cela lui plaît ! mais surtout qu'elles arrivent de bonne heure.

Beverley abandonna le bras de Sosthène et disparut peu après dans les remous de la foule.

La présence de Gontran au bal de l'Opéra a besoin d'être expliquée.

Le jeune vicomte avait horreur de ces cohues, et il professait une médiocre estime pour les *beautés* que l'on rencontre dans ce *temple du plaisir.*

De plus, l'état d'esprit dans lequel il se trouvait depuis quelques semaines, lui faisait rechercher la solitude. Sans se rendre bien compte du sentiment auquel il obéissait, il avait quitté Paris un matin avec Martial, et était allé passer trois ou quatre jours au château de Graçay-Chambrun.

Puis, il en était revenu, ramenant son garde avec lui...

Quelle était la raison de ce voyage et de ce retour?... Il sentait en lui et autour de lui de sourdes appréhensions qu'il ne pouvait justifier... Était-ce son amour malheureux pour mademoiselle Dalbane? Étaient-ce d'autres aspirations vagues dont l'objet ne se manifestait pas encore?...

Il n'eût pu le dire...

Seulement, il était soucieux, morose, et fuyait les amis qu'il fréquentait d'ordinaire.

Or, ce jour-là, le matin, Martial, en le venant voir, lui avait remis une lettre que le concierge venait de recevoir.

La lettre ne contenait que quelques mots :

« Mon ami,

« Je serai cette nuit au bal de l'Opéra — j'aurai peut-être besoin de votre bras. Par grâce, ne me le refusez pas — à minuit. »

Le billet n'était pas signé — et Gontran n'en connaissait pas l'écriture. Sa perplexité fut grande; pendant toute la journée, il chercha à pénétrer ce mystère.

Et, à plusieurs reprises, il eut comme un soupçon de la vérité.

Mais c'était tellement inadmissible, qu'il repoussa bien vite cette supposition.

Toutefois, quand vint l'heure, il s'habilla et sortit.

Minuit et demi sonnait quand il entrait au foyer de l'Opéra.

Au même moment, deux dominos passèrent près de lui... et il entendit prononcer son nom.

— Tu es exact... merci! murmura alors une voix à son oreille... Ne quitte pas le foyer... je t'y retrouverai!...

Et les deux dominos s'éloignèrent.

Au son de la voix qui venait de lui parler, Gontran avait frissonné jusqu'au fond du cœur et un voile glissa devant ses yeux.

Cette voix !... il avait cru la reconnaître.

Il alla s'asseoir sur un divan, à l'extrémité du foyer.

Il était en proie à une agitation inaccoutumée ; il lui semblait que tout bruit avait subitement cessé, et que la solitude s'était faite à ses côtés.

Il n'entendait plus, pour ainsi dire, que les batte- ments précipités de son cœur.

Ce qu'il éprouvait était un mélange de sentiments opposés, à travers lesquels il cherchait vainement à se retrouver.

Cette voix, elle lui parlait encore, et il sentait tou- jours la chaude haleine des lèvres qui avaient mur- muré son nom.

Ne s'était-il pas trompé ? Avait-il bien entendu ? N'était-ce pas impossible...', invraisemblable..., monstrueux !

Cependant, les flots de la foule allaient et venaient, pleins de senteurs capiteuses qui lui montaient au cerveau, et communiquaient à ses sens une ivresse inconsciente ; les robes de soie houleuses et pres- sées le frôlaient avec des provocations irritantes, et il voyait passer devant lui, comme à travers un ka- léidoscope, ces costumes bigarrés de couleurs écla- tantes, empruntés aux nationalités les plus étranges ou inspirés par les fantaisies les plus extravagantes...

Une petite main de femme qui vint se poser sur son épaule, l'arracha brusquement à sa rêverie.

— Eh bien... eh bien... vicomte, dit en même temps une voix caressante et douce... à quoi rê- vons-nous donc, tout seul, en ce réduit ?...

Il suffit à Gontran d'un regard pour reconnaître celle qui lui parlait.

— Brin-de-Tulle!... dit-il en secouant la tête pour chasser ses dernières préoccupations.

— Tu m'as reconnue?— fit la jolie pécheresse.

— Qu'as-tu donc fait de Sosthène?

— Je l'ai perdu!

— Mais il te retrouvera.

— Espérons-le... mon Dieu! A deux heures, chez Brébant. Es-tu des nôtres?

— Non! pas cette nuit.

— Pourquoi?

— Je me range!

— T'es bête...

— Tu ne me crois pas?

Brin-de-Tulle haussa les épaules, et fit un geste qui avait bien envie d'être indiscret.

— Je vois ce que c'est, dit-elle, tu attends quelqu'un.

— Peut être...

— Une dame du monde!

— Ça n'est pas défendu.

Brin-de-Tulle s'épanouit en un rire, au milieu duquel éclatèrent ses dents éblouissantes.

Puis, elle se pencha sur le jeune homme, presqu'à l'effleurer de ses lèvres.

— Écoute, reprit-elle après un court silence, il en faut pour tous les goûts, et je ne veux pas me montrer trop sévère pour les femmes honnêtes... Mais quand le cœur ne t'en dira plus... rappelle-toi qu'il y a quelque part une pauvre fille qui a un béguin pour toi.

— Quelle plaisanterie !

— Elle en meurt...

— Qui cela ?

— Ninoche !... elle soupe avec nous chez Brébant, je lui ai fait espérer que tu y serais aussi. — Voyons ! un bon mouvement... Veux-tu ?

Le jeune vicomte allait répondre, mais, à ce moment, une jeune femme enveloppée dans un domino de satin noir vint lui prendre brusquement le bras en se laissant tomber à ses côtés.

— Gontran ! — dit-elle — Gontran ! vous voyez que j'ai été bien inspirée en vous écrivant de venir.

— Que vous arrive-t-il, demanda le jeune homme au comble de l'étonnement, et qu'avez-vous ?

— J'ai peur.

— De quoi ?

— Ne restons pas une seconde de plus ici... il faut que je prenne une résolution... venez ! venez !

Gontran se leva, et ayant fait un signe à Brin-de-Tulle, il s'éloigna en serrant le bras du domino, qui tremblait sous le sien.

— Rassurez-vous, madame, fit-il tout en marchant, et dites-moi seulement où vous désirez que je vous conduise.

— Loge n° 16 !... répondit la jeune femme... réfugions-nous là, d'abord... après nous aviserons.

Gontran se fit ouvrir la loge indiquée, et quand il en eut fermé la porte derrière lui :

11

— Maintenant! dit-il, nous voici seuls!... et vous pouvez...

Il n'alla pas plus loin, la jeune femme venait d'ôter son masque, et une exclamation presque douloureuse était échappée au vicomte.

Ses soupçons se vérifiaient.

Mademoiselle Herminie Dalbano était devant lui.

XVIII

Cependant la jeune femme s'était assise, — allongée plutôt — sur le divan de la loge; elle avait rejeté son capuchon et ses cheveux s'étaient répandus à flots autour d'elle.

En même temps, elle dénoua son domino et ses belles épaules apparurent sous la lumière voilée que tamisait le globe de la lampe.

Gontran eut un éblouissement; la parole resta suspendue à ses lèvres.

D'ailleurs, Herminie venait de faire un geste qui lui disait d'approcher et il avait fait quelques pas vers elle.

— Ne me grondez pas... ne me parlez pas, dit-elle alors; je vous expliquerai tout,... mais je me sens encore si troublée, si émue... j'ai eu tellement peur — que j'ai besoin de me remettre. —Asseyez-

vous là près de moi... et attendez... ce ne sera pas
long...

Gontran fit ce qu'on lui ordonnait, et alla s'agenouiller presque, sur un tabouret qu'il venait de
rouler auprès du divan...

Il y eut un silence.

Herminie était immobile en apparence. Mais de
temps à autre, ses épaules remuaient comme si un
frisson les eût effleurées, et ses mains pressaient son
front, comme pour y fixer une pensée qui la
fuyait...

Cela dura quelques minutes... puis elle se tourna
vers d'Épernon.

— Me voici mieux déjà, reprit-elle, d'un ton non-
chalant et tendre ; jamais je n'avais rien éprouvé de
pareil... je me sentais extrêmement lasse... énervée
plutôt... c'est la chaleur... le bruit... cette foule... et
puis, la peur.

— Pourquoi? interrogea Gontran.

— Je ne sais pas... j'étais venue avec Laure ; vous
savez, ma femme de chambre.

— Quelle imprudence !

— C'est possible ! Je ne me défends pas. Je vous
ai déjà dit que je ne suis pas une femme comme
une autre ! Je ne raisonne pas mes résolutions ; dès
que l'idée m'est venue d'assister à l'un de ces bals,
dont j'avais tant entendu parler, aucune objection
n'a pu me détourner.

— Si M. Dalbane apprenait...

— Mon père ! répliqua Herminie, d'un accent
presque amer. M. Dalbane est un banquier ! Les

affaires lui prennent ses jours et ses nuits : il n'a jamais eu le temps d'être père.

— Cependant...

— Enfin... j'avais résolu de venir à l'Opéra... et selon le programme que je m'étais tracé, j'y arrivais avec Laure, comme minuit sonnait ; à tout hasard, je vous avais écrit, et bien que vous m'eussiez dit souvent que vous n'aviez pas d'autre amour que le mien... — je comptais sur l'attrait puissant de l'inconnu — et j'ai eu raison... puisque la première personne que j'ai rencontrée, c'est vous !

— Après... après ?

— Les premiers moments se passèrent assez bien... nous allions, Laure et moi, nous tenant par le bras ; je me gardais de répondre aux paroles que l'on m'adressait, mais j'ouvrais une oreille avide à tous ces propos, à tous ces bruits que j'entendais...

— Eh bien ?

— Alors, il se passa un fait auquel je ne m'attendais pas.

— Lequel ?

— Un homme m'avait remarquée... et me suivait.

— Quel homme ?

— Je ne sais pas si je me suis trompée... Je n'ai vu cet homme qu'une fois en ma vie... comme je traversais le bureau de mon père... et il m'a semblé le reconnaître.

— Savez-vous son nom ?

— Je crois qu'on l'appelle M. Cardinet.

— Et il vous suivait ?

— Avec obstination! Plusieurs fois il avait glissé son bras autour de ma taille et j'avais eu bien de la peine à me dégager. Enfin, voyant qu'il ne parvenait pas à vaincre ma résistance, savez-vous ce qu'il fit?

— Quoi donc?

— Il tira de sa poche un billet de banque, et je vis qu'il le glissait dans la main de Laure.

— Qu'espérait-il donc?

— Il espérait corrompre ma compagne, dans laquelle il avait évidemment reconnu une suivante... et son calcul était juste, car son espoir ne fut pas déçu.

— Comment?

— Dix minutes plus tard, dans un de ces remous de la foule auxquels la force de dix hommes ne saurait résister, je sentis que Laure abandonnait tout à coup mon bras, et quand je lui jetai un cri désespéré qui eût dû la retenir, elle avait déjà disparu dans les flots de promeneurs.

— Et Cardinet?

— Il observait de loin, sans rien perdre de la scène.

— Mais que fit-il?

— Il vint à moi... et persuadé dès lors que le succès était assuré, il chercha à m'entraîner.

— Le misérable!

— A vrai dire, j'étais en proie à une terreur sans nom, je me sentais glacée, il me semblait que j'allais m'évanouir et j'étais perdue peut-être si à ce moment votre pensée ne m'était revenue à la mémoire; j'avais remarqué l'endroit où vous vous étiez

réfugié... Je me précipitai vers vous, comme vers le
soul homme auquel je pusse me confier, et ce ne fut
qu'après vous avoir rencontré, en sentant mon bras
s'appuyer sur le vôtre, que je compris que le danger
était conjuré !

En finissant, la belle jeune fille endit ses deux
mains vers le vicomte qui les pressa avidement sous
ses lèvres.

— Et! vous ne voulez pas que je vous gronde!
dit-il d'un ton de doux reproche... et vous me dé-
fendez encore de vous dire que vous avez eu tort...

— Ne dites rien, et laissez-moi faire de cette nuit
l'emploi qui me paraît convenable. Vous ne savez
donc pas que ce sont peut-être mes d rnières heures
de liberté et de fantaisie.

— Que voulez-vous dire ?

— Je me marie.

— Avec le prince ?

— Le Lubiroff! comme on s'exprime dans le
monde où nous sommes actuellement.

— Ah! vous voulez m'éprouver.

— Le prince a fait sa demande... il est agréé... et
je l'épouse.

— Mais vous l'aimez donc?

La jeune fille se releva brusquement : toute trace
de défaillance avait disparu. Un éclair d'audace sillonna son regard.

— Si je l'aimais... je ne l'épouserais pas! répondit-elle d'une voix assurée et ferme.

— Vous vous calomniez !

— Ne parlons plus de cela.

— Ne désirez-vous pas que je vous reconduise rue Caumartin?

Herminie se prit à sourire.

— Je vous ai dit que j'avais mon programme, répondit-elle, et, malgré l'absence de Laure, je ne veux pas y manquer; — je tiens à tout voir, et je verrai tout... D'ailleurs, je suis tout à fait remise, et il n'est pas encore deux heures. C'est trop tôt.

— Où voulez-vous donc aller?

— Donnez-moi votre bras, je vous le dirai en route.

Après avoir quitté Sosthène, Beverley était descendu sur le boulevard et s'était dirigé vers l'établissement de Brébant.

Une pensée sombre pesait sur son esprit, et la gaîté bruyante qui animait les abords de l'Opéra ne réussit pas à le distraire.

Quand il arriva chez Brébant, une heure était sonnée depuis longtemps.

Le restaurant était presque silencieux, mais le chef et les marmitons se tenaient à leur poste, et les garçons allaient et venaient à tous les étages, dans tous les couloirs, préparant les cabinets et les salons.

On attendait la sortie des bals.

Beverley rencontra Désiré dans le couloir du premier étage...

— Le salon rouge est prêt? interrogea-t-il en se dirigeant vers le fond.

— Oui, monsieur, répondit Désiré.

— Mes invités ne viendront probablement pas

avant deux heures. Je vais fumer un cigare en les
attendant.

Le garçon l'accompagna jusqu'à la porte pour la
lui ouvrir.

En passant devant le cabinet qui précédait immédiatement le salon rouge, Beverley s'arrêta.

— Les hôtes de ce salon ne sont pas encore arrivés ? demanda-t-il sur un ton indifférent.

— Pas encore, monsieur.

Beverley passa.

Mais, au moment de fermer la porte de son cabinet derrière lui, il suspendit sa marche.

Des bruits de pas s'étaient fait entendre, et Désiré s'était avancé à la rencontre d'un nouveau
client.

Beverley laissa la porte entre-bâillée et écouta.

— Salon vert ! dit alors une voix sèche et brève.

— Monsieur est de la société de M. Cardinet ? répondit le garçon.

— Précisément.

— Si Monsieur veut se donner la peine d'entrer...

— Est-ce que M. Cardinet n'est pas encore venu ?

— Pardonnez-moi , monsieur. M. Cardinet est
venu vers minuit ; il a attendu une demi-heure environ, puis il est allé faire un tour au bal de l'Opéra,
en disant qu'il allait revenir et ne serait pas longtemps absent.

— Bien ! cela suffit. Faites-moi servir une carafe
frappée et du rhum. Avec ça, je prendrai patience.

11.

Beverley ferma la porte et rentra dans le salon rouge.

Une contraction nerveuse crispait ses lèvres. Il marcha à pas rapides vers la porte de communication...

— Enfin ! balbutia-t-il profondément agité, enfin, je vais savoir !

La porte de communication, — cela n'étonnera probablement aucun de nos lecteurs, — était percée de plusieurs trous à travers lesquels l'œil pouvait assez facilement distinguer ce qui se passait de l'un dans l'autre salon...

Il y appliqua son regard...

Il y avait bien là un homme ; l'homme était bien assis en face de lui. Mais il portait un énorme nez de carton qui le défigurait complètement, et il était impossible de rien voir des traits de son visage.

Beverley recula avec un geste de dépit.

Cependant la contrariété qu'il venait d'éprouver céda vite à la réflexion... il se dit que l'inconnu allait attendre Cardinet... qu'il devait vraisemblablement souper avec lui, et il pensa qu'un moment viendrait où, son faux nez le gênant, il se résignerait à le déposer.

Il reprit son poste d'observation.

Le mystérieux invité de Cardinet n'était plus seul, — le garçon venait de lui apporter l'eau et le rhum qu'il avait demandés, et Beverley le vit se retirer en saluant son client d'un sourire qui s'adressait bien évidemment à son faux nez.

Le client n'y prit pas garde.

Seulement, dès qu'il fut seul, il alla vivement tirer le verrou de la porte, et, revenant vers la table, il ôta prestement son paletot et son gilet, et, d'un geste violent, déchira le plastron de sa chemise, de façon à mettre sa poitrine à nu.

Beverley étouffa un cri de stupéfaction.

La poitrine de cet homme était souillée de sang, et l'on y pouvait suivre le sillage rouge qu'y avait tracé la balle d'un revolver.

XIX

Que signifiait cela, et de quel drame terrible sortait cet homme ?

Beverley était trop captivé par l'étrange tableau qu'il avait sous les yeux, pour songer à autre chose, et l'horreur qu'il éprouvait ajoutait un stimulant de plus à sa curiosité.

Cependant l'homme au faux nez venait de déchirer l'une des manches de sa chemise, et, après avoir étanché son sang avec l'eau glacée qu'on venait de lui apporter, il avait bandé sa blessure, comme eût pu le faire le plus habile chirurgien de nos hôpitaux.

Cela fut fait avec une sûreté de main qui accusait un praticien consommé, et c'était, il faut le dire, un singulier spectacle que celui de cet homme accomplissant une pareille besogne, en pareil lieu, sans quitter le faux nez derrière lequel il dissimulait ses traits.

Quand il eut fini, il jeta sous le divan où il était assis les linges sanglants dont il venait de se servir, remit tout en ordre autour de lui, et poussant un soupir de bien-être et aussi de satisfaction, il alluma un londrès et se prit tranquillement à fumer.

Beverley ne revenait pas de sa surprise ; il eût donné sa fortune pour voir, ne fût-ce que pendant une seconde, le visage de cet homme.

Mais il lui fallut remettre à des temps meilleurs la suite de ses observations... car un brouhaha venait de s'élever dans les corridors du restaurant, la porte du salon rouge s'était ouverte avec fracas, et une bande de jeunes femmes et de jeunes gens y avait fait irruption en exécutant une sarabande désordonnée.

Il n'eut que le temps de s'éloigner de la porte et de se précipiter à la rencontre de ses invités.

Toutefois, il ne fit que la moitié du chemin ; Brin-de-Tulle, qui l'avait aperçu, s'était empressée de lâcher Sosthène, et le prenant par le bras, elle l'avait entraîné à l'écart.

— Écoute ! écoute ! lui dit-elle à voix basse et rapide, sais-tu ce que je viens de voir ?

— Quoi donc ?

— Gontran.

— Ici ?

— Ici même !

— Après tout, qu'y a-t-il de si étonnant ? Il ne lui est pas interdit de souper, je suppose.

— Mais il n'était pas seul ! il a disparu dans le 2 *Saint-Phar ;* il avait avec lui une femme chic...

— Et du monde ?

— J'en jurerais.

— Qu'importe ! laissons Gontran à ses amours, et ne songeons qu'à nous ! Vous avez faim, j'espère ; eh bien, mettons-nous à table.

— Oui, oui ! à table ! à table ! répétèrent en chœur toutes les jeunes femmes.

On s'assit, et le service commença.

Pendant quelques minutes, ce fut un silence presque solennel, et l'on n'entendit guère que le cliquetis des fourchettes et des couteaux mêlé aux fins bruits des verres de mousseline.

Le temps de bien s'accoter dans les siéges de velours capitonné, et de faire honneur à la barbue hollandaise, largement arrosée de sauterne ou de château-d'Yquem.

Puis, peu à peu, les communications s'établirent entre les convives, quelques interpellations jaillirent invitant à la répartie, et bientôt, les têtes s'échauffant, les saillies se succédèrent pleines d'entrain et de folie.

Il y avait là, entre autres, une jeune femme de dix-huit ans à peine, dont les débuts dans la vie galante remontaient au plus à deux années, et qui, d'ordinaire, était la joie, l'animation, l'esprit même de ces sortes de réunions.

Elle était jolie; délicate et tendre, et portait, sur ses joues pâles aux pommettes colorées, la trace des fatigues de la vie qu'elle menait.

On lui avait dit souvent de se ménager... Un de ses amants lui avait même offert d'aller se refaire à Nice, où il lui proposait de l'emmener.

Elle avait refusé.

Elle voulait rester à Paris.

Et peut-être avait-elle raison... Sa poitrine était faite à l'air vicié qu'elle y respirait. Un air plus pur l'eût tuée plus tôt.

Elle songeait bien à cela, d'ailleurs!

On eût dit qu'elle avait le pressentiment de sa destinée, et, n'espérant guère vivre longtemps, elle voulait vivre vite.

On l'appelait Ninoche.

Une bonne fille au demeurant.

On disait d'elle qu'elle avait le cœur sur la main et la main toujours ouverte.

Cette nuit-là, la pauvre enfant semblait avoir perdu sa gaieté habituelle ; c'est à peine si elle répondait aux incitations qui lui étaient adressées, et elle laissait passer les saillies sans y prendre garde et sans s'y mêler.

— Ah çà, qu'as-tu donc ce soir? dit tout à coup Brin-de-Tulle, qui lui faisait face.

— Moi! dit Ninoche en regardant autour d'elle comme à travers un rêve.

— Voilà déjà plusieurs fois que je t'observe, poursuivit Brin-de-Tulle... et ce n'est pas sain... faudra soigner ça!...

La maîtresse de Sosthène était économe... elle n'avait qu'un répertoire limité de mots... et ne le renouvelait pas assez souvent.

Mais ses compagnes y étaient faites... et elles n'avaient en outre aucun droit de se montrer exigeantes.

— Est-ce que Ninoche serait amoureuse? demanda un des jeunes gens en éclatant de rire.

— Tu as mis dans le mille!... s'écria Brin-de-Tulle, et ça, sans le savoir... ce qui n'a pas dû contrarier tes habitudes. — Oui... elle aime... et voilà tout le mal!...

— Oh! oh! se récria Sosthène.

La jolie pécheresse leva les épaules.

— Oui, tout le mal! poursuivit-elle, après avoir trempé ses lèvres dans une coupe de champagne... est-ce que nous devons aimer, nous autres?... est-ce que toutes celles qui ont voulu se payer ce luxe-là n'en sont pas mortes?...

— Voilà donc pourquoi tu te portes si bien! répartit le jeune de Sancé, qui était assis à sa droite.

Brin-de-Tulle allait répondre; elle n'en eut pas le temps...

La petite Ninoche venait de se lever... d'une main fébrile elle saisit une coupe pleine, et, la portant brusquement à ses lèvres, elle la vida d'un trait.

— Vous avez raison, dit-elle alors d'un ton un peu nerveux et en secouant la tête avec force... Nous sommes ici pour dire des bêtises, et ce n'est pas pour autre chose qu'on a invité Sancé et Précourt... J'ai eu tort, je me repens, et je ne demande plus qu'à me rattraper!

Et présentant de nouveau son verre à Sosthène qui le remplit, elle le vida une seconde fois avec la même avidité fiévreuse.

Un hourra enthousiaste accueillit cette *rentrée* de la jolie enfant ; la gaieté ne tarda pas à atteindre ses plus extrêmes limites, et bientôt tout le monde se mit à parler en même temps.

Tout à coup, Brin-de-Tulle jeta un cri qui amena un moment de silence.

— Quoi !... qu'y a-t-il ? demandèrent quatre ou cinq voix.

— Quel est l'insolent ?... ajouta le jeune de Sancé, qui commençait à être notablement gris.

Tous les regards s'étaient tournés, ironiquement anxieux, vers Brin-de-Tulle.

— Beverley a disparu !... dit celle-ci, en indiquant la place de l'amphitryon qui était vide.

— Tiens ! c'est vrai... on l'a enlevé...

— Qu'a-t-on fait de Beverley ?

— Je demande que l'on arrête Brébant... et qu'on le pende, s'il ne nous le rend pas.

Et toute la compagnie se mit à appeler en chœur sur l'air des *Lampions*.

— Beverley ! Beverley ! Beverley !

Avec un bruit assourdissant de couteaux et de fourchettes sur les assiettes et sur les verres.

Mais Beverley ne songeait guère à ce qui se passait à ses côtés ; il ne prêtait aucune attention aux appels joyeux que sa disparition avait provoqués.

Il s'était dissimulé derrière la draperie qui masquait la porte de communication, et son regard plongeait avidement dans le salon vert où un nouveau client venait d'entrer.

Ce client, c'était Cardinet.

Celui-ci n'avait pas de faux nez; quand il quitta son pardessus, il apparut dans toute la splendeur morne d'une tenue de rigueur :

Habit et pantalon noirs... cravate blanche; gilet à cœur...

En entrant, il était allé serrer la main de Lombard, et avait fait au garçon qui le suivait un signe qui l'invitait à servir.

Puis, les deux convives s'assirent en face l'un de l'autre. — On apporta des huîtres et du champagne frappé, et le souper commença.

Beverley, l'œil ouvert, le souffle contenu, attendait toujours; il espérait que l'homme au faux nez finirait par se trahir; qu'il abandonnerait son masque et qu'il livrerait ainsi son secret !

Il se trompait.

La conversation s'animait entre les deux hommes... Charles Cardinet parlait avec chaleur; de temps à autre, un éclat de voix arrivait jusqu'à l'oreille de Beverley, ou encore il voyait un rire sardonique crisper la lèvre de l'inconnu.

Mais c'était tout !

A la fin, sa curiosité se révolta; l'impatience lui communiqua une sourde irritation, et le désir de connaître envahit son être tout entier.

Il se retourna, écarta la portière avec violence et fit quelques pas vers ses convives.

Une idée bizarre lui était venue, et il ne voulait pas tarder à la mettre à exécution.

Cependant, à sa vue, des applaudissements avaient éclaté, et Sosthène, Sancé, Précourt, enlacés à Brin-de-Tulle, à Ninoche et à Peau-d'Ane, s'étaient précipités à sa rencontre.

— Le voilà! c'est lui! — qu'on rende Brébant à la liberté! — vive Beverley!...

Ce fut, pendant quelques secondes, un mélange d'exclamations attendries, au milieu desquelles Beverley eût vainement cherché à se faire entendre.

— Ah çà... où étais-tu passé?... s'écria Brin-de-Tulle...

— Il guettait l'omnibus!... ajouta le moins bête de la bande.

— Accusé! compléta Ninoche d'un ton solennel... quelle justification avez-vous à présenter pour votre défense?

Beverley se prêtait avec complaisance à toutes ces plaisanteries. Il souriait à Ninoche, à Peau-d'Ane, à Brin-de-Tulle, et comme les jeunes femmes menaçaient de l'entourer pour le ramener à table, il fit tout à coup un écart, et tirant un billet de banque de son porte-monnaie, il l'agita au-dessus de sa tête.

— Voyons! voyons! dit-il, soyons sérieux — si c'est encore possible. — Quelle est celle de ces dames qui veut gagner un billet de mille?

— Moi! moi! moi! s'écrièrent toutes les femmes, d'un commun accord.

— Et vous ne demandez pas ce qu'il y a à faire pour le gagner ?...

— Est-ce pour ouvrir un concours comme à Nanterre ?...

— C'est pour mieux que cela...

— Ça sera-t-il amusant ?

— J'en réponds.

— Parle alors...

Beverley baissa la voix.

— Écoutez... dit-il ; il y a là, dans le salon vert, un homme qui tient vraisemblablement à garder l'incognito, puisque, depuis une heure, il n'a pas encore quitté son masque.

— Eh bien ! fit Brin-de-Tulle.

— Eh bien... cet homme m'agace, et je veux voir son visage.

— Mais quel moyen ?... objecta Ninoche, devenue attentive.

— Il y en a un, répondit Beverley ; les nuits de bal... toutes les folies sont permises... et il s'établit d'ordinaire, à l'heure où nous sommes, une promiscuité agréable entre les sociétés des divers cabinets : il s'agit donc tout simplement, pour celle qui voudra tenter l'aventure, de s'introduire dans le cabinet voisin et, par adresse ou par plaisanterie, d'enlever à ce personnage le faux nez derrière lequel il se cache.

— Mais il peut se fâcher, dit Brin-de-Tulle.

— S'il se fâche, répondit Beverley d'une voix ferme, ça ne regardera plus les femmes, et je me charge de tout ! Voyons, un premier billet de mille

francs pour entrer, et un second en sortant... si l'on
a réussi... Qui accepte?

Des quatre ou cinq femmes qui étaient présentes,
Ninoche seule s'avança.

— Moi! répondit-elle avec assurance.

— Tu as bien compris ce qu'il faut faire? dit Beverley.

La jolie enfant se dirigea vers la table, y vida encore une coupe pleine, et, saluant Beverley du geste,
elle sortit résolument du salon rouge.

Un instant après, on l'entendit qui frappait à la
porte du cabinet voisin.

Beverley avait repris son poste d'observation, et,
sans qu'il eût pu s'expliquer ce qui se passait en
lui, son cœur se prit à battre comme à l'approche
de quelque danger inconnu.

XX

Avant de dire ce qui va se passer dans le salon vert entre Lombard et la petite Ninoche, qu'il nous soit permis de faire quelques pas en arrière, et de raconter succinctement la scène qui avait lieu, non loin de là, dans le 2 *Saint-Phar*, cabinet qui était contigu à celui qu'occupaient Charles Cardinet et son associé.

Ainsi que Brin-de-Tulle l'avait confié à Beverley, au moment où elle traversait le couloir, elle s'était croisée avec le vicomte Gontran d'Épernon : ce dernier donnait le bras à une femme enveloppée dans un domino de satin noir, et elle les avait vus disparaître dans le 2 *Saint-Phar*.

La jeune femme qui accompagnait Gontran, Brin-de-Tulle ne l'avait pas reconnue, mais le lecteur a déjà dit son nom, et il sait, lui, que c'est mademoiselle Herminie Dalbano.

Dès qu'elle eut pénétré dans le cabinet, elle se jeta sur un divan avec un frissonnement qui lui courut sur la peau et promena autour d'elle un regard curieux et comme avide d'indiscrétion.

— Faut-il que je me démasque? demanda-t-elle à Gontran.

— Pas encore, répondit le vicomte. Le garçon va nous servir et apporter tout ce qui est nécessaire à notre souper. Quand il aura fini, il se retirera, et je pousserai le verrou. Vous serez bien certaine alors qu'aucun indiscret ne pourra plus venir troubler notre tête-à-tête, et vous pourrez laisser tomber votre loup.

Herminie répondit pas...

Elle s'était levée... et venait de reprendre son examen des lieux.

Elle voulait tout voir, tout regarder, sans redouter de tout comprendre...

Elle s'approcha de la glace que sillonnaient en tout sens, des inscriptions nombreuses et des emblèmes inspirés par tous les sentiments.

— Est-ce que votre nom est gravé là, aussi ?... demanda-t-elle tout à coup, en se retournant vers le vicomte.

Ce dernier remua la tête.

— Ne me félicitiez-vous pas, l'autre soir, répondit-il, de n'avoir point galvaudé mon cœur dans des promiscuités de mauvais aloi...

— C'est vrai !

— Je respecte l'amour... moi !... et je ne l'expose pas dans ces lieux empestés...

Herminie s'éloigna à pas lents, gagna la fenêtre dont elle souleva la draperie, et plongea son regard sur le boulevard.

Gontran, lui, s'assit sur un fauteuil, et se prit à songer, pendant que le garçon allait et venait à travers le cabinet.

Deux natures de sensations bien différentes agitaient, en ce moment, les deux jeunes gens.

Pour Herminie, cette nuit, passée hors de l'hôtel de son père, et qui avait commencé au bal de l'Opéra pour se finir dans le salon du cabaret à la mode, cette nuit, disons-nous, constituait une fantaisie de pensionnaire, excessive sans doute, et répréhensible de tous points ; mais sans chercher à atténuer la faute commise, on peut dire que la fille de M. Dalbano n'avait certainement pas compris toute la gravité de l'acte qu'elle accomplissait.

Privée des conseils de sa mère, abandonnée par son père dans son propre hôtel, initiée, au sortir du couvent, sans transition et presque sans pudeur, à tous les spectacles malsains, à toutes les libertés sans contrôle, Herminie eût pu se réclamer de l'indulgence du monde, et prétendre qu'il y a des degrés dans les responsabilités humaines.

Elle n'avait pas même pensé à cela.

Sa curiosité s'était éveillée en elle et elle avait voulu la satisfaire.

D'ailleurs elle savait bien, elle, que le contact de cette fange à laquelle elle allait se mêler serait impuissante à la souiller... et puis, elle avait confiance en Gontran, et ce qu'elle lui avait dit en l'entraînant chez Brébant donnait la note exacte des sensations qu'elle éprouvait.

— Figurez-vous que vous avez une sœur, lui dit-elle en descendant l'escalier de l'Opéra, et que cette sœur vous supplie de la protéger dans sa folle équipée : que feriez-vous ?

— Je tenterais de la dissuader, répondit Gontran.

— Et si vous n'y réussissiez pas ?

— Alors, je me résignerais à la suivre.

— Eh bien! vous êtes mon frère pour cette nuit! ne m'abandonnez pas.

Gontran avait obéi.

Toutefois, un changement bizarre s'était opéré en lui, à partir du moment où il avait quitté la rue Le Peletier.

Jusque-là, ce rôle de protecteur discret d'une jeune fille charmante, avait particulièrement séduit son caractère chevaleresque, et, en traversant avec elle les flots pressés de la foule, il lui semblait qu'il remplissait un devoir d'honneur en la préservant de tout contact impur.

Mais dès qu'il se trouva seul avec elle, dans une étroite voiture, où son corps moite venait le frôler doucement aux oscillations de la voiture, lorsque, quelques instants plus tard, il pénétra dans le 2 *Saint-Phar* où mille riens, inaperçus d'Herminie, prenaient pour lui une signification inaccoutumée... quand enfin, le garçon, après avoir tout bien préparé pour le souper, vint lui demander s'il ne désirait rien de plus, et qu'il lui eut dit qu'il pouvait se retirer... je ne sais quelle bouffée monta de son

12

cœur à son visage, et il prit son front dans ses
mains, comme pour y fixer la raison près de l'abandonner.

— Eh bien ! dit alors Herminie... c'est fini...
nous sommes seuls... et vous pouvez pousser le
verrou.

Gontran alla à la porte, en titubant ainsi qu'un
homme ivre...

— C'est que j'étouffe ! voyez-vous, continua la
jeune fille, en détachant son loup... Voilà bientôt
trois heures que je ne l'ai pas quitté... et je suis
sûre que je suis d'un rouge à faire peur.

En parlant ainsi, elle se présenta à la glace et
donna un coup d'œil à sa toilette...

— Ah ! comme je suis laide ! dit-elle encore, en
dénouant ses cheveux pour les arranger... — Gontran ! venez donc m'aider...

Gontran venait de fermer la porte... il accourut à
cet appel.

Herminie tournait le dos, mais elle l'aperçut dans
la glace, et jeta un cri.

— Eh ! mon Dieu ! dit-elle... comme vous voilà
pâle, mon ami... est-ce que vous seriez souffrant ?

— Moi !

— Je ne vous ai jamais vu ainsi.

— C'est que jamais non plus, répartit Gontran,
je ne me suis trouvé avec vous, seul, dans un salon
semblable à celui-ci.

La jeune fille se tourna tout à fait.

Son opulente chevelure avait roulé jusque sur ses
épaules, un sourire d'une expression singulière

releva ses lèvres, et son regard enveloppa le vicomte de profondes effluves.

— Je ne comprends pas bien ce que vous voulez dire, répondit-elle, — peut-être avec un peu de malice, — tout ce que je me rappelle, c'est que, pour une heure encore, vous êtes mon frère, et que, dès lors!... Mais voyons, ne parlons plus de cela; relevez, s'il vous plaît, mes cheveux qui s'emmêlent sur mon col, et ne perdons plus notre temps, car je crois que j'ai faim...

Peu après, ils se mirent à table.

Momentanément, Gontran était calmé. Les sensations par lesquelles il venait de passer s'étaient apaisées, et pendant un bon quart d'heure, les deux jeunes gens ne songèrent qu'à satisfaire leur appétit.

La chère était exquise, les vins généreux, et il s'élevait des couloirs et des cabinets voisins un tumulte et un bruit qui ne manquaient pas de stimulant.

Herminie s'amusait sincèrement; elle ne regrettait rien de ce qu'elle avait fait... et ne songeait pas encore au retour.

Toutefois, à un moment, et comme elle voyait la lumière des bougies pâlir, sous l'épaisse atmosphère qui régnait dans le cabinet, elle demanda l'heure à Gontran.

Celui-ci regarda sa montre.

— Trois heures! répondit-il.

Un pli soucieux creusa le front de la jeune fille.

— Déjà!... dit-elle, il faut songer à partir.

Et elle se leva, comme à regret.

— Vous me permettez de vous accompagner, demanda Gontran en s'approchant.

— Certainement, répondit Herminie, seulement nous prendrons une voiture de place.

— J'y ai pensé... elle stationne sur le boulevard, et nous attend !...

Puis il ajouta d'un ton ému :

— Voici une nuit qui a passé bien vite !

Herminie reconstituait sa toilette, elle remettait de l'ordre et de l'harmonie dans les longues torsades de ses cheveux, et n'avait pas replacé encore son capuchon de satin sur ses épaules.

— J'en garderai, moi, répliqua-t-elle, un impérissable souvenir.

Et elle tendit une main que Gontran garda un moment.

— Nous sommes toujours frère et sœur ? dit-il alors à voix basse.

La jeune fille retira sa main, mais par un mouvement inconscient, sans doute, l'un de ses beaux bras, en se relevant, alla effleurer les lèvres du vicomte.

Ce dernier s'en saisit vivement et le retint entre ses doigts frémissants.

— Herminie ! s'écria-t-il en même temps d'un ton plein de fièvre.

Et incapable de se contenir plus longtemps, il prit la jeune femme dans ses bras, et l'attira violemment contre sa poitrine.

Mais au moment où il allait oublier ce qu'il s'était promis à lui-même, au moment où son souffle ardent brûlait les joues de la jeune femme, il se dressèrent tout à coup, l'un et l'autre, et échangèrent un regard terrifié.

Un rugissement de tigre blessé venait d'ébranler la cloison du cabinet, un de ces rugissements sinistres comme on n'en entend que sur les bords de l'Hougli, et dans les forêts impénétrables de l'île de Ceylan !...

— Qu'est-ce que cela ? balbutia Herminie en devenant blême.

— Écoutez ! Écoutez !... répondit Gontran,

Et aussitôt, deux cris se succédèrent appelant à l'aide...

— A moi ! à l'assassin ! je meurs... râlait une voix de femme.

Herminie s'empressa de remettre son masque et son capuchon.

— Ah ! partons ! partons ! dit-elle glacée d'épouvante ; on assassine quelqu'un dans le cabinet voisin.

— Attendez ! fit Gontran en posant un doigt sur ses lèvres... peut-être qu'il serait imprudent de sortir en un pareil moment. Restez ici, ne craignez rien. Je vais interroger Désiré, et dès que je verrai le moment favorable...

Pendant qu'il parlait, le tumulte s'était accentué et avait pris des proportions inusitées, — On allait, on venait, c'était un tapage mêlé de cris et d'impré-

12.

cations au-dessus duquel planaient vingt voix de femmes effarées et nerveuses.

Gontran entr'ouvrit la porte et ne tarda pas à être complétement renseigné.

Voici ce qui était arrivé.

●

XXI

Tout d'abord, rien de bien grave ne s'était produit, et l'escapade de Ninoche n'avait pas dépassé
les limites de la plaisanterie.

En arrivant chez Brébant, la jolie enfant était af-
fublée d'un domino, sous lequel elle portait un costume complet de *débardeur*, que l'on eût dit dessiné
par Grévin lui-même.

Quand, au moment de se mettre à table, elle avait
rejeté son domino, et s'était présentée dans toute la
grâce de ses formes adorables, ç'avait été un hour-
rah d'enthousiasme parmi les jeunes blasés qui ne
la connaissaient pas intimement.

Et l'on s'était mis à la détailler avec une indiscrétion qui l'eût effarouchée peut-être si elle ne l'avait
particulièrement flattée.

L'impression qu'elles produisent est moins, pour

ces sortes de femmes, une affaire d'amour-propre qu'une affaire d'intérêt; et le désir qu'on leur témoigne vaut surtout à leurs yeux, parce qu'elles y puisent une sécurité pour leur avenir commercial.

Lorsqu'elle avait quitté le salon rouge, Ninoche s'était penchée vers Brin-de-Tulle.

— Je suis un peu *éméchée*, lui avait-elle dit à l'oreille, mais ça n'en sera que plus drôle, et s'il refuse de *céder à mes lois*, je me sens capable de tout!...

Puis elle était sortie.

Sur le seuil, elle avait rencontré un garçon.

— Louis!... ordonna-t-elle alors, — ouvre la porte du salon vert... et annonce mademoiselle Ninoche... du théâtre impérial des Folies-Marigny!

Le garçon hésita un moment; mais il soupçonna immédiatement une de ces excentricités qu'autorise la saison du carnaval... et sans plus se faire prier, il mit la clef dans la serrure du cabinet indiqué.

Le temps de l'écrire! — A peine la clef avait-elle fait un tour, qu'un coup de pied lestement appliqué par le petit débardeur sur la porte, l'envoyait rouler sur ses gonds, et que Ninoche faisait son entrée dans le salon.

Cardinet et Lombard se dressèrent en sursaut à cet incident inattendu.

Cardinet esquissa un sourire; Lombard fronça les sourcils.

— De quoi! de quoi! dit la jeune femme en s'avançant, les reins cambrés et le poing sur la hanche... Est-ce qu'on s'amuse comme ça, les uns sans les

autres?... Deux hommes seuls! dans un cabinet...
chez Brébant!! Oh! la! la!... *Ou's qu'est mon fusil?...*

Nous voudrions dire le ton impossible sur lequel
ces quelques mots furent prononcés, pour bien faire
comprendre l'effet qu'ils produisirent...

Cardinet, qui avait reconnu la jolie enfant, lui tendit la main par un mouvement de bonne et franche
humeur, — pendant que Lombard se rejetait en
arrière, et grommelait quelques paroles de contrariété et de colère.

— Tu viens donc trinquer avec nous? dit Cardinet, en présentant un verre à Ninoche.

— Ça n'est pas encore défendu par la police de
l'Empire!... répliqua le débardeur.

Et saisissant le verre qui lui était offert, elle l'é-
leva jusqu'à sa bouche.

Mais avant d'y porter les lèvres, elle jeta un regard à Cardinet et à Lombard.

— Chevaliers!... ajouta-t-elle... c'est à vous que
je bois!... et j'espère que vous ferez raison à une
faible femme!

Et elle but.

Cardinet vida son verre en riant..., mais Lombard
resta taciturne et morne dans son coin.

Ces incidents d'une nuit de bal ne lui communiquaient aucune gaieté... Il était sourdement irrité
de se voir interrompu dans sa causerie avec Cardinet... peut-être aussi cherchait-il à réagir contre
l'horrible souffrance que lui faisait éprouver sa blessure.

Mais il n'était pas au bout des épreuves que lui réservait la petite Ninoche.

Celle-ci venait, en effet, de replacer son verre vide sur la table, et elle s'était tournée vers Lombard, la lèvre railleuse, le regard impertinent et l'attitude provocante...

— Eh bien! c'est pas gentil, ce que vous faites là! dit-elle, en s'approchant de l'homme au faux nez., et vous n'êtes pas galant avec les femmes!... Voyons, on a donc des peines de cœur... Je vois ce que c'est... Madame a lâché Monsieur, et nous portons là une blessure dont on ne veut pas guérir!

En parlant de la sorte, le débardeur avait sauté sur les genoux de Lombard, et venait de poser la main sur sa poitrine — à l'endroit même de sa blessure.

Lombard proféra un cri douloureux, et par un geste plus prompt que la douleur même qu'il ressentit, il envoya l'enfant contre la cloison...

Ninoche eut une seconde de peur — quelque chose comme le pressentiment d'un danger... et elle frissonna et pâlit...

Mais les fumées du champagne et du château-d'Yquem l'avaient *éméchée*, selon son expression, et, de plus, elle était du nombre de ces femmes que le danger attire plutôt qu'il ne les effraye!

Le premier moment de stupeur passé, elle secoua les épaules comme si elle eût voulu repousser le frisson qui l'avait envahie, puis elle releva la tête et fit quelques pas vers Lombard.

Ce dernier ne pensait déjà plus à elle; sa douleur

s'étant calmée, il avait repris son sang-froid, et croyait bien en avoir fini avec le débardeur.

Quand il la vit revenir à lui, avec la même attitude provocante et l'œil brillant de défi, il jeta un regard à Cardinet, et se ramassa, pour ainsi dire, sur lui-même.

Cardinet comprit son regard et fit un signe furtif à Ninoche.

— Allons! en voilà assez... dit-il en même temps, tu as produit ton effet,.. nous avons trinqué ensemble... tu peux te retirer.

Le débardeur eut un geste narquois...

— Bon! bon... répondit-elle... on sait ce que parler veut dire... et on va disparaître... mais auparavant, nous allons faire la paix... avec le vieux.

Et pour la seconde fois, elle sauta sur les genoux de Lombard et lui jeta ses deux bras autour du cou, avant qu'il pût se défendre.

— Voyons! ajouta-t-elle d'un ton câlin, et en passant la main dans ses cheveux taillés en brosse. C'est donc vrai... qu'on a fait de la peine à papa !... Aussi, c'est ta faute.

— Laisse-moi !

— On ne reste pas comme ça toute une nuit avec un faux nez.

— Va-t'en !

— Je suis sûre que c'est ça qui te gêne! voyons... soyez galant .et avant de nous quitter, vous allez faire une petite risette à Ninoche...

Et brusquement, sans transition, comme Clavermann escamoterait une muscade, elle détacha le faux nez de Lombard et l'envoya voler au plafond.

Toutefois, elle ne s'était pas fait d'illusion sur l'audace d'une telle action, et pendant qu'elle lançait le faux nez par-dessus sa tête, elle glissait vivement des genoux de Lombard, et se précipitait vers la porte.

Elle n'eut pas le temps de l'atteindre !

Lombard s'était levé avec une imprécation de fureur, et la lèvre torve, l'œil injecté de sang, rugissant à la manière des fauves, il bondit sur ses pas et la saisit violemment par les cheveux.

Malheureusement, le chignon que portait la pauvre enfant était bien à elle ; la secousse que lui imprima la main brutale de Lombard l'arrêta court, la ramenant en arrière et après avoir tourné sur elle-même, elle faillit tomber à la renverse.

En même temps, elle sentit deux griffes puissantes pénétrer dans sa chair ; un nuage passa sur ses yeux... et, croyant toucher à sa dernière heure... elle appela à son secours d'une voix mourante.

— Prends garde! dit alors Cardinet à l'oreille de Lombard... on peut venir!... tu es démasqué, et si on te voyait!

Lombard comprit sans doute la justesse de cette observation... car, après une minute d'hésitation, il proféra une seconde imprécation et finit par lâcher sa proie!...

Or, pendant cette scène, voici ce qui s'était passé dans le salon rouge.

Nous n'avons pas besoin d'insister sur l'intérêt avec lequel Beverley avait suivi l'entrée de Ninoche

dans le cabinet de Cardinet et le manège auquel elle
s'était livrée pour arriver aux fins qu'elle se proposait...

Tous ces détails l'avaient amusé même, et il se
sentait disposé à se montrer plus généreux qu'il ne
l'avait promis envers l'audacieux débardeur. Jusqu'a-
lors il ne songeait certainement pas à mal. Tout au
plus éprouva-t-il un commencement d'inquiétude
quand il vit l'homme au faux nez repousser bruta-
lement les avances de la jolie enfant et l'envoyer
rouler contre la cloison...

Peut-être, s'il l'avait pu, aurait-il à ce moment
dissuadé Ninoche de continuer.

Mais la partie recommençait... la jeune femme
témoignait, en poursuivant, qu'elle n'avait eu ni
peur, ni mal, et Beverley s'était pris à regarder, entièrement absorbé par sa curiosité.

Un homme était là, devant lui, cachant ses traits
avec un soin jaloux. — A tout prix, il voulait savoir
quel était cet homme !

Tout à coup, une sensation inouïe ébranla son
être, et ses doigts grincèrent contre la porte.

Le masque venait de tomber du visage de Lombard, qui s'était levé.

— Lubiroff ! cria Beverley, lui ! lui !

Et il recula de deux pas en prenant son front
moite dans ses mains.

— Lubiroff ! continua-t-il, l'homme de la maison
inhabitée !... l'assassin de Bocquillon !... mais
alors... c'est lui... que je cherche... et ce Cardi-

13

net... — Mon Dieu! serais-je donc arrivé au but si longtemps poursuivi? Voyons! voyons!

Il voulut se rapprocher et reprendre de nouveau son poste, pour bien s'assurer qu'il ne se trompait pas... Mais les cris *au secours! à l'assassin!* retentirent à ce moment, et il se rua au dehors...

Tous les convives des cabinets voisins étaient accourus aux appels désespérés du pauvre débardeur; les couloirs étaient encombrés, et quand Beverley parut, il constata que Cardinet était seul et que son compagnon avait disparu...

— Où est-il?... Je veux le voir! dit le jeune gentleman en fendant les flots serrés de la foule.

— Il est parti! répondit Sosthène, qui avait reçu dans ses bras la malheureuse Ninoche plus morte que vive.

— Et vous ne l'avez pas arrêté! s'écria Beverley.

Le mot était tombé de ses lèvres, sans qu'il y attachât un sens bien précis. — Mais il produisit sur quelques-uns des assistants un effet singulier.

— Arrêté! répéta Sancé, que l'incident avait presque dégrisé... et pourquoi diable faire?... C'est quelque fonctionnaire peut-être qui a eu peur d'être pris en flagrant délit de débauche nocturne... il a été un peu vif, c'est vrai! Mais, après tout, Ninoche n'en mourra pas.

— Arrêté! répéta à son tour Cardinet... diable! vous êtes excessif, M. Beverley!

Ce dernier se tourna vers le coulissier, et ils échangèrent deux regards qui étincelèrent comme deux lames d'acier.

Cardinet se sentit troublé le premier, et baissa les yeux devant l'étrange attitude de Beverley.

Le gentleman eut un sourire ironique.

— Au fait ! dit-il, vous seul ici connaissez cet homme et vous pourriez nous dire...

— Quoi donc ?

— Qui il est...

Cardinet protesta du geste.

— Cet homme avait ses raisons sans doute pour ne point se démasquer, répondit-il, je serais moi-même fort embarrassé de dire au juste qui il est... et je crois que ce que nous avons de mieux à faire, c'est de respecter son incognito, puisque personne n'a vu son visage.

Beverley se pencha à son oreille.

— Personne, excepté moi ! répondit-il à voix ardente et basse.

— Vous ! dit Cardinet.

— Oui, moi, monsieur... moi !... et quand cela vous paraîtra utile... je pourrai vous faire connaître quel est ce mystérieux personnage...

Cardinet ne répondit pas.

Du reste, l'émotion était calmée ; la circulation avait repris son cours habituel, et Brin-de-Tulle, Sosthène, Sancé et les autres cherchaient à entraîner Beverley.

En ce moment, la porte du salon vert s'ouvrit discrètement, et Gontran parut sur le seuil, en compagnie d'un domino dont le bras s'appuyait en tremblant sur le sien.

— Ne craignez rien, madame, dit Gontran, tout est fini, nous pouvons nous éloigner.

Et ils s'engagèrent dans le couloir.

Mais ils y eurent à peine fait quelques pas, qu'une chose inattendue, terrible, effrayante jusqu'à l'invraisemblance, vint tout à coup glacer le sang dans les veines du vicomte d'Épernon...

XXII

Il venait de descendre la première marche de l'escalier, soutenant avec une amoureuse sollicitude la jeune femme qu'il avait au bras, et qui gardait encore un reste d'émotion de la scène violente dont elle avait été témoin.

Plusieurs groupes les précédaient ou les suivaient, et ils avançaient lentement.

Presque tous s'entretenaient encore du petit débardeur et de l'issue de son équipée, et chacun en parlait avec animation.

Herminie n'écoutait pas, et Gontran n'y prêtait qu'une attention indifférente.

Tout à coup, il tressaillit, et son attention s'éveilla ardente et troublée.

Il y avait derrière lui deux hommes, appartenant au meilleur monde, qui avaient soupé séparément, et qui, se rencontrant dans la mêlée des couloirs, venaient d'échanger une poignée de mains.

— Vous rentrez! dit l'un qui était un industriel bien connu, jeune encore, intelligent, et dont la fortune avait été rapide sans cesser d'être honnête.

— Ne pensez-vous pas qu'il soit grand temps, — répartit son interlocuteur, auditeur au Conseil d'État, — il est bien près de quatre heures, et je tombe de sommeil.

— Vous étiez à l'Opéra?

— Non... Il y avait bal au ministère cette nuit, et j'ai dû m'y rendre.

— Que s'y est-il passé?

— Rien...

— Le ministre est-il toujours en faveur?

— Il était radieux.

— C'est bon signe, mais il me semble que vous en êtes parti de bien bonne heure.

— En effet.

— Vous vous y ennuyiez ?

— Nullement.

— Cependant...

— J'étais bien résolu au contraire à rester jusqu'au jour, sans un incident qui s'est produit, et devant lequel, ma foi, en dépit de mon scepticisme, je n'ai pu rester indifférent.

— Quelque chose de grave ?

— Vous l'apprendrez demain.

— S'agit-il de politique ?

— Pas le moins du monde.

— Qu'est-ce donc alors?...

— Désirez-vous vraiment?...

— C'est-à-dire que vous piquez ma curiosité au dernier point.

— Eh bien... voici... je venais de me lever d'une table de jeu, où j'avais gagné une somme relativement importante, lorsque je me croisai avec le docteur Durieux, qui s'éloignait en toute hâte, le front soucieux, et les joues extrêmement pâles... Vous connaissez Durieux?

— Eh! qui ne le connaît!

— C'est un vieil ami de ma famille... d'ordinaire taciturne et froid, et qui ne dit à un client qu'il est bien malade que lorsqu'il est mort, — je m'étonnai de son attitude, des signes manifestes d'inquiétude qui éclataient sur son visage, et je lui demandai la cause de son émotion.

— Et que vous répondit-il?

Ce colloque s'échangeait entre le jeune auditeur et l'industriel, tout en descendant à pas lents, l'escalier du premier étage... et jusque-là, rien dans cet entretien n'avait frappé Gontran.

A ce moment, d'ailleurs, un remous de la foule le sépara des deux interlocuteurs, et il n'entendit pas la suite immédiate de leur conversation.

Seulement, quelques secondes à peine s'étaient écoulées, que l'industriel et l'auditeur revenaient prendre leur place derrière lui, et voici ce qu'il entendit alors :

— C'est affreux, disait l'industriel.

— N'est-ce pas?... ajoutait son compagnon.

— Et cela s'est passé?

— Cette nuit...

— On avait fait appeler Durieux.

— Précisément, — seulement quand il est arrivé rue Caumartin, il était trop tard.

— Tout était fini !...

— Pauvre Dalbane !

Gontran eut besoin de toute sa force pour ne pas se trahir... et son regard se tourna effaré vers Herminie.

Mais celle-ci n'avait rien entendu, c'étaient d'autres paroles dont le bruissement venait à son oreille.

Le jeune vicomte s'empressa de l'entraîner vers la voiture qui stationnait devant le restaurant, et après qu'il l'y eut fait monter, il donna l'adresse au cocher, et prit place lui-même à côté de la jeune femme.

— Et maintenant ! dit celle-ci avec un geste comiquement résigné, la comédie est finie, et nous allons rentrer dans la monotonie de la vie bourgeoise !... eh bien ! c'est égal, cette nuit m'aura laissé du moins un souvenir que je mettrai le plus longtemps possible à oublier.

— Pourvu que vous puissiez rentrer à l'hôtel sans être vue ! dit Gontran, en proie à un trouble poignant.

— Bon ! fit Herminie d'un ton ironique ; pensez-vous donc par hasard que j'aie donné des ordres pour que la domesticité fût sur pied à mon retour ! J'ai pris un *passe*, qui ouvre la porte du jardin. Je gagnerai par là l'escalier de service, et je trouverai

Laure endormie sur un fauteuil de ma chambre à coucher.., voilà tout.

— Ah ! je ne sais pourquoi, s'écria le jeune homme, j'ai peur de vous quitter et de vous laisser rentrer ainsi, seule.

— Que redoutez-vous ?

— Mon Dieu, on n'est pas maître de cela ; c'est une appréhension.

— Allons ! allons ! vous êtes un enfant ; vous vous effrayez de tout... ne craignez rien.

— Au moins... — insista Gontran, — promettez-moi... que s'il vous arrivait quelque chose d'imprévu... vous n'hésiteriez pas à me faire appeler.

— Vous !... quelle idée... Mais, vraiment, mon ami, avec vos airs mystérieux, vous finirez par me faire peur à moi-même.

— Vous avez raison... j'ai tort.

— A la bonne heure... Du reste, la course n'est pas longue... nous voici déjà arrivés... ne vous dérangez pas... et ne vous occupez plus de moi !... demain, je vous enverrai Laure, pour vous rassurer !

En parlant ainsi, la jeune femme avait sauté sur le trottoir, et courant à une porte qui donnait, ainsi qu'elle l'avait dit, sur le jardin de l'hôtel, elle se retourna une dernière fois pour envoyer un geste d'adieu au vicomte et tout aussitôt elle disparut en fermant la porte derrière elle.

Dès qu'elle eut mis le pied dans le jardin, elle marcha d'un pas rapide vers l'escalier de service

13.

dont elle avait parlé, et monta prestement jusqu'au premier étage.

Il y avait là une porte qui ouvrait sur la serre, et par laquelle on pouvait pénétrer dans les salons de l'hôtel... Herminie se sentait désormais rassurée ; un silence profond régnait de tous côtés ; elle avança sans trouble et sans inquiétude, et quelques secondes plus tard elle entrait dans sa chambre.

La lampe ne jetait plus qu'une clarté douteuse... et un premier étonnement la saisit, quand elle promena son regard autour d'elle.

— Laure ! murmura-t-elle à voix basse comme un souffle.

Rien ne répondit...

Laure était absente.

N'était-elle pas rentrée ? Cela lui sembla impossible... Que pouvait-elle être devenue ? Elle ne comprenait pas...

Laure couchait d'habitude dans une pièce située tout près de la chambre d'Herminie.

Elle pensa qu'elle avait dû se jeter sur son lit en attendant sa jeune maîtresse, et elle courut aussitôt vers sa chambre.

— Laure ! appela-t-elle une seconde fois en contenant sa voix.

Le même silence lui répondit.

Herminie se sentit troublée jusqu'au fond de l'âme.

Son cœur s'était pris à battre... Ses oreilles bourdonnaient ; son souffle oppressé avait peine à soulever sa poitrine !

Et alors comme elle prêtait l'oreille, un fait bizarre se produisit.

Est-il vrai, est-il possible, ainsi que le prétendent certains mystiques, que toute maison où la mort a passé s'imprègne tout à coup d'une atmosphère particulière; que les bruits que l'on y entend, si imperceptibles qu'ils soient, semblent parler de choses inconnues; qu'enfin, les impressions qui s'en dégagent, empruntent un accent supérieur ou sacré

La jeune femme n'y songeait pas... Pourtant, un douloureux pressentiment saisit son cœur, et, à travers le silence, elle crut entendre des voix mystérieuses qui chuchotaient à son oreille des mots étranges dont le sens lui échappait.

Que s'était-il passé? Quel malheur la menaçait? Pourquoi cette sueur froide qui perlait à son front?

Elle n'y tint plus.

Au bout d'un instant, elle eut peur de se trouver seule, dans cette chambre où sa voix n'éveillait pas un écho empressé, et résolue à faire le jour sur ces ténèbres, elle courut à la porte et se disposa à en franchir le seuil.

Elle n'alla pas plus loin... Laure venait à sa rencontre; elle l'accueillit par une exclamation de joie.

— Enfin !... c'est toi ! dit-elle... mais d'où viens-tu donc ainsi, pourquoi me laisses-tu seule?

Au lieu de répondre, la petite soubrette, émue et tremblante, la ramena avec autorité dans sa chambre.

— Comme le voilà pâle ! ajouta Herminie, t'aurait-on vue rentrer ?

— C'est cela ! répondit Laure vivement, ou plutôt... non ! j'ai eu peur... je ne vous voyais pas revenir.

— Mon père dort ?

— Oui... oui... il dort !...

— Comme tu dis cela !

— Il faut vous mettre au lit, mademoiselle, vous devez être fatiguée... vous avez besoin de repos... et moi-même...

— Tu me caches quelque chose.

— Eh ! que voulez-vous que je vous cache ? Voyons, soyez raisonnable... Demain nous causerons de tout cela. Mais je suis sûre qu'en ce moment...

Laure essayait, tout en parlant ainsi, de déshabiller sa maîtresse, et celle-ci paraissait disposée à se laisser faire. Quand, tout à coup, elle écarta la petite soubrette d'un geste presque violent, et s'élança vers la porte de la chambre.

— On a marché dans le couloir !... dit-elle d'un ton âpre ?

— Croyez-vous ?

— Écoute ! on parle à voix basse... C'est Joseph et un autre domestique... D'où vient qu'ils sont debout à cette heure ?

— Mais, mademoiselle...

— Tu me caches quelque chose, te dis-je, je le sens, je le devine... parle ! parle ! que s'est-il passé ?

— Mais, je vous jure...

— Ah ! tu n'oses pas ! mais je comprends... mon père t'a surprise... tu lui as tout dit...

— Il l'a bien fallu.

— Il sait tout !... Et il est irrité, n'est-ce pas ?... Ah ! j'ai eu tort aussi... j'aurais dû... mais je veux le voir, je veux lui dire.. Quand je me serai expliquée, je le connais... Il me pardonnera !

Herminie avait fait déjà quelques pas en avant... Laure se cramponna à son bras et la retint avec violence.

— Non ! non ! par grâce ! je vous en conjure ! suppliait-elle, n'allez pas de ce côté.

— Pourquoi donc ? fit la jeune femme.

— Demain... Plus tard...

Herminie passa ses deux mains sur ses yeux.

— Oh !... il y a un malheur, ici !... prononça-t-elle d'une voix farouche... laisse-moi ! laisse-moi !

Et se dégageant énergiquement de l'étreinte de Laure, elle s'élança au dehors, et arriva peu après à la chambre de son père.

C'est tout ce qu'elle put faire...

Un regard suffit pour lui apprendre ce qui s'était passé...

M. Dalbane était étendu sans vie sur son lit, le visage horriblement défiguré...

Un voile sombre passa à cette vue sur ses yeux ; son sang se glaça dans ses veines, et, s'affaissant sur elle-même, elle roula inanimée sur le parquet.

XXIII

Quand le bruit de la mort de M. Dalbane se répandit le lendemain matin dans Paris, et que l'on
apprit les circonstances dans lesquelles elle s'était
accomplie, il y eut une stupeur profonde dont l'effet
influa un moment sur le crédit public...

M. Dalbane entretenait des relations étroites avec
les principaux établissements financiers de l'époque, sa mort et les causes secrètes qui avaient dû la
déterminer devaient logiquement inspirer la crainte
d'une catastrophe imprévue, d'un naufrage où pouvaient être intéressées à des degrés différents toutes
les maisons de banque de France et d'Europe, et
pendant toute la journée qui suivit, on remarqua
autour de la Bourse un mouvement inusité; on y recevait à chaque instant de l'étranger des télégrammes inquiets, presque effarés, qui attestaient l'émo-

tion qu'avait soulevée au loin la nouvelle de cet événement, et chacun attendait avec une fiévreuse impatience que le jour se fît sur les raisons mystérieuses qui avaient pu pousser M. Dalbano au suicide.

Car la discrétion est impossible en semblable occurrence; malgré les précautions que l'on avait pu prendre, on sut bien vite, pour ainsi dire dès la première heure, que M. Dalbano s'était suicidé.

Ce qui se passait au dehors, n'approchait pas d'ailleurs de ce qui se passait à l'hôtel même du banquier.

Pendant toute la journée, ce fut une allée et une venue indescriptible... et l'on peut dire, sans crainte d'exagération, que tout Paris se présenta, en quelques heures, à la loge du concierge.

Les uns venaient tout simplement s'y inscrire; mais les autres, sous prétexte de l'intérêt qu'ils portaient à la jeune orpheline, se répandaient en questions indiscrètes, et sollicitaient avidement des détails que, du reste, on ne leur donnait pas.

Le concierge avait reçu des ordres formels de la part des amis autorisés, et il répondait invariablement par la même formule à toutes les questions.

— Mademoiselle est fort abattue... elle ne reçoit personne, — le docteur seul a pu la voir.

Il fallait bien que l'on se déclarât satisfait.

Dans les bureaux, qui étaient situés au rez-de-chaussée, régnait une animation toute particulière : la mort violente du chef de la maison, connue de tous les employés, était commentée par eux avec

passion, et il n'en est pas un seul qui ne l'attribuât
à quelque perte énorme subie par M. Dalbano dans
des opérations auxquelles il s'était livré à l'insu de
tous !

Et l'envie, la calomnie d'aller leur train !

Ces hommes, qui se sentaient à la veille d'être
remerciés, se répandaient en violences contre
l'homme qui les avait nourris pendant quinze ans.

« Il ne se trouvait donc pas heureux avec les millions qu'il avait gagnés !... il lui en fallait plus encore — ces gens-là étaient insatiables... Il n'hésitait
pas à se ruiner en prodigalités folles, tandis qu'il
eût refusé peut-être cinq cents francs d'augmenta-
tion à un pauvre employé... Et tout cela, pour sa
fille ! une demoiselle qui n'avait d'autre ambition
que de s'habiller comme une cocotte !... »

Tous ces propos où se trahissait l'indifférence de
natures vulgaires avaient, après tout, une saveur
qui les recommandait à l'observation. C'était plus
grotesque encore que méchant !

Mais pour trouver l'odieux, il fallait quitter les
bureaux, descendre quelques marches, et pénétrer
à l'office.

A l'exception de Laure, toute la valetaille s'y trouvait réunie, et il s'y était joint deux ou trois garçons
de recettes et plusieurs fortes commères du quartier.

Dieu sait les paroles pleines de fiel qui s'y débi-
taient depuis le matin !

Il faut tout dire, pour rester dans le vrai.

Depuis trois ou quatre années, ces malheureux

avaient confié à la maison Dalbane le produit de la
danse du panier, dans les différentes fonctions qu'ils
exerçaient!

Tant que leur argent ne leur avait rapporté que
quinze ou vingt pour cent, ils n'avaient point trop
crié, et ne s'étaient même pas plaints. — En moins
de cinq années, ils pouvaient doubler leur capital,
et il n'eût pas été bienséant d'exiger davantage.

Mais quand ils se virent tout à coup menacés dans
leur fortune même, quand ils comprirent, aux bruits
qui se répandaient de toutes parts, qu'ils allaient
être englobés dans le malheur général, leur colère
ne connut plus de bornes, et leur indignation ne recula devant aucune manifestation.

Chose bizarre... qui semblerait illogique à première vue, et qui n'est pourtant que la résultante
rigoureuse de la logique humaine, ce n'est point à
M. Dalbane qu'ils s'en prirent, ce ne fut pas au malheureux banquier que s'adressèrent leurs impréca-
tions.

Il s'était fait justice, celui-là... il était mort... et
on ne pouvait guère lui en demander plus.

Pauvre cher homme! c'était la bonté même... il
était si faible... qu'il ne savait rien refuser à sa
fille...

Ah! sa fille!

Mademoiselle Herminie.

Avec quelle haine vigoureuse on prononçait ce
nom!

Elle n'en avait jamais assez, cette mijaurée... avec

ses cheveux jaunes, ses yeux estompés, ses joues blanchies à la poudre de riz !...

C'est elle qui avait ruiné son père et tous les honnêtes gens qui avaient eu confiance en lui...

— Et puis, vous savez ce qu'on dit !... ajoutait tout bas une commère; quand le père Dalbane s'est tué... elle était au bal !

— C'est-y bien vrai !... demandait un autre.

— Si c'est vrai... saint Maclou !... puisqu'elle portait encore son domino, quand on l'a déposée évanouie, sur son lit.

— Oh ! évanouie ! interrompit la femme de chambre, — c'est moi qui ne crois pas ça, par exemple.

— C'était donc une frime, grommela la cuisinière... en se rapprochant.

— Pardine... elle a plus de vice, celle-là... que la locataire de chez nous, qui ne passe pas cependant pour une honnête fille ?

— Eh bien... qu'est-ce qu'elle va devenir, à présent ?

— Tiens... elle fera comme les camarades, donc !

— Elle ira à pied.

— Où elle montera dans la voiture des autres !

Cette dernière prophétie fut accueillie par un de ces rires qui rappelaient la gaîté sinistre des sorcières de Macbeth.

Tout à coup, on se tut.

Mademoiselle Laure venait d'entrer à l'office pour y prendre quelques objets dont sa maîtresse avait besoin, et tous les regards, chargés de provocation, s'étaient tournés de son côté.

— En voilà encore une qui ne vaut pas cher ! dit
à voix basse la femme de chambre.

— Une fine mouche ! opina la cuisinière.

— Et qui sortira d'ici plus riche que nous toutes
ensemble ! ajouta une troisième.

La petite soubrette connaissait de longue date les
dispositions malveillantes dont elle était l'objet. Elle
ne fit attention à rien, n'honora même pas d'un
regard ses ennemis ameutés, et dès qu'elle eut
trouvé ce qu'elle cherchait, elle se retira, sans avoir
prononcé une parole.

Puis elle remonta à la hâte auprès de sa maîtresse.

Depuis le matin, Herminie ne s'était pas remise
de l'épouvante qu'elle avait éprouvée quand elle
s'était vue tout à coup en présence du corps défiguré de son père.

C'était comme un horrible cauchemar auquel elle
cherchait à s'arracher. Elle s'efforçait de ne pas y
croire, et attendait toujours que le réveil vînt la
rendre à la sérénité d'autrefois.

Mais chaque heure qui s'écoulait la rivait davantage à l'effroyable réalité. On l'avait entraînée pour
la soustraire au douloureux spectacle de la chambre
mortuaire ; Laure ne l'avait plus quittée, et, sur ses
conseils, elle s'était jetée sur son lit.

Ce fut vainement qu'elle appela le sommeil à
son aide.

Sitôt que ses paupières se fermaient, appesanties
par la fatigue ou vaincues par les émotions de la
nuit précédente, elle se réveillait en sursaut, se

dressait effarée, sur son séant, et ses deux mains
jetées en avant semblaient repousser quelque sanglant fantôme.

Et puis, elle avait l'intuition de ce qui se passait.

Elle ne songeait pas au déshonneur, car elle
savait bien, elle, que son père était le plus honnête
des hommes. Mais elle soupçonnait quelque sinistre
dans lequel la fortune du banquier avait dû sombrer, et l'acte de désespoir auquel il s'était abandonné, lui disait surabondamment qu'il avait été
provoqué par la menace d'une ruine certaine.

Et elle devinait, autour d'elle, l'explosion contenue
encore de l'envie, et la pensée qu'elle ne serait pas
même plainte dans son malheur ajoutait à la violence de son abattement.

Heureusement, un incident presque inattendu
vint dans la journée faire diversion à ses funèbres
pensées.

Vers trois heures, un valet demanda à parler à
mademoiselle Laure, et comme celle-ci répondait
que sa maîtresse ne voulait voir personne, une voix
s'éleva dans l'antichambre qui fit tressaillir Herminie.

— Réjane !... dit-elle, en adressant au ciel un
regard plein de reconnaissance attendrie.

Elle se souleva à demi.

Au même instant, mademoiselle de Graçay-
Chambrun se précipitait dans la chambre et jetait
ses deux bras autour du col de son amie.

Et, pendant un long moment, ce fut un doux

murmure de tendres baisers et de paroles émues, entrecoupés par des sanglots...

— Toi ! toi !... balbutia Herminie ; chère Réjane, ah ! cela fait du bien de s'appuyer sur un cœur sincère et dévoué.

— Pauvre amie ! répondit Réjane ; je viens d'apprendre l'horrible malheur, et alors, je n'ai eu qu'une pensée, celle de venir m'asseoir auprès de toi. Mon excellent père ne voulait pas ; il avait peur... mais je n'ai rien écouté... et quand il a vu cela, malgré sa goutte, il m'a accompagnée !

— Comme vous êtes bons tous deux !

— Oh ! nous ne t'abandonnerons pas ! tu ne peux pas rester ici seule... En chemin, nous avons pris une résolution et nous t'emmenons.

— Y songes-tu ?

— Je ne songe qu'à cela. Tout est convenu : ta chambre va être préparée, tu coucheras près de moi ; je ne te quitterai plus, et si l'amitié la plus profonde peut apporter un adoucissement à ton chagrin, c'est chez nous que tu le trouveras.

Herminie serra la jeune enfant dans ses bras.

L'expression de cette sympathie naïve et tendre lui faisait du bien. Depuis quelques heures, c'était la première fois qu'elle respirait dans une atmosphère de sentiments calmes et doux.

Cependant des faits plus graves se préparaient à la suite de l'événement dont tout Paris s'entretenait à cette heure.

Si les employés de M. Dalbane, ses domestiques

et tous ceux qui avaient avec lui des relations d'amitié ou d'affaires s'étaient émus de l'aventure, le parquet, de son côté, n'était pas resté indifférent, et des perquisitions avaient été ordonnées dans le but d'arriver à la constatation régulière et complète de la vérité.

Cela n'avait pas été long.

Dès les premières heures, il était acquis que le banquier avait été audacieusement volé, et que le voleur s'était introduit dans les sous-sols de l'hôtel par la brèche pratiquée dans le mur mitoyen. On visita avec soin la maison inhabitée; on la parcourut de la cave au grenier, dans l'espoir de découvrir quelque indice qui mît la justice sur la trace du criminel. Mais, malgré le zèle et l'activité déployés par les agents de la sûreté, toutes les recherches demeurèrent infructueuses, et l'on ne trouva aucune piste sur laquelle on pût lancer les limiers de la police.

Ce résultat étonna le public et contraria sérieusement la justice.

Mais il n'y avait rien à faire en pareille occurrence, et le mieux était d'attendre.

C'est ce que l'on fit...

Et pendant que l'on attendait, voici ce qui se produisit !...

Une chose étrange... fantastique, et qui rappelait, par plus d'un côté la bizarrerie poignante de certains contes d'Edgard Poe.

XXIV

Deux jours s'étaient écoulés.

On était au lundi.

Vers huit heures du soir, le commissaire de police du quartier de la Madeleine venait de rentrer dans son appartement, quand un de ses employés monta le prévenir qu'une personne demandait à lui parler.

— Quelle est cette personne? fit le commissaire.

L'employé présenta une carte sur laquelle il y avait ce nom :

— Beverley.

— Ce M. Beverley n'a pas dit pour quel objet il désirait me parler?

— Il a dit que c'était pour une affaire qui ne souffrait aucun retard.

— C'est bien! faites attendre... je descends.

Quelques moments plus tard, Beverley était introduit auprès du magistrat.

Il salua et s'assit sur le siège qui lui était offert.

— Vous voudrez bien m'excuser, monsieur, dit-il alors, si je viens vous déranger à cette heure... mais il s'agit d'une affaire de la plus haute gravité, pour laquelle je dois réclamer votre assistance.

Le commissaire avait déjà regardé son interlocuteur, et il demeurait frappé de l'air de distinction qui éclatait dans toute sa personne.

— Vous êtes M. Beverley? dit-il cependant, comme pour faire comprendre à son interlocuteur qu'il attendait un renseignement plus explicite.

— Oui, monsieur, répondit Beverley, qui saisit tout de suite le but de la question; je suis sujet anglais; j'habite Paris depuis dix années, rue de Varenne, et vous pourriez, dès ce soir même, obtenir sur mon compte toutes les références qu'il vous paraîtra utile de demander.

Le commissaire fit un geste satisfait.

— Parfaitement, monsieur, continua-t-il, parfaitement, et je crois inutile d'insister pour le moment... Veuillez donc, je vous prie, m'expliquer l'objet de votre visite et me faire connaître en quoi je puis vous être utile.

— Voici, monsieur...

Beverley passa sa main sur son front, comme s'il eût voulu y bien fixer ce qu'il avait à dire; puis, il reprit presque aussitôt :

— Si je ne me trompe, dit-il, vous avez été appelé depuis deux jours à assister M. le juge d'instruction dans les perquisitions qui ont été ordonnées par la justice, à la suite du douloureux événement de l'hôtel Dalbane.

— En effet, répondit le commissaire.

— Vous avez suivi tous les détails de la visite effectuée tant dans la maison de la ruelle, que dans les caves des deux habitations contiguës.

— C'est cela même.

— J'ai lu les journaux, et j'ai appris que vos recherches ont été à peu près infructueuses ; tout cela s'est borné à la constatation d'un passage pratiqué à travers le mur mitoyen ; mais les perquisitions n'ont amené aucune découverte qui pût faire la lumière sur ce vol audacieux.

— Auriez-vous, vous-même, quelque indice à fournir à la justice ? interrogea le magistrat.

— Peut-être !

— Comment cela ?...

— Pardon, Monsieur, répondit Beverley ; si vous le voulez bien, je ne m'occuperai de l'affaire Dalbane que d'une manière incidente... Celle dont j'ai à vous entretenir est autrement importante, et, s'il y a entre elles deux une relation secrète, je ne veux pas en tenir compte et je désire vous laisser tout le mérite de la mettre en relief.

— Cependant !...

— M. Dalbane a été victime d'un vol accompli avec une audace presque sans précédents... Vous retrouverez le voleur, j'en suis sûr, et je n'ai que faire de vous offrir mes services à ce sujet... mais il est, je le répète, un autre crime... qui m'intéresse,

14

moi, dans ce qu'un homme peut avoir de plus sacré
au monde, et c'est à ce propos, à ce propos seulement, que je viens réclamer votre concours.

— De quoi s'agit-il donc? demanda le commissaire qui, décidément commençait à s'intéresser à
ce mystère qu'on lui faisait entrevoir.

Beverley leva son regard clair sur le magistrat.

— Vous êtes depuis longtemps commissaire de
ce quartier? dit-il alors.

— Depuis dix années...

— En ce cas, vous devez vous rappeler un crime
qui y fut commis il y a six années.

— Six années!

— Le 22 janvier 1859.

— Attendez...

— Il s'agissait d'une jeune femme, miss Aurore
Stanley, arrivée à Paris depuis peu, demeurant au
numéro 25 de la rue Caumartin, et qui disparut un
soir, sans que l'on ait jamais pu retrouver sa trace.

— En effet, je me rappelle maintenant!... disparition inexpliquée, et sur laquelle la lumière ne
s'est jamais faite; cette jeune personne portait sur
elle une somme considérable en bancknotes et en
diamants. Elle était sortie, vers huit heures du soir,
elle avait pris une voiture, et on l'avait entendue
donner au cocher l'indication de la rue où elle se
rendait.

— Rue de Varenne!... dit Beverley... d'une voix
sombre.

— Précisément... rue de Varenne... puis, la voiture partit, et on ne revit plus la jeune femme.

— Toutes les recherches furent vaines.

— C'est moi qui fus chargé de les diriger... et je mis à cette mission une ardeur que rien ne put rebuter... malheureusement, nous ne trouvâmes rien !

— Pas même le cadavre de la victime.

— On crut qu'elle avait gagné l'étranger.

— On se trompait...

— Qui le sait ?

— Moi, Monsieur...

— Vous !...

— J'étais absent de Paris, à cette époque, et je revins trop tard pour donner à la justice des indications qui l'eussent peut-être mise sur la véritable piste... mais depuis !

— Depuis ?

— J'ai voué ma vie à la découverte du crime, et au châtiment du criminel !

— Qui vous donne lieu de penser qu'il y ait eu crime ?

— Un indice fort simple.

— Lequel ?

— Les bijoux de la victime.

— Vous les avez retrouvés ?

— Presque tous.

— Où cela ?

— Chez une jeune femme galante que l'on appelle Brin-de-Tulle.

— Qui les avait donnés à celle-ci ?

— M. Cardinet, son amant.

— Et où les avait-il achetés ?

— Chez un bijoutier de la rue de la Paix.

— Enfin, qui les avait vendus à ce dernier?

— Ah! si je l'avais su! Mais on a donné un nom quelconque : celui d'un voyageur descendu à l'hôtel du Louvre, quelque filou qui se faisait passer pour un Turc. — A Paris, on croit beaucoup aux diamants des Turcs.

— Soit! j'admets cela.... poursuivit le commissaire; la jeune femme a été dépouillée, je le veux bien... mais qui vous prouve qu'elle ait été assassinée?

Beverley eut un âpre sourire.

— J'en ai douté, répondit-il, jusqu'au jour où je me suis arrêté sur le bord de sa tombe.

— Que dites-vous? fit le commissaire avec un mouvement de stupeur... Sa tombe!... vous savez...

— Depuis quelques jours.

— Et où cela?

— Dans la cave de la maison inhabitée.

Le magistrat s'était levé... il fit quelques pas à travers la chambre, et ajouta :

— Voyons! voyons! tout cela est si extraordinaire, qu'en vérité...

— Vous n'y croyez pas! Mais j'espère que dans une heure il ne restera plus dans votre esprit aucun doute à ce sujet.

— Comment cela?

— Vous n'avez donc pas compris ce que je viens vous demander?

— Quoi! quoi! que voulez-vous?

— Je veux que vous m'accompagniez à l'instant

même, que nous nous rendions dans la maison
inhabitée, et que là nous procédions sans retard à...

Le commissaire ne répondit pas tout de suite...

Il avait repris sa place en face de Beverley, et la
demande était si bizarre que des doutes sérieux lui
revenaient sur l'état mental de son interlocuteur.

Mais il avait affaire à un homme sain d'esprit, et
de plus extraordinairement perspicace, et Beverley
ne demeura pas longtemps indécis.

— Permettez-moi, monsieur, reprit-il au bout de
quelques secondes, de ne pas laisser la conversation
s'égarer sur un terrain où nous ne nous retrouve-
rions plus... Vous savez maintenant ce que je veux,
je désire ajouter que j'ai bien réfléchi avant de me
présenter, et il ne me semble pas possible que vous
me refusiez votre concours, sans manquer à vos
devoirs de magistrat.

— Monsieur!

— Je m'explique. En raison de découvertes qui
sont le résultat d'une longue suite d'observations
dont il serait inopportun de vous faire la confidence
en ce moment, je crois pouvoir vous affirmer que le
corps de la malheureuse miss Aurore Stanley est
enterré dans la cave de la maison que je vous indi-
que; tant que les assassins n'ont eu à redouter
aucune investigation indiscrète, on pouvait être
assuré qu'ils laisseraient les choses en leur état, et
qu'ils ne tenteraient pas eux-mêmes de faire disparaître le cadavre; mais tout est changé depuis deux
jours; l'attention de la justice a été appelée sur la
maison dont je parle, et si nous ne nous empres-

14.

sons de faire les constatations nécessaires, peut-être arriverons-nous trop tard, et laisserons-nous échapper les preuves que le hasard nous offre.

— Il faudrait préalablement prendre l'avis du procureur impérial, objecta le commissaire.

— Vous pouvez le prévenir que, dans l'intérêt même de la cause, vous avez dû céder à mes instances, répartit Beverley.

— Encore, est-il nécessaire d'avoir sous la main, à sa disposition, un médecin, quelques terrassiers...

— J'ai prévu tout cela, monsieur. Trois terrassiers doivent se trouver à cette heure rue Basse-du-Rempart, et quant au médecin, j'en connais un dans les environs; je l'ai fait prier de m'attendre; nous le prendrons en passant.

Le commissaire hésitait encore.

— Croyez-le bien, monsieur, insista Beverley; et vous le savez, d'ailleurs, mieux que moi, ce que je vous demande est de tous points licite, et dans une heure, c'est vous-même qui me remercierez!

Le commissaire ne fit pas d'autre objection.

— Il se leva. — Beverley se leva à son tour.

Ils descendirent.

Le long du trottoir, devant la maison, il y avait une voiture.

Ils y montèrent.

Puis, la voiture partit dans la direction de la rue Basse-du-Rempart. Chemin faisant, ils allèrent prendre un médecin qui était ami de Beverley...

Le trajet fut court... peu après ils arrivaient à destination.

Trois hommes stationnaient non loin de l'endroit où ils venaient de s'arrêter.

— Ce sont nos terrassiers! dit Beverley.

Les hommes s'approchèrent. — Ils étaient munis de pioches, de pics et de pelles...

Sur un signe du commissaire, on se mit en marche.

La ruelle était déserte... une ombre épaisse enveloppait la maison..... Elle présentait un aspect plus sinistre encore que d'habitude.

Le groupe silencieux traversa le jardin, puis la salle à manger, puis enfin les six hommes s'engagèrent dans l'escalier de la cave.

Beverley marchait le premier. — Après venaient le commissaire et le médecin, enfin, derrière, les trois terrassiers, munis de lanternes, dont ils dirigeaient la lumière sur ceux qui les précédaient.

Cela dura cinq minutes au plus.

Puis Beverley suspendit sa marche, et indiquant du doigt l'ondulation de terrain qu'il avait remarquée quelques semaines auparavant :

— C'est là! dit-il d'une voix altérée et sourde.

Et chacun se pencha en avant pour regarder!

XXV

Le tableau était vraiment saisissant et presque fantastique.

Les trois terrassiers avaient déposé leurs outils, et se tenaient immobiles et graves, projetant les rayons de leur lanterne sur l'ondulation du terrain...

Le commissaire occupait la droite, le médecin la gauche... quant à Beverley, il s'était rejeté dans l'ombre, et comprimait sa poitrine de ses deux poings, pendant qu'une pâleur de suaire envahissait ses traits.

Un silence sinistre s'était établi; parmi ces six hommes, il n'y en avait pas un qui ne crût réellement qu'il venait de s'arrêter au bord d'une tombe.

— Commençons! dit tout à coup le magistrat, en se tournant vers les terrassiers... Seulement, opérez

avec les plus grandes précautions... Si nous devons
trouver ici ce que nous cherchons, il faut prendre
garde qu'une trop grande précipitation dans notre
travail ne prépare des difficultés pour les constatations ultérieures...

Et comme, en parlant de la sorte, il avait reculé de
quelques pas, son pied heurta un objet qu'il n'avait
pas tout d'abord aperçu.

Il prit une lanterne et regarda.

C'était un cercueil dont le couvercle était ouvert.

Malgré lui il frissonna.

— Qu'est-ce que cela? demanda-t-il d'un ton plus
ému qu'il ne l'eût voulu, peut-être.

— Ne faites pas attention! répondit Beverley; il
m'appartenait de tout prévoir, et si mes soupçons se
vérifient, nous déposerons dans ce cercueil, les chers
ossements que nous allons recueillir.

— Vous avez pensé à tout!

— J'ai le respect des morts, monsieur, et au souvenir de la malheureuse victime qui est là, je don-
nerais, s'il le fallait, mon sang goutte à goutte, —
ma vie, jour à jour.

Le commissaire se tut.

Du reste, à ce moment, un premier coup de pio-
che venait de retentir et avait éveillé un écho lugubre sous les voûtes de la cave...

Les terrassiers s'étaient mis à l'œuvre.

Tous firent silence, et chacun s'apprêta à prendre
part à l'opération qui commençait.

Nous n'avons pas l'intention de charger ce tableau outre mesure, ni de raconter dans tous ses

détails l'exhumation qui s'effectuait à cette heure.

Nous avons moins encore à nous défendre contre le reproche d'exagération qui pourrait nous être adressé ; de pareilles scènes ne sont malheureusement pas rares dans la vie ordinaire, et le lecteur voudra bien se rappeler qu'hier même, tous les journaux l'entretenaient de fouilles semblables, entreprises à l'occasion d'un crime récent !

Ici toutefois, la présence de Beverley et l'intérêt qu'il paraissait attacher au résultat des recherches, prêtaient un caractère particulier à la scène, et chacun comprenait qu'il y avait là autre chose que le mystère d'un crime banal.

Une demi-heure se passa.

Les fouilles touchaient à leur fin, et elles avaient réussi au delà de tout espoir !

Beverley était appuyé au mur ; le commissaire encourageait les terrassiers de la voix, et le docteur s'était agenouillé sur le sol, silencieusement absorbé par les constatations importantes auxquelles il se livrait.

Tout à coup un même sentiment s'empara de tous les témoins ou acteurs de cette scène. Le commissaire fit un geste énergique aux ouvriers qui aussitôt suspendirent leur travail ; le médecin releva la tête, Beverley se dressa, l'œil en feu, la poitrine haletante, le front baigné de sueur froide.

Un murmure de voix venait de se faire entendre ! Quelque chose d'imperceptible comme un chuchottement ou un souffle qui frôla les murs de la cave et arriva jusqu'à eux, apportant quelques paroles à peine inarticulées.

— Qu'est-ce que cela? balbutia Beverley en proie à une sorte d'hallucination.

Et son regard se porta avide du côté d'où le bruit était parti.

Presque'au même instant, un rayon de lumière éclaira le fond de la cave, et alors, on vit un homme passer à travers le trou pratiqué par Lombard, et pénétrer dans la cave de la maison inhabitée.

Il n'avait pas fait un pas que Beverley l'avait reconnu.

C'était Cardinet...

Il enfonça ses ongles dans le bras du commissaire.

— Voyez! voyez! dit-il d'une voix qui hésitait dans sa gorge. Lui! c'est lui!

— Qui cela? interrogea le commissaire en le regardant avec un profond intérêt.

Le jeune gentleman passa ses deux mains sur son front...

— Rien! rien! répondit-il, je suis fou!... je perds la raison... mais cet homme... cet homme! que vient-il faire ici?

— C'est ce que nous allons lui demander... il vient à nous... attendons!

Beverley ne s'était pas trompé: l'homme qu'il avait aperçu franchissant le mur qui séparait l'hôtel Dalbano de la maison inhabitée... c'était l'ex-coulissier Charles Cardinet!

Dans le premier moment, ce dernier n'avait rien
vu de ce qui se passait...

Il s'était engagé dans la brèche qui ouvrait une
communication entre les deux habitations, et avait
mis le pied sur le sol de la cave de la maison inhabitée, sans se douter du tableau qui l'y attendait.

Mais quand il eut franchi la brèche et qu'il eut
fait quelques pas, suivi à peu de distance par un
garçon de bureau de la maison Dalbane, il s'arrêta
tout d'un coup, fit un haut-le-corps et resta comme
pétrifié à sa place.

Il venait de remarquer le groupe qu'éclairaient
les trois lanternes des terrassiers.

Il se crut tout d'abord le jouet d'un rêve... il ne
pouvait ajouter foi à ce qu'il voyait, et se consultait
sur le parti qu'il devait prendre.

Mais ce ne fut qu'une courte hésitation...

Presque aussitôt il sourit lui-même de sa défaillance, et pressant ses joues de ses deux mains, pour
en arracher la pâleur qui s'y était collée, il fit un
signe au garçon qui le suivait, et continua résolûment sa course.

A mesure qu'il avançait cependant, sa poitrine se
prenait à battre; le soupçon de la vérité l'envahissait et quand il arriva près du groupe, il avait compris qu'il s'agissait d'une exhumation !...

Tout son corps se prit à tressaillir, et son regard
troublé sembla interroger chacun des hommes devant lesquels il se trouvait.

Instinctivement, il se tourna vers Beverley.

Celui-ci ne l'avait pas quitté de l'œil, on eût dit qu'il cherchait à lire jusqu'au fond de son âme.

— Qu'y a-t-il donc, et que se passe-t-il ici ? demanda enfin l'ex-coulissier.

— Vous le voyez ! répondit Beverley, sans le quitter du regard ; Monsieur est médecin, et, avec l'aide de ces trois hommes, nous procédons à une exhumation.

— A quel propos ?

— D'après certaines données qui me sont personnelles, j'étais autorisé à penser qu'un cadavre avait été caché en cet endroit, et vous pouvez vous assurer par vous-même qu'on ne m'avait pas trompé.

— Mais le crime dont vous venez de découvrir la trace n'a rien de commun, je suppose, avec le vol dont M. Dalbane a été victime ?

— Qui sait !

— Le crime serait-il récent ?

— Le docteur assure qu'il remonte à six années.

— Ah !

— Du reste, la justice va être saisie. Une enquête sera ordonnée, et puisque le hasard vous a amené sur les lieux...

Cardinet protesta vivement du geste.

— Oh ! ma présence ici, répliqua-t-il, s'explique de la façon la plus naturelle... J'avais depuis quelque temps des relations d'intérêt avec M. Dalbane ; sa mort violente a inspiré des craintes sérieuses à toute la finance. Moi-même, j'ai voulu me renseigner sur l'étendue du désastre, et comme je manifestais à la personne chargée de la liquidation le désir

15

très-vif que j'éprouvais de voir par moi-même comment le vol s'était accompli... on m'a donné un garçon de bureau qui m'a accompagné sur les lieux.

— Rien n'est plus naturel, en effet, dit Beverley.

— J'avoue, du reste, continua Cardinet en souriant, que mon émotion a été grande quand je me
suis trouvé tout à coup en votre présence... Vu à
distance, le groupe que vous formiez n'avait rien
de précisément rassurant... et si je n'avais écouté
que mon guide, je crois que j'aurais battu en retraite.

— J'espère que maintenant votre guide est tout à
fait rassuré.

— Je l'espère aussi, dit Cardinet en s'inclinant...
et je ne veux pas vous retarder davantage.

— Mais nous avons fini...

— Vraiment...

— Et puisque je vous ai rencontré, je ne vous lais-
serai pas partir seul.

Beverley dit alors quelques mots à l'oreille du
commissaire, et, après avoir serré les mains du
docteur, auquel il parla également à voix basse, il
s'éloigna à pas rapides et se hâta de rejoindre l'ex-
coulissier, qui avait pris les devants.

Une fois sur le trottoir de la ruelle, Cardinet
glissa un louis dans la main du garçon de bureau,
le remercia de l'avoir accompagné, et se dirigea
vers le boulevard, suivi de près par Beverley.

Ce dernier avait son idée. Il n'avait pas revu l'ex-
coulissier depuis la scène du salon vert, et il n'était
pas fâché de se retrouver en sa compagnie.

Ils firent quelques pas en silence ; puis Beverley se tourna vivement vers Cardinet.

— Voilà une bien étrange aventure, dit-il, et la découverte à laquelle je viens d'assister fera demain un certain bruit dans la capitale.

— Sans aucun doute, répondit Cardinet.

— Le voleur se double ici d'un assassin... et il sera curieux de rechercher...

— Mais les deux affaires ne peuvent avoir aucune connexité, répliqua l'ex-coulissier... à moins que le docteur ne se trompe.

— Oh ! si le docteur se trompe, il n'en est pas de même de moi.

— Vous !

— Mes souvenirs sont précis.

— Vous connaissez donc la victime?

— Et je connaissais aussi les assassins...

Cardinet fit un mouvement.

— Quelle plaisanterie... dit-il sur un ton qui essayait d'être enjoué... Si vous étiez instruit, comme vous le prétendez, je m'expliquerais difficilement que vous n'ayez pas déjà dénoncé les criminels à la justice.

— Il y a une raison à mon silence.

— Laquelle ?

— C'est que je prétends me réserver à moi seul le châtiment des coupables !...

Cardinet allait répliquer, mais un cri s'éleva en ce moment à ses côtés et vint arrêter brusquement la parole sur ses lèvres.

Deux hommes venaient de les croiser, et l'un d'eux avait proféré une exclamation de surprise.

Cardinet se retourna et tressaillit.

Il avait reconnu d'Épernon, qui passait accompagné de Martial.

Ce ne fut qu'un éclair. — Cardinet reprit bien vite possession de lui-même.

Il salua Gontran... et entraîna Beverley, qui ne se souciait pas lui-même de s'arrêter avec le vicomte.

Dès qu'ils se furent éloignés, Gontran prit vivement le bras du garde de Graçay-Chambrun.

— Qu'as-tu donc? lui demanda-t-il avec intérêt, et pourquoi ce cri qui vient de t'échapper?

Martial n'était pas encore tout à fait remis; sa poitrine se soulevait avec violence et son œil s'attachait à Cardinet avec une persistance singulière.

— Moi! balbutia-t-il... mais je n'ai rien... je vous assure !... seulement,.. en me trouvant en face de cet homme...

— Le connais-tu?...

— J'ai cru le reconnaître... mais je me suis trompé sans doute... C'est impossible. — Ne vous a-t-il pas salué, monsieur le vicomte?

— En effet...

— Vous le voyez?...

— Rarement...

— Comment s'appelle-t-il?

— Cardinet.

— Et que fait-il à Paris ?

— Il est banquier.

Martial garda un moment le silence... puis il reprit :

— Je vous prie de m'excuser, monsieur, dit-il, mais, voyez-vous, cela a été plus fort que moi... parce que...

— Achève...

— Non... non !... permettez-moi de ne rien vous dire... aujourd'hui du moins...

— A ton aise, mon bon Martial... à ton aise... Nous voici arrivés à la porte de mon cercle... Je vais te quitter ; mais n'oublie aucune des recommandations que je t'ai faites.

— Monsieur le vicomte peut compter sur moi.

— Demain matin, tu remettras ma lettre à mademoiselle Dalbane.

— Ce sera fait.

— Et tu viendras m'apporter la réponse rue de la Chaussée-d'Antin.

Martial salua militairement... et, pendant que son maître montait à son cercle, il s'éloigna dans la direction du faubourg Saint-Germain.

XXVI

Depuis la terrible catastrophe où elle avait vu
sombrer tous les rêves dorés qui avaient jusqu'alors
bercé sa vie insouciante, Herminie s'était réfugiée
chez le général de Graçay-Chambrun, et là, dans le
modeste appartement que ce dernier occupait rue
de Varennes, elle attendait que l'apaisement se fît
dans son esprit, et que le calme rentrât dans son
cœur.

Réjane s'ingéniait doucement à la consoler. Durant le jour, c'est à peine si elle la quittait d'une
minute; elle lui rappelait les souvenirs heureux de
leur enfance, l'entretenait de tout ce qui pouvait
l'intéresser dans son infortune, et son babil charmant parvenait parfois à amener un sourire sur les
lèvres de son amie.

Herminie attirait alors la jolie enfant contre sa

poitrine, l'y tendit longtemps serré dans une étreinte
reconnaissante et souvent elle laissait, avec son baiser, tomber une larme attendrie sur son front.

— Pleure, pleure; disait la petite Réjane, cela te
soulagera... ton cœur est trop plein! D'ailleurs, si tu
le veux, nous ne nous quitterons plus! tu peux être
heureuse encore près de nous!... et puis... tu es
belle... parmi tous les jeunes gens qui t'entouraient,
il y en a qui t'aimaient... Si tu as cessé d'être riche,
tu n'a pas cessé d'être belle!... plus belle même que
tu ne l'as jamais été... et qui sait!

Herminie mettait sa main sur les lèvres de l'enfant.

— Tais-toi! tais-toi! répondait-elle, pendant qu'un
frisson courait sur ses épaules... tu ne sais rien de
la vie, et tu vois le monde à travers ton cœur...
chère Réjane!... ah!... n'arrête jamais ton regard
sur de pareils objets... leur vue seule ternirait la
pureté de ton œil si doux; vois-tu! il n'y a pas d'as-
similation possible entre les autres jeunes filles et
moi... et pendant ces quelques jours qui viennent
de s'écouler, nul ne saura jamais à quelles profondeurs j'ai pénétré, et à travers quels éblouisse-
ments et quelles ténèbres j'ai promené mon regard!

— Que dis-tu?

— Rien... rien.

— Croirais-tu qu'il y a des moments où tu me fais
peur?

— C'est qu'aussi il y a des moments où je m'é-
pouvante moi-même!

— Herminie...

Alors, Herminie se prenait à sourire.

— Ne parlons plus de cela, disait-elle avec une sorte d'enjouement forcé, j'ai tort de m'abandonner devant toi à la pente de mes rêveries. Je n'ai pas le droit de troubler la sérénité de ton âme et je ne dois pas même t'inspirer le soupçon de la destinée qui m'épouvante et m'attire en même temps.

La conversation en restait là... les deux jeunes filles se prenaient alors par le bras et couraient au jardin, où la vue des objets extérieurs donnait bien vite un autre cours à leurs confidences.

Une fois entre autres, Herminie avait levé les yeux, et en apercevant Beverley qui se promenait sous la vérandah de sa terrasse, elle avait serré vivement le bras de Réjane contre le sien.

— Beverley !... dit-elle... c'est donc là qu'il demeure ?...

— J'ignorais son nom ! répondit Réjane qui, involontairement, se prit à pâlir.

— Qu'as-tu ? fit Herminie qui l'observait.

— Oh ! ne fais pas attention...

— Mais tu as pâli.

— C'est possible, je ne m'en défends pas !...

— D'où vient ?

— Je ne saurais l'expliquer. Seulement, ce qui n'est pas douteux, c'est l'impression que la vue de cet homme produit sur moi.

— Comment cela ?

— J'ai beau me raisonner ; ça n'y fait rien... Chaque fois que je l'aperçois, il me prend un tremblement, et je me sens sur le point de défaillir.

— C'est bizarre.

— N'est-ce pas?

— Et tu n'as pas cherché à analyser cette sensation?

— Non! — Cet homme me fait peur; voilà tout !...
Il me semble, — c'est puéril, certainement, — il me
semble que son regard a parfois comme des mena-
ces sinistres — et que c'est à moi qu'il en veut.

— Quelle folie!...

— Sans doute, je ne dis pas!... mais c'est plus
fort que moi... Tiens!... rentrons... veux-tu?...

Et elles étaient rentrées.

C'est ainsi que se passaient les journées; généralement, sans autre incident. On déjeunait à onze
heures, on dînait à sept... puis, vers dix ou onze
heures, chacun se retirait dans sa chambre.

C'était seulement alors qu'Herminie recouvrait
toute sa liberté de penser!

Jusque-là, elle se contenait, elle montait aux autres et à elle-même! Mais une fois qu'elle se trouvait seule, on eût dit qu'une nouvelle vie commençait et qu'elle reprenait réellement possession de
son esprit et de son cœur.

Elle dormait peu; elle songeait.

Au passé, au présent, à l'avenir.

Quand parfois ses yeux se fermaient par lassi-
tude, il lui arrivait de se réveiller tout à coup dans
la nuit, et le front dans la main, le coude appuyé
sur son oreiller, les cheveux répandus sur ses épaules, elle écoutait le silence qui planait au dehors,

15.

ou les voix mystérieuses qui parlaient au dedans d'elle.

Les heures noires tombaient une à une, sans qu'elle prit la peine de les compter; elle poursuivait obstinément quelque rêve à travers mille sensations douloureuses, et souvent l'aube blanchissait ses rideaux, qu'elle était encore là, la poitrine soulevée, les yeux brûlés par des larmes qui ne voulaient point couler.

Accoutumée au mouvement tumultueux et incessant du boulevard, elle n'avait jamais soupçonné le calme presque effrayant des grandes solitudes du faubourg Saint-Germain.

A peine, de temps à autre, le roulement d'une voiture, le bruit d'une lourde porte qui se ferme, ou encore ces tressaillements intermittents de la nuit que l'on ne perçoit guère que dans les campagnes de province.

A travers ce silence et cette solitude, des perspectives inouïes se découvraient à sa pensée, et, pour la première fois de sa vie peut-être, elle plongeait jusqu'au fond des abîmes inconnus de l'avenir.

Qu'allait-elle faire?... Vers quelle destinée allait-elle se diriger?

Elle eût été fort empêchée de le dire.

Mais un sentiment impérieux s'était déjà fait jour au milieu des hésitations auxquelles elle était en proie... et, dès ce moment, elle avait résolu de ne pas accepter l'existence humble et modeste que lui offrait l'amitié de Réjane.

Elle était née, elle avait vécu avec l'ambition

d'être reine ! — par la beauté ou par la fortune, — à aucun prix, elle n'eût voulu renoncer à cette royauté qu'elle s'était promise !

D'ailleurs, le reste lui importait peu !

Depuis quatre jours, elle avait bien réfléchi.

Sa pensée venait de soulever l'un après l'autre tous les voiles de la vie, analysé tous les sentiments humains, et déterminé, avec une précision de chimiste, la part qui doit être faite à l'hypocrisie sociale dans les témoignages de respect que les hommes rendent à la vertu de la femme !

Elle savait par intuition que les manifestations sociales ont le mensonge pour base presque unique, et l'expérience lui avait appris que l'audace est, pour ainsi dire, la seule qualité dont le monde tienne compte.

Et elle disait comme le personnage de l'un des drames les plus puissants de l'école moderne :

« Je me couronnerai de ma honte... et l'on m'adorera comme une reine ! »

Tout cela était peut-être bien inconscient encore de la part de la jeune femme, — ces aspirations demeuraient à l'état latent, et elle ne les formulait pas en théorie...

Mais son esprit surexcité souriait à leur essor, et elle se gardait de rien faire pour les étouffer ou les distraire.

Et puis... elle conservait en elle une sourde irritation du sinistre où avait disparu tout à coup l'avenir promis à sa beauté...

Quoi qu'elle fît, à quelque retour qu'elle se livrât

sur elle-même, elle ne pouvait admettre qu'elle eût mérité le coup qui la frappait, et l'espèce d'abandon qu'on lui témoignait.

L'humiliation qu'elle ressentait s'imprégnait de haine ; un sentiment de révolte soulevait son cœur et il lui semblait que de cette coupe de honte à laquelle elle était prête à tremper ses lèvres, se dégageait un âcre parfun de vengeance qui la grisait par anticipation.

La pente était terrible, bien faite pour donner le vertige, et la pauvre jeune femme n'avait autour d'elle aucune affection saine et forte qui pût la relever ou la retenir.

Ajoutons que, comme toutes les femmes, Herminie Dalbane était plutôt un tempérament qu'un caractère.

Elle ne discutait pas avec ses impressions et ne raisonnait guère les résolutions qu'elle prenait. Elle n'avait jamais eu que des notions fort vagues du juste et de l'injuste, et ne discernait pas très-bien ce qui était illicite de ce qui était permis.

Sa nature impressionnable et nerveuse agissait, pour ainsi dire, en dehors de toute réflexion, et il est certain que, jusqu'alors, aucune considération étrangère n'avait exercé d'influence sur sa volonté.

C'est au milieu de ces aspirations troublées, excessives, malsaines, qu'Herminie passait ses nuits depuis qu'elle était chez M. de Graçay-Chambrun.

Il y avait quatre jours au plus qu'elle y vivait auprès de Réjane, et, pour tout dire, elle s'ennuyait de l'existence monotone qu'elle y menait.

Elle attendait !

Quoi ? — elle ne le savait pas elle-même.

Seulement il lui semblait que le hasard lui ménageait quelque surprise.

Un matin, elle était descendue au jardin plus tôt que de coutume, et elle se promenait depuis plus d'une heure, continuant de bercer les rêves de la nuit.

Dix heures avaient sonné depuis quelque temps.

Il faisait une de ces douces matinées que l'hiver ménage quelquefois aux Parisiens.

Un souffle tiède passait dans l'air, comme une promesse de printemps... et quelques doux rayons de soleil venaient jouer sur le sable d'or des allées.

Herminie allait et venait sans but, à pas lents, les bras croisés contre sa poitrine.

Au détour d'une allée, elle rencontra Réjane qui la cherchait.

Du premier regard, Herminie remarqua une ombre sur le front de la jolie enfant.

Malgré elle, elle se sentit inquiète.

— Déjà levée !... dit Réjane en approchant... je suis allée à ta chambre, et ne t'ai point trouvée... alors, j'ai pensé que tu étais descendue au jardin... et me voici.

— Qu'y a-t-il donc ? demanda Herminie.

— Il y a que l'on vient d'apporter une lettre pour toi, répondit Réjane.

— Qui cela ?...

— Martial !

— Et d'où vient-elle ?... Donne !

Réjane tendit la lettre dont Herminie s'empara avec une certaine vivacité.

Elle se prit à en examiner le cachet.

C'était un cachet armorié, au milieu duquel on lisait ces mots : *L'honneur suffit.*

— *L'honneur suffit*, lut Herminie en regardant son amie; sais-tu quelle est cette devise?

— Ne la connais-tu pas toi-même? répondit Réjane en rougissant.

— Moi, non.

— C'est celle du vicomte d'Épernon.

— Ah !

Herminie ne put se défendre d'un tressaillement.

— En effet, dit-elle, maintenant je me rappelle... c'est lui sans doute...

Et après avoir jeté un nouveau regard sur l'adresse et sur le cachet, elle mit la lettre dans son sein.

— Eh bien, tu ne la lis pas?... fit Réjane avec un accent presque douloureux.

— Oh ! j'ai le temps... plus tard, après déjeuner.

— Tu n'es pas curieuse.

— C'est que je sais d'avance ce qu'il m'écrit.

— Vraiment...

— Gontran est une nature chevaleresque, toute spontanée, et je suis sûre...

— De quoi?

Herminie se prit à sourire, et baisa Réjane au front.

— Allons! allons! mademoiselle, dit-elle avec enjouement, je vois que vous voulez savoir...

— Moi !

— Oui... oui... vous !... et j'ai pitié de votre curiosité : après déjeuner... nous monterons toutes les deux dans ma chambre, et là, nous lirons ensemble la lettre de ce gentilhomme auquel *l'honneur suffit !*

Réjane se tut... et fit quelques pas avec Herminie qui lui avait pris le bras.

— Au surplus, dit mademoiselle Dalbano, l'heure du déjeuner approche... et je crois qu'il est temps de rentrer pour ne pas faire attendre le général.

— Comme tu voudras ! dit Réjane.

Elles se dirigèrent vers la salle à manger.

On finissait de mettre le couvert... le soleil y faisait irruption par la porte-fenêtre qui donnait sur le jardin... ses gais rayons animaient les losanges des dalles blanches et noires, et allaient allumer des milliers d'étincelles jusque sur la haute crédence chargée de cristaux, qui se dressait contre l'un des côtés de la pièce.

Herminie n'en eut pas plus tôt atteint le seuil qu'elle se précipita vers la place qu'elle occupait d'habitude à table.

Il y avait là une lettre qui, dès son entrée, avait violemment attiré son regard.

Quand elle l'eut prise, et qu'elle en eut regardé l'adresse, — une pâleur subite envahit ses joues.

— Qu'as-tu donc ? demanda Réjane en allant à elle.

XXVII

Herminie s'était déjà remise.

— Ce n'est rien, répondit-elle.

Et elle glissa vivement la lettre dans la poche de sa robe.

— Tu ne la lis pas? objecta Réjane.

— Je m'en garderais bien.

— Cependant...

Hermine haussa les épaules.

— Enfant que tu es ! dit-elle ; n'avons-nous pas toute la journée à nous... je les réserve toutes deux, et nous aurons, après déjeuner, de quoi occuper nos loisirs.

— Tu sais qui t'écrit?

— Oh ! à n'en pas douter; la première, tu l'as deviné toi-même, est de M. Gontran d'Épernon ; quant à la seconde, qui est timbrée de Vintimille, elle m'est adressée par M. le prince de Lubiroff.

Comme les deux jeunes filles devisaient ainsi, le général était entré, et l'on s'était mis à table.

Le déjeuner fut charmant, le général avait mille attentions paternelles pour Herminie, et celle-ci s'ingéniait à lui témoigner sa reconnaissance en se montrant affectueuse et soumise.

Au moment où le repas finissait, le domestique s'approcha de mademoiselle Dalbane et vint lui présenter une nouvelle lettre.

Herminie ne put s'empêcher de sourire.

— Décidément, dit-elle, avec une sorte d'enjouement, c'est le jour aux lettres!... Voyons d'où vient celle-ci.

Et elle examina la souscription.

M. de Graçay-Chambrun était assis à ses côtés; sans qu'il eût pu expliquer le sentiment auquel il obéissait, — machinalement peut-être, — il se pencha vers mademoiselle Dalbane, et son regard rencontra le billet qu'elle tenait à la main.

Ce fut comme un coup de théâtre!

Le général fit un mouvement où la stupéfaction se mêlait à l'épouvante, son œil devint ardent et fixe, et se penchant brusquement en avant, il étendit le bras, comme s'il eût voulu arracher le billet à mademoiselle Dalbane.

— Cette lettre! dit-il d'un ton âpre et violent, qui a écrit cette lettre?

Herminie recula, presque offensée de la question et du geste qui l'accentuait, et regarda le général avec une profonde surprise.

— Mais je n'en sais rien encore, répondit-elle d'un accent ému.

— Oh ! cette écriture... cette écriture ! continua M. de Graçay.

— Vous la connaissez donc ?

Le général passa sa main sur son front blême, et un soupir déchira sa poitrine.

Cependant Herminie avait décacheté l'enveloppe et son regard vif et prompt s'était porté vers la signature...

Puis, elle passa la lettre ouverte à M. de Graçay.

— C'est M. Charles Cardinet, banquier, qui m'écrit, dit-elle alors ; sans doute quelque affaire d'intérêt ! La lettre est adressée rue Caumartin, où M. Cardinet me croit encore... Désirez-vous la lire, général ?

M. de Graçay ne répondit pas tout de suite ; son regard était devenu atone ; ses bras étaient retombés inertes le long de son corps, et deux larmes tremblaient au bord de ses yeux rouges...

A cette vue, Réjane qui ne comprenait rien à ce qui se passait, sinon qu'un souvenir pénible venait de traverser l'esprit de son père, Réjane, disons-nous, se précipita vers le général, et jeta ses deux bras autour de son cou.

— Mon père... mon bon père !... qu'avez-vous ?... dit-elle avec un cri effrayé...

Et en même temps, elle regardait à la dérobée la lettre qui avait causé tout ce trouble...

Mais elle n'en eut pas plus tôt remarqué l'écriture qu'à son tour, elle se sentit saisie du même sentiment désordonné, et qu'un voile passa devant ses yeux.

— Lui! lui! est-ce donc possible! balbutia-t-elle en cachant sa pâleur sur la poitrine du général.

Ce dernier remua tristement le front.

— Non!... répondit-il... non... mon enfant... ce n'est pas possible: cette lettre est de M. Charles Cardinet, ainsi qu'on te l'a dit; — elle ne peut être de celui dont le souvenir vient d'être si inopinément évoqué! Remets-toi donc, chère Réjane... et oublions l'un et l'autre ce moment de douloureuse angoisse.

Le général se leva alors, et alla prendre les mains d'Herminie qu'il serra affectueusement dans les siennes.

— Vous me pardonnerez, n'est-ce pas, chère enfant, dit-il; je n'ai pas été maître d'un premier mouvement... cette écriture, j'avais cru la reconnaître... mais je me suis trompé, je le vois maintenant; et vous ne me garderez pas rancune de mon indiscrétion et de ma brusquerie.

Herminie souriait.

— Y songez-vous, général, répondit-elle, en présentant son front aux lèvres du vieillard, le malheur m'a fait votre fille et vous avez tous les droits d'un père, comme vous en avez toutes les tendresses!

Puis, se tournant vers Réjane, elle ajouta:

— Viens-tu, Réjane?... je vais t'attendre...

Et elle gagna sa chambre à pas rapides.

Cependant Réjane n'avait pas bougé, elle la suivit

du regard tant qu'elle put la voir, et dès qu'elle eut disparu, elle alla s'agenouiller silencieusement aux pieds du général.

Celui-ci voulut la relever et la prendre dans ses bras.

La jolie enfant résista.

— Cher père ! dit-elle d'une voix tremblante... ce souvenir vous a fait du chagrin et à moi aussi... Depuis cinq ans, c'est la première fois.

— Tais-toi ! tais-toi !

— Qui sait ce qu'il est devenu ?

— Le malheureux !...

— Vous l'aimiez tendrement.

— C'est horrible !...

— Il avait pour moi une véritable affection de frère...

— Lui !...

Le général eut un geste énergique, et secoua le front avec colère.

— Écoutez-moi, insista doucement Réjane, vous ne m'en voulez pas, à moi ; je suis votre enfant adorée, et je vous aime de toutes les tendresses de mon cœur... eh bien, il y a une prière que depuis long-temps je désire vous adresser, et jusqu'à présent, je n'ai pas osé...

— Qu'est-ce donc ? fit M. de Gruçay, enveloppant sa fille d'un regard étonné.

— Si vous vouliez...

— Achève !

— Nous parlerions quelquefois d'Henri.

— Ah ! tu veux donc que je le maudisse encore !

— Non, mon père, mais je veux que vous le plaigniez !...

Le général prit sa tête dans ses mains et fondit en sanglots.

— Si vous saviez ! continua Réjane... tous les soirs et tous les matins... je prie pour lui... Dieu est bon ; ce n'est jamais en vain qu'on l'implore !... il m'entendra... et si un jour vous le voyiez venir se jeter, repentant, à vos genoux... Si enfin...

La jeune fille n'acheva pas.

M. de Graçay s'était levé ; une résolution farouche brillait dans son regard.

— Jamais ! jamais ! interrompit-il... Il a comblé la mesure... Tout est fini... et la seule grâce qu'il faille demander à Dieu désormais, c'est que nous n'entendions plus parler de lui !...

En parlant ainsi, il se dirigea vers la porte, et il allait en franchir le seuil, quand il se retourna vivement et revint sur ses pas...

Réjane était restée muette et interdite à sa place ; il alla à elle et baisa son front à plusieurs reprises.

— Pauvre et chère enfant, dit-il... tu auras été la joie et la consolation de ma triste vieillesse !... — Bonne petite Réjane !... Ah ! tu ne sauras jamais à quel désespoir tu m'as arraché, et quel bonheur m'a donné ton amour ! — Pardonne-moi... mon enfant. — Aime-moi bien toujours... et oublie surtout ce passé sinistre dont la seule idée ne pourrait que troubler ton cœur !

Puis, cette fois, il s'éloigna, laissant la pauvre enfant douloureusement impressionnée...

Elle se rappela alors l'invitation qui lui avait été faite par Herminie, et elle monta à sa chambre, vers laquelle l'attirait à son insu un autre sentiment plus puissant que l'émotion qu'elle venait d'éprouver.

Ainsi que nous l'avons dit, mademoiselle Dalbano venait de recevoir trois lettres.

L'une était du vicomte Gontran d'Épernon.

La seconde du prince Lubiroff.

La troisième de Charles Cardinet.

Dès qu'elle s'était trouvée seule dans sa chambre, elle avait décacheté et lu chacune de ces lettres dans l'ordre même de leur réception.

Celle de Gontran était courte et ne contenait que quelques lignes :

« Herminie,

« J'ai attendu quelques jours pour vous écrire... Vous savez que je vous aime, et je vous ai dit déjà que je n'ai qu'un rêve... celui de devenir votre époux !...

« Dites un mot, ma belle fiancée... et demain, madame la duchesse de Frileuse, ma sœur, ira vous chercher et vous gardera près d'elle jusqu'au jour prochain où vous deviendrez ma femme ! Herminie, c'est mon bonheur que je vous demande à genoux... C'est peut-être aussi le vôtre, si vous m'aimez comme je vous aime.

« Vicomte GONTRAN D'ÉPERNON.

« *P.-S.* Remettez la réponse à Martial, qui vous
porte cette lettre... et songez à l'impatience avec laquelle je vais attendre son retour. »

Herminie avait lu à trois reprises la lettre du jeune
gentilhomme, et on eût dit que cette lecture communiquait à son cœur une sorte de fraîcheur saine
et reconfortante.

Quand elle eût fini, elle posa la lettre sur la table
et prit celle du prince Lubiroff.

Voici ce qu'elle contenait :

« Ma chère enfant,

« Je viens d'apprendre la terrible nouvelle, et je
songe au sort dont vous êtes menacée. J'avais demandé votre main à M. Dalbane, et il avait bien
voulu me l'accorder... Je crois même que vous aviez
donné votre consentement à cette union.

« Je suis peu habile à faire des phrases. Vous ne
dépendez maintenant que de vous, et c'est de vous-
même qu'il convient que je vous obtienne.

« Écoutez-moi donc, ma chère enfant, et ne faites
pas trop attention à ce que ma proposition peut présenter d'insolite.

« J'ai quitté Paris brusquement; de graves raisons d'intérêt m'obligent à me rendre à Venise, puis
à Trieste; enfin, à voyager pendant plusieurs mois...
mais je n'ai pas voulu quitter la frontière avant de
connaître votre réponse.

« Si vous voulez bien accepter la main d'un prince

qui est assez heureux pour être plusieurs fois millionnaire, nous nous marierons ici, loin de Paris, sans bruit et sans éclat, nous voyagerons pendant tout l'été, et nous ne rentrerons que l'hiver prochain dans cette capitale que vous aimez tant, et à laquelle je ne veux pas vous enlever !

« Charles Cardinet, mon nouveau banquier, vous remettra une somme de cinquante mille francs que je lui ai laissée à votre intention, et moi, je vous attendrai avec toute la fièvre d'un vieillard amoureux.

« Je n'ai peut-être que peu de temps à vivre, ma chère enfant, ne retardez pas trop le bonheur que vous seule pouvez désormais me donner.

« Prince LUBIROFF. »

Pendant qu'elle lisait cette lettre, Herminie avait plus d'une fois senti un sourire plein d'ironie effleurer ses lèvres ; quand elle l'eut achevée, elle la rejeta sur la table, d'un geste presque dédaigneux, et prit le billet de Charles Cardinet.

Celui-ci ne parlait que d'affaires.

« Mademoiselle,

« J'ai l'honneur de vous informer que le prince Lubiroff, mon client, a déposé entre mes mains une somme de cinquante mille francs, que je suis chargé de vous remettre.

« Cette somme est donc à votre disposition et

vous pourrez la faire toucher à ma caisse quand vous
le jugerez convenable.

« Ch. Cardinet,

« *banquier*. »

Herminie achevait la lecture de ce dernier billet,
quand Réjane entra dans la chambre.

XXVIII

— Suis-jo indiscrète? demanda timidement l'enfant curieuse, en remarquant les trois lettres ouvertes sur la table.

Herminie prit celle de Gontran, et la lui donna.

— Tu m'autorises à la lire? dit Réjane d'un accent ému.

— Sans doute.

Réjane dévora le billet... et quand elle en eut achevé la lecture, elle le rendit à Herminie d'une main tremblante.

— Eh bien, dit mademoiselle Dalbane, tu as lu?

— Oui.

— Et que penses-tu de la proposition qu'il m'adresse?

— Je n'ai vu M. le vicomte d'Épernon qu'une fois en ma vie, répondit Réjane, et je ne doutais ni de la

loyauté de son caractère, ni de l'élévation de ses
sentiments.

— Sans doute, sans doute, repartit Herminie,
c'est un cœur généreux, un véritable gentilhomme
celui-là, et je garderai de lui le meilleur souvenir.

— Ne comptes-tu pas lui répondre?

— Je verrai.

— Hésiterais-tu à accepter l'offre qu'il te fait?

Et il y eut dans le ton de cette question, tant d'é-
motion mal contenue, qu'Herminie se prit à sourire.

— Chère amie... répondit-elle... toi, aussi, tu as
un cœur excellent et dévoué. Seulement, il ne faut
pas me juger comme tu te jugerais toi-même...

— L'amour d'un homme tel que M. d'Épernon,
n'est-ce pas le bonheur?

— Pour une jeune fille comme mademoiselle de
Graçay, peut-être...

— Que dis-tu?

— Mais moi!... moi!...

Et elle secoua le front d'un air résolu.

Réjane ne démêlait pas bien ce qui se passait
dans le cœur de son amie... mais instinctivement,
elle avait peur comme si elle se fût trouvée tout à
coup transportée sur le bord d'un abîme.

— Enfin!... que comptes-tu faire?... interrogea-
t-elle, inquiète et troublée.

— N'est-ce pas Martial qui a apporté la lettre du
vicomte? répondit Herminie.

— C'est lui, en effet.

— Eh bien... prie-le de venir, et dis-lui que je désire lui parler.

Quelques secondes plus tard, Martial se présentait dans la chambre de la jeune fille.

— Mon ami, dit-elle alors, M. le vicomte d'Épernon m'a fait l'honneur de m'écrire ce matin, et je suis très-sensible au souvenir qu'il m'envoie; vous voudrez bien le lui dire de ma part, je vous prie, et lui porter mes plus sincères remercîments. Vous ajouterez que je suis fort occupée ce matin, que je ne puis lui répondre encore d'une manière explicite, mais que dans la journée, — peut-être ce soir — il recevra quelques mots qui lui diront la résolution que j'aurai prise... Vous comprenez bien, n'est-ce pas?

— Oh! parfaitement! Mademoiselle n'a pas d'autres recommandations à me faire?

— Non, mon ami... c'est tout... et vous pouvez vous retirer.

Martial salua et sortit.

— Tu vas le désespérer! fit Réjane, dès qu'elle se retrouva seule avec Herminie.

— Bon!... je lui donnerai des explications qu'il comprendra.

— Lesquelles?...

Herminie prit la lettre du prince Lubiroff, et la tendit à Réjane.

— Tiens! dit-elle d'un accent sous lequel on sentait autant d'ironie que d'amertume.

Réjane obéit et lut.

Et à mesure qu'elle avançait dans sa lecture, une vive rougeur montait à ses joues.

Sans qu'elle pût justifier le sentiment auquel elle

obéissait, elle n'osait plus regarder son amie, et tenait les yeux baissés.

— Tu n'iras pas retrouver cet homme? balbutia-t-elle d'une voix faible comme un souffle.

— Pourquoi pas?... repartit Herminie avec un geste de défi.

— Mais tu ne l'aimes pas...

— Qu'importe!

— Herminie! Herminie... prends garde!

— A quoi?

Réjane jeta ses deux bras autour du cou de son amie.

— Mon Dieu! s'écria-t-elle, je ne sais plus, depuis un moment, ce qui se passe en moi,... mais j'ai peur, j'ai horriblement peur! tiens, vois comme je tremble!

— Enfant!

— Crois-moi... ne repousse pas le bonheur qui vient à toi... on dit que les cœurs simples ont parfois des intuitions providentielles, eh bien... mon cœur me dit que tu cours à un malheur certain... à la...

— Achève.

— Non! non! je t'aime!... réfléchis... attends encore... comment te dire cela... reste près de nous... et quand tu auras recouvré le calme... quand tu seras rendue à toi-même...

Herminie baisa tendrement la jolie enfant au front et dans les cheveux.

— Chère petite, dit-elle, d'un accent attendri, te voilà toute pâle... et je sens ton cœur qui bat contre

16.

le mien... allons, remets-toi... il ne faut pas t'effrayer ainsi... d'ailleurs... ma résolution n'est pas prise encore... tu veux que je réfléchisse... eh bien, je te le promets.

— Vrai ! dit Réjane, qui se prit à sourire à travers ses larmes.

— Je le jure... Seulement, écoute : ainsi que tu l'as remarqué, j'ai besoin de reprendre possession de moi-même. Tu vas me laisser quelques heures. Tu devais sortir aujourd'hui avec le général... Eh bien... ne vous occupez pas de moi... et quand vous reviendrez, j'aurai pris un parti...

— A la bonne heure.

— Embrasse-moi donc une dernière fois, comme tu m'aimes ! et chasse de ton esprit ces vilaines appréhensions qui l'ont assombri un moment.

Pendant que ceci se passait chez le général de Graçay-Chambrun, le vicomte d'Épernon était resté dans son appartement de la Chaussée-d'Antin, attendant avec impatience la réponse qui allait être faite à sa lettre et que Martial devait lui rapporter.

Il serait bien difficile d'analyser les mille sensations qui traversèrent son esprit et son cœur pendant ces quelques heures d'attente anxieuse.

En écrivant à mademoiselle Dalbano, Gontran avait cédé surtout à l'enthousiasme de sa nature chevaleresque ; après la mort violette du banquier, son amour s'était pour ainsi dire combiné de compassion et de générosité, et le gentilhomme avait compris qu'il ne lui restait plus qu'un devoir étroit à remplir.

Certes, il aimait Herminie avec toutes les ardeurs d'une passion aveugle, mais il y avait dans le sentiment qu'il éprouvait au moins autant de désir que d'affection.

La beauté de la jeune fille présentait en effet ce caractère particulier que si l'on ne pouvait la voir sans l'aimer, on ne pouvait non plus l'aimer sans désirer sa possession.

Il se mêlait à l'espèce de fascination qu'elle exerçait, je ne sais quel trouble qui rappelait les sensuels enchantements de Circé, et à plusieurs reprises déjà, Gontran s'était effrayé du malaise que le contact de la jeune fille lui communiquait, et qui était si différent des saines extases de l'amour véritable.

Mais, à l'âge de Gontran, on ne raisonne pas volontiers ses sensations, et il ne s'était point arrêté longtemps aux objections qui lui étaient venues.

D'ailleurs, ici, l'honneur même était d'accord avec l'entraînement des sens, et le jeune gentilhomme n'entendait pas discuter sur ce point.

Ce ne fut que vers une heure que Martial revint de la rue de Varennes.

— Eh bien?... demanda Gontran d'un ton âpre.

Martial remua la tête.

— J'ai remis votre lettre, répondit-il. Mademoiselle Dalbano envoie à M. le vicomte ses plus sincères remerciments, — et dans la journée ou ce soir... elle fera connaître la résolution qu'elle aura prise.

— C'est tout?

— C'est tout.

Gontran eut un geste de dépit.

Il s'attendait à une réponse plus précise, à une résolution plus prompte; l'hésitation d'Herminie lui semblait de mauvais augure.

Toutefois, il se contint.

— Soit! — dit-il d'un ton nerveux — va, mon ami, pour le moment, je n'ai plus besoin de toi... seulement, dans la soirée, je t'attendrai, et peut-être aurai-je alors quelques ordres à te donner.

Martial se retira et Gontran resta seul.

Il était fort perplexe, soucieux, mécontent.

Qu'allait-il faire en attendant! Il sentait bien qu'il lui serait impossible de demeurer toute une journée à attendre une réponse qui pouvait ne pas venir.

Il s'habilla et sortit.

Où alla-t-il? — quand il rentra, il eût été fort empêché de le dire.

Il était près de huit heures.

Comme il passait devant la loge du concierge, il s'arrêta.

— Il n'est point venu de lettre pour moi? demanda-t-il d'une voix qui tremblait.

— Non, monsieur, répondit le concierge, seulement M. Martial est venu vous demander plusieurs fois.

— Ah!... Et a-t-il dit quand il reviendrait?

— Il est monté à l'appartement de monsieur, et probablement qu'il y est encore, car je ne l'ai pas vu redescendre.

Gontran monta l'escalier et sonna.

Un domestique accourut.

— Martial est ici? interrogea Gontran.

— Il attend dans le cabinet de monsieur.

Gontran trouva son garde dans la pièce désignée, mais, dès qu'il l'eut aperçu, il comprit à son attitude morne et triste que quelque incident inattendu s'était produit.

Il alla vivement à lui.

— Tu as une fâcheuse nouvelle à m'apprendre! dit-il aussitôt.

— Hélas! oui, monsieur le vicomte, répondit Martial. Il y a une heure, je me suis rendu chez le général...

— Que s'y est-il passé?

— Une chose presque invraisemble, à laquelle, du moins, je ne m'attendais pas... J'ai trouvé la maison sens dessus dessous.

— Pourquoi?

— Mademoiselle Dalbane était partie.

— Comment?

— Vers deux heures environ, pendant l'absence du général et de mademoiselle Réjane, elle avait fait demander une voiture de place... et depuis, on ne l'a plus revue.

— Mais rien ne prouve qu'elle ne doive pas revenir.

— Excusez-moi, monsieur le vicomte, quand mademoiselle Réjane a monté à sa chambre, elle a trouvé une lettre à son adresse, dans laquelle elle annonçait la résolution qu'elle avait prise.

— Où est-elle allée?

— Elle n'en dit rien.

Gontran serra son front de ses deux mains...

— Partie! partie! balbutia-t-il, — sans me répondre! sans me faire connaître sa résolution! c'est impossible. Ce serait insensé! Ah! que croire? que faire?

Il resta quelques secondes, le regard fixe, mordant sa lèvre... en proie à un trouble violent.

Mais ce fut court. — Peu après il releva la tête.

— Martial, dit-il d'une voix plus ferme, c'est là assurément une triste nouvelle! Mademoiselle Dalbane n'a pas cru devoir mettre ses amis dans la confidence de la retraite qu'elle a choisie; nous devons respecter sa réserve; je n'insisterai donc pas. Seulement, à partir d'aujourd'hui, je prends un parti auquel je songeais depuis longtemps, et que tu m'as toi-même, plus d'une fois, conseillé.

— Lequel, monsieur le vicomte?

— Celui d'aller passer quelques mois à Graçay-Chambrun.

— Ah! si vous disiez vrai!

— Tu partiras demain, et sous quelques jours, j'irai moi-même t'y rejoindre.

Dès que Martial l'eut quitté, Gontran renvoya ses autres domestiques, et gagna sa chambre à coucher.

Il avait besoin d'être seul, de récapituler les événements de la journée, et de chercher à se retrouver à travers le désordre que le départ — ou la fuite — de mademoiselle Dalbane avait jeté dans son esprit.

Une heure au moins s'écoula dans ces rêveries pleines d'énervement, qui tantôt le faisaient mélancolique et triste, et tantôt communiquaient à sa chair certains tressaillements qui lui rappelaient l'âpre souvenir de la nuit passée chez Brébant.

Tout à coup il frissonna.

Le timbre de l'appartement venait de frapper trois coups nerveux et secs.

Qui cela pouvait-il être?

Aucun domestique n'était là pour ouvrir... Il eut un instant l'idée de ne pas répondre. Mais une curiosité avide s'était emparée de lui... et il voulut savoir.

Il se leva et alla à la porte.

Dès qu'il l'eut ouverte, il recula de quelques pas et jeta un cri.

C'était mademoiselle Dalbane.

— Herminie! dit-il, pendant que la jeune femme repoussait la porte derrière elle d'un geste résolu.

Mademoiselle Dalbane portait une longue robe montante de crêpe noir, qui dessinait les formes adorables de sa taille, et donnait à l'expression de son visage un accent que Gontran ne lui connaissait pas.

La pâleur de son visage ressortait avec des tons de marbre sur les sombres couleurs de son voile à demi-relevé, et son attitude émue plutôt que douloureuse, ajoutait un charme de plus à son éclatante beauté!

Il y eut un moment de silence. — Gontran lui avait pris les mains.

— Vous! vous! reprit-il avec un sourire radieux...
Si vous saviez la peur que vous m'avez faite...

— A quel propos?

— Ne recevant pas de réponse... j'avais supposé...

— Quoi donc?

— Pardonnez-moi.

— Dites! dites!

— Eh bien... j'avais supposé... que vous aviez
accepté les propositions du prince Lubiroff...

La jeune femme eut un moment de trouble, peut-
être de honte... mais, surmontant aussitôt cette dernière hésitation :

— Le Lubiroff!... répondit-elle d'un accent intraduisible...j'y penserai demain!... mais aujourd'hui...
aujourd'hui...

Et, en prononçant ces mots, elle se jeta dans les
bras du jeune gentilhomme et alla cacher sa tête
rougissante sur sa poitrine.

XXIX

On était à la fin de mai.

A cette époque de l'année, le château de Graçay-Chambrun, dont l'aspect est d'ordinaire un peu mélancolique, se revêtait tout à coup de couleurs moins sombres; les bourgeons des grands arbres éclataient sous les caresses fécondantes d'un soleil de printemps, et déjà, à travers les buées transparentes du soir ou du matin, le regard pouvait plonger au loin dans les vertes perspectives des fourrés ombreux...

Rien ne saurait rendre le charme qui se dégageait alors du tableau que l'on avait sous les yeux, du haut de la terrasse par laquelle on accédait au vaste vestibule de l'habitation.

Le château de Graçay-Chambrun était situé sur un plateau dont la partie occidentale confinait à de

17

profondes vallées ; des sentiers étroits et encaissés
conduisaient à ces vallées par des pentes sinueuses,
souvent très-raides, où des échappées inattendues
venaient surprendre et éblouir le piéton. On apercevait alors, à ses pieds, des plaines plantureuses,
coupées de ruisseaux qui reluisaient au soleil
comme de longs rubans d'argent, ou encore, dans
la brume irisée de l'horizon, les silhouettes géantes
des premiers contre-forts des Alpes...

Les terres dépendantes du château étaient presque
toutes situées sur le versant opposé qui, par une
déclivité plus douce, descendait dans la direction
de Mâcon.

Les autres biens appartenaient, soit à des vigne-
rons du pays, soit à des fermiers qui les tenaient
de propriétaires habitant quelque localité voisine.

Depuis la mort de son père, le vicomte Gontran
d'Épernon n'avait fait, ainsi que nous l'avons dit,
que des apparitions fort rares au château de Graçay-
Chambrun.

Tout au plus, à l'époque de la chasse, y venait-il
passer plusieurs jours, en compagnie de quelques
amis...

On partait le matin de bonne heure ; on allait
faire des battues dans les environs, en plaine ou
sous bois... puis, le soir, on rentrait harassé, couvert de poussière et de boue, et après une réfection
abondante arrosée de vins généreux, chacun regagnait sa chambre pour aller demander au sommeil
la réparation des fatigues de la journée.

Le lendemain on recommençait, et ainsi de suite

jusqu'au moment où l'ennui naissait de l'uniformité de cette existence.

Alors les valets bouclaient les malles, l'omnibus du chemin de fer venaient reprendre les chasseurs, et le train le plus rapide les transportait vers d'autres forêts et vers d'autres plaines !

Telles étaient les occupations de Gontran quand il habitait Graçay-Chambrun, et nous n'étonnerons aucun de nos lecteurs quand nous ajouterons qu'il ne connaissait guère du château que les plaines et les bois où il avait chassé le lièvre et le renard.

Martial avait fait tout ce qu'il pouvait pour engager son maître à venir le visiter plus souvent, mais jusqu'alors le jeune gentilhomme avait résisté à ses instances, et généralement c'est aux bains de mer ou au château de Beaujeu qu'il allait passer les quelques mois pendant lesquels Paris devient inhabitable.

Cette année cependant, il devait faire une exception à ses habitudes; deux semaines au plus après la mort de M. Dalbane, il était venu se réfugier à Graçay-Chambrun, et y avait passé une quinzaine de jours.

Mais il est certain que cette résolution avait dû être prise à la suite de quelque déception secrète, car Martial remarqua qu'il était fort pâle, très-soucieux, et qu'il ne répondait que par monosyllabes aux questions que le vieux serviteur lui adressait.

Gontran était, en effet, bien changé.

Ce qui s'était passé depuis quelques mois, l'avait

troublé profondément ; il portait en lui une douleur
dont il n'avait voulu faire la confidence à personne ;
et il n'était venu à Graçay-Chambrun que pour se
dérober aux amis indiscrets qu'il ne pouvait éviter
à Paris.

Il sortait d'un rêve effrayant qui le poursuivait
jusque dans la réalité même et dont il aimait à se
repaître encore, en dépit de l'amertume qu'il éprouvait à l'évoquer.

Le souvenir des dernières sensations qui avaient
remué tout son être, conservait un charme poignant
auquel il ne pouvait s'arracher ; chaque fois qu'il y
reportait sa pensée, toute sa chair se prenait à frissonner, son sang brûlait ses artères, et il tendait sa
lèvre avide comme s'il eut voulu arrêter au passage
un baiser invisible.

Puis, tout d'un coup, l'apaisement se faisait, une
pâleur de mort envahissait ses traits, et il prenait sa
poitrine à deux mains, pour l'empêcher d'éclater.

Les premiers jours furent particulièrement douloureux.

Ces alternatives de douleur et de joie épuisaient
singulièrement ses forces ; on eût dit qu'une fièvre
lente le minait... il avait des oppressions qui le tenaient parfois éveillé une partie de la nuit.

L'instinct du danger le rappela-t-il à lui-même,
ou la nature lui fit-elle faire ce qu'il était incapable
de faire par lui-même ?

Qui le dira ?

Toujours est-il, qu'un matin, il se jeta à bas de
son lit, aux premiers rayons du soleil levant, et s'é-

tant habillé à la hâte, il descendit et s'enfonça sous les grands arbres du parc.

Où allait-il? — Il n'en savait rien.

Il allait respirer... se retremper plutôt dans l'air vivifiant et pur de la campagne.

Au bout du parc, il rencontra Martial qui venait de faire sa ronde matinale.

— Monsieur le vicomte sort? demanda le garde étonné.

— Oui, mon ami! répondit Gontran... Si je restais plus longtemps enfermé, je crois que je mourrais de consomption ou d'ennui...

— Monsieur le vicomte ne veut pas que je l'accompagne?

— C'est inutile... je vais devant moi... à l'aventure. Je rentrerai pour déjeuner.

Et Gontran s'éloigna.

Au bout d'un quart d'heure, il atteignait l'extrémité du plateau, et s'engageait dans un de ces sentiers sinueux dont nous avons parlé.

Il ignorait où il allait... mais cela lui était bien égal!

Il marchait devant lui, sans s'inquiéter de savoir où aboutirait le chemin qu'il venait de prendre.

Une heure s'écoula ainsi... il continuait d'avancer, et ne songeait même pas à s'arrêter.

Le sentier qu'il suivait avait été évidemment tracé par quelque piéton fantaisiste... Au lieu de descendre directement vers la plaine, il contournait le plateau, tantôt s'enfonçant sous des lacis de ronces et de plantes vivaces, tantôt se relevant par une pente raide, pour reprendre sa direction vers les hauteurs...

De temps en temps, lorsqu'une éclaircie se produisait, et que Gontran pouvait plonger son regard à gauche, un frissonnement involontaire s'emparait de ses membres, et c'est avec une sorte d'effroi qu'il qu'il découvrait alors à un mètre au plus de distance des abîmes sans fond dont la vue donnait le vertige!

Un moment il fut tenté de revenir sur ses pas, et de rentrer au château, mais il était arrivé à un endroit où le chemin faisait un coude, et il voulait aller jusqu'au bout.

Bien lui en prit.

Il eut à peine fait quelques pas de plus, que le lacis de ronces se déchira tout à coup, et qu'il se trouva en présence du plus splendide des panoramas.

Le soleil s'était dégagé des brumes du matin, et aussi loin que le regard pouvait porter, c'étaient des plaines immenses baignées de lumière, d'épais bouquets de bois, que traversaient de nombreux ruisseaux aux eaux vives et claires... çà et là, on apercevait des groupes de vaches au poil roux, ruminant, indolentes et sensuelles, au bord des prairies... et enfin, au loin, les Alpes qui faisaient un cadre étincelant à ce tableau inouï.

Gontran demeura muet d'admiration et de surprise.

Mais cette sensation dura à peine le temps de l'indiquer, car presque aussitôt, il fit quelques pas en avant, comme impérieusement attiré par un objet qu'il n'avait pas tout d'abord remarqué.

C'était une habitation aux proportions modestes, composée d'un rez-de-chaussée seulement, qui, avec sa petite terrasse à l'italienne, ses murs blanchis à la chaux, et ses volets verts, présentait un aspect des plus pittoresques.

La position qu'elle occupait eût suffi d'ailleurs à la désigner à l'attention.

Placée en retrait du sentier, dans la montagne même, dont les pierres avaient dû servir à sa construction, sa terrasse apparaissait littéralement suspendue au-dessus du gouffre...

Du reste, elle devait être inhabitée, sinon abandonnée. Les volets et la porte en étaient fermés, mais le jardin attestait par la propreté de ses plates-bandes et l'entretien de ses allées, les soins qu'une main amie lui rendait d'une façon assidue.

Gontran fit plusieurs fois le tour de cette singulière habitation... et bien qu'elle ne fût protégée que par une clôture d'aubépines, qu'il lui eût été bien facile de franchir, il recula à l'idée d'y pénétrer.

Au bout de quelques minutes, il reprit tout pensif le chemin de Graçay-Chambrun.

Pendant qu'il déjeunait, il fit appeler Martial et lui demanda à qui appartenait la maison qu'il venait de voir.

Martial se prit à sourire.

— Cette maison ! répondit-il ; elle est pour ainsi dire à moi.

— Comment cela?

— Elle appartenait à une vieille parente qui est morte dernièrement, et qui me l'a laissée en héritage. Seulement, les actes ne sont pas encore rédigés... et je ne serai propriétaire que dans un mois.

— Et, en attendant, tu soignes le jardin?

— Oui, monsieur.

Gontran savait tout ce qu'il voulait. — Il n'y pensa plus.

Le lendemain, il dirigea ses promenades d'un autre côté, et deux semaines plus tard, il avait tout à fait oublié la maison inhabitée.

D'ailleurs, il ne tarda pas à s'ennuyer à Graçay-Chambrun.

La blessure qu'il avait reçue n'était pas encore cicatrisée, et sa douleur avait toujours besoin de distractions.

Il partit vers les premiers jours de mars, se rendit en Italie, revint à Paris, chercha ainsi à donner le change au malaise qu'il éprouvait, — mais il n'y réussit qu'imparfaitement, et Martial fut tout étonné, un soir, d'entendre une voiture s'arrêter à la grille du parc.

Il courut à la porte, et reconnut Gontran.

Le jeune vicomte revenait.

Il ne s'était trouvé bien nulle part; les voyages l'avaient fatigué sans le distraire, personne n'avait pu lui dire ce qu'était devenue Herminie, et il rentrait le cœur plus ulcéré et l'esprit plus sombre que jamais!

Il eût voulu apprendre quelque chose d'elle... sa-

voir où elle était... recevoir un mot qui lui dit ce
qu'elle était devenue !

Rien !

Il ne savait plus que penser ni que faire.

Le lendemain de son arrivée, le soir venu, après
dîner, il alluma un cigare et quitta le château.

Le soleil descendait lentement à l'horizon, et em-
brasait les campagnes environnantes.

Machinalement, le jeune vicomte prit le sentier
qu'il avait suivi deux mois auparavant, et se laissa
aller à l'aventure.

Au début, il ne fit même aucune attention à la
direction qu'il prenait, mais peu à peu, le sentiment
de la réalité le saisit, et le souvenir de la promenade
qu'il avait faite naguères se présenta vivement à son
esprit.

Et alors, un sentiment nouveau s'empara de lui :
il voulut revoir la maison à la terrasse italienne, et
pressa le pas pour y arriver avant que la nuit ne fût
tout à fait venue.

Ce fut l'affaire d'une demi-heure.

Bientôt le sentier se dégagea comme la première
fois : la plaine, que l'ombre commençait à envahir,
se déroula à ses pieds, et à quelque distance, le petite maison lui apparut comme enveloppée dans un
nimbe de pourpre et d'or.

Il s'arrêta.

Quelques secondes à peine !... au bout desquelles
il se produisit un fait singulier, invraisemblable,
inattendu en tout cas, et qui le cloua stupéfait à sa
place.

17.

XXX

Il venait d'entendre sur le piano les premiers ac-cords de la *Dernière pensée de Weber*.

La mélodie se dégageait du silence solennel de toutes choses et semblait flotter au-dessus du calme recueilli de la nature ; les notes, tantôt graves, tan-tôt dolentes, empruntaient un accent particulier que Gontran ne leur connaissait pas, et qui l'initia, pour un moment, à tout un monde de poésie où son âme n'avait jamais pénétré.

De sa vie il n'avait rien éprouvé de pareil.

L'exécution n'était peut-être pas irréprochable, et un professeur du Conservatoire y eût trouvé à re-prendre.

Évidemment, il ne s'agissait pas ici d'un artiste qui, si bien doué qu'il fût, eût vainement tenté d'at-teindre à cet effet.

C'était, à n'en pas douter, une main de femme
qui pressait les touches sonores, et le chant prenait
parfois des intonations où l'on sentait vibrer une
âme endolorie ou mélancolique.

Gontran demeura quelques minutes attentif et re-
tenant son souffle.

Qui donc habitait cette demeure?... D'où venait
que Martial ne lui avait rien dit, et que devait-il
penser de ce mystère?

Il attendit...

Le piano s'était tu... le silence s'était fait autour
de la charmante habitation... mais rien ne s'était
montré à l'extérieur.

D'ailleurs, la nuit venait peu à peu... les ombres
montaient de la plaine... une femme de chambre
avait fermé la porte de la terrasse et les fenêtres de
la maison.

Il hésita un moment.

Un désir ardent l'avait pris de franchir la porte à
claire-voie qui donnait accès dans le jardin... mais
un sentiment de bienséance le retint.

De quel droit se montrerait-il indiscret à ce
point?... Il n'eût eu aucune bonne raison à allé-
guer... mieux valait se retirer sans pousser plus
loin l'indiscrétion, et il se dit au surplus que Martial
lui donnerait à ce sujet tous les renseignements qu'il
pourrait désirer.

Il se retira... bien à regret, et emportant une impression bizarre...

Il ne doutait pas que cette maison ne fût habitée
par une jeune femme.

Mais qui était-elle?

Quand il approcha du château, il faisait nuit close.

Au moment de rentrer, il rencontra Martial et l'appela.

Le vieux serviteur accourut immédiatement à son appel.

— Eh bien, mon bon Martial, dit Gontran, tu ne m'avais pas dit que la maison de ta vieille parente était habitée?

— Monsieur le vicomte est donc allé se promener de ce côté? demanda le garde d'une voix un peu hésitante.

— Eh! sans doute... le site est charmant, je l'avais déjà remarqué; mais je ne m'attendais pas à la découverte que j'y ai faite ce soir...

— Ce soir?...

— J'y ai entendu une véritable artiste.

— Ah!

— Et je ne te cache pas que j'ai hâte de la connaître.

Martial garda un moment le silence.

Il était évidemment fort embarrassé; ses regards s'étaient obstinément attachés au sol.

Enfin, il parut faire un effort sur lui-même.

— Je vais vous dire, monsieur le vicomte, reprit-il; cela s'est fait pendant votre absence, et voilà bientôt trois mois que la maison est habitée.

— Par qui?

— Par M. le général de Graçay-Chambrun.

— Avec sa fille?

— Oui monsieur.

Il y eut un silence.

— Voyez - vous, poursuivit Martial peu après, c'est sur l'avis des médecins que le général a quitté Paris. Oh! pas pour lui; mais à cause de mademoiselle Réjane.

— Elle était souffrante?

— C'est cela!

— Quand je l'ai vue, l'hiver dernier...

— Elle se portait comme le pont Neuf. Mon Dieu, oui; mais avec ces natures-là, c'est si délicat, qu'un rien peut compromettre leur santé.

— Et de quoi souffre-t-elle donc?

Martial remua tristement la tête.

— Ah! voilà, répondit-il; on ne sait pas... et les médecins moins que les autres... Ça date de la mort de M. Dalbane... la chère demoiselle... elle avait montré bien du courage... Elle ne voulait pas paraître impressionnée à cause de mademoiselle Herminie. Et tout de même, ça l'avait frappée... Elle s'est prise à pâlir, ses joues se sont creusées... et au bout de quelques semaines on ne lui voyait plus que ses beaux grands yeux noirs! Alors on lui a recommandé la campagne, l'air natal, et elle est venue s'établir ici.

— Pauvre Réjane!

— Vous avez raison, monsieur Gontran! car si une enfant avait mérité d'être heureuse... c'est bien celle-là, allez... chère petite!...

Et, du revers de sa main, le vieux garde essuya une larme qui perlait au coin de son œil.

Ils firent encore quelques pas sans échanger une
parole.

— Elle doit bien s'ennuyer, toute seule, dans
cette maison isolée, reprit Gontran.

— Non... répondit Martial... l'enfant adore les
fleurs et la musique... elle a un petit jardin et un
piano, et cela lui suffit... depuis qu'elle est ici, ses
joues ont repris un peu de couleur, et elle sourit
quelquefois.

— Alors elle est mieux ?

— Je le crois. Seulement, elle est encore bien
triste, et s'il m'était permis de dire toute ma pensée...

— Dis, dis ! mon excellent Martial.

— Eh bien, j'ai souvent pensé que l'enfant avait
un fond de chagrin : à propos de quoi ? je n'en sais
rien... Mais, pour sûr, il y a dans ce petit cœur
si bon une douleur qui le mine, et dont on dirait
qu'elle ne veut pas guérir.

Gontran se tut.

Ils étaient arrivés au seuil du château ; Martial
se disposait à s'éloigner, le jeune vicomte le retint.

— Un mot encore, dit-il. Tu me confiais tout à
l'heure que mademoiselle Réjane aime les fleurs ?

— Sans doute.

— Eh bien, je désire que tu choisisses ici toutes
celles qu'elle préfère, et que chaque matin tu lui
portes un bouquet que le jardinier composera d'a-
près tes indications.

Par un mouvement irréfléchi, Martial prit la
main de Gontran, et la serra à la briser.

— Cela sera fait, monsieur le vicomte, dit-il, et je me réjouis d'avance à la pensée de la joie qu'elle en éprouvera.

Quelques semaines se passèrent à la suite de cette conversation, sans que rien vînt troubler la vie que Gontran menait au château.

Tous les matins, il allait faire une longue promenade à pied, et ne rentrait souvent que fort tard à Graçay-Chambrun.

Il visitait les environs, mais rarement dans le jour, il prenait la direction de la maison inhabitée.

On eût dit qu'il apportait une certaine réserve à ne pas être surpris de ce côté.

Mais le soir, après dîner, il s'enfonçait sous les allées ombreuses du parc, et, certain de ne pas être observé, il prenait le sentier qui conduisait vers la plaine.

Il avait fini par en connaître tous les détours, et l'eût parcouru sans hésitation à travers la nuit la plus impénétrable.

Quand il arrivait dans les environs de l'habitation du général, elle était bien souvent tout à fait close ; mais il semblait que cela lui fût indifférent, et il restait là des heures entières, absorbé dans ses rêveries, plongeant son regard indécis et vague dans les profondeurs des perspectives nocturnes.

Ce qui se passait en lui était singulier. Il ne s'en rendait pas bien compte lui-même.

Ce qu'il y a de certain, c'est que le calme s'était fait dans son cœur, qu'il ne pensait plus que de loin en loin à Herminie, et qu'il éprouvait un sentiment de bien-être comme il n'en avait ressenti à aucune époque de sa vie.

Ce n'était point de l'amour cependant, du moins il le croyait, et ne songeait pas à se défendre contre cet entraînement auquel s'abandonnait son être tout entier.

Du reste, il voyait bien rarement mademoiselle de Graçay.

Celle-ci ne quittait pas son père, et le dimanche seulement, elle se rendait à l'église du bourg, accompagnée par sa vieille domestique ou par Martial.

Une fois ou deux, Gontran s'était trouvé sur son chemin, et il l'avait abordée pour lui demander des nouvelles du général.

Réjane avait balbutié quelques mots de réponse, puis elle avait salué, et s'était éloignée suivie de sa bonne.

C'était tout! Dans l'état d'esprit où se trouvait Gontran, ces rares rencontres et ces rapides échanges de quelques paroles banales lui paraissaient bien insuffisants.

Qu'eût-il voulu cependant?... Il n'osait pas encore se l'avouer à lui-même.

Un matin, un dimanche, le jeune vicomte était descendu de bonne heure de sa chambre, et il se promenait sourdement soucieux, quand il se trouva en présence de Martial.

Martial avait une mise plus soignée que de coutume; Gontran comprit tout de suite qu'il devait accompagner ce jour-là Réjane à l'église du bourg.

— Tu te rends chez le général? dit-il en allant
à lui.

— Oui, monsieur le vicomte, répondit le garde, à
moins que vous n'ayez besoin de mes services.

— Du tout! du tout! cela fait plaisir à ton ancien
maître, et je n'aurai garde de t'en empêcher.

Martial fit quelques pas pour s'éloigner... Gontran l'arrêta.

— Eh bien, dit-il, avec une pointe d'enjouement;
est-ce que tu n'oublies pas quelque chose.

— Quoi donc?

— Ne veux-tu pas porter un bouquet à mademoiselle de Graçay...

Le front de Martial s'assombrit... et il ne répondit pas.

Gontran fit un mouvement.

— Qu'y a-t-il donc? dit-il avec une extrême vivacité...

Le vieux Martial eut un triste regard... il eût bien
voulu dissimuler... mais cela était impossible à sa
nature loyale et franche.

— Je vais vous dire... répondit-il avec embarras...
c'est que depuis huit jours... j'ai reçu des ordres à
ce sujet.

— Ah!...

— Dans le commencement, cela a été tout seul...
et vraiment, c'était plaisir de voir la joie de mademoiselle Réjane... Mais au bout de quelque temps,
elle s'est inquiétée... et dernièrement, elle m'a pris
à part et m'a interrogé à propos de ces bouquets qui
étaient de véritables merveilles.

— Eh bien?

— Eh bien, j'ai été obligé de dire la vérité, et quand on a appris que c'était par votre ordre...

— On a refusé!

— C'est cela.

Gontran baissa le front.

— Soit! dit-il brusquement; je n'ai rien à dire... Mademoiselle Réjane a sans doute raison... j'aurais dû ne pas sortir de ma réserve et de ma discrétion... Soit! mais toi, du moins, tu aurais pu me prévenir.

— Je n'ai pas osé...

— Pourquoi?

— Ah!... voyez-vous... ce n'est pas aussi facile que vous pourriez le supposer... d'autant plus que...

— Il y a autre chose?...

— Précisément.

— Qu'est-ce donc?...

— On vous a vu...

— Moi?...

— La vieille Ursule, qui ne dort pas beaucoup, et qui, la nuit, rôde souvent autour de l'habitation, vous a rencontré quelquefois, assis à peu de distance, et regardant l'habitation...

— Et elle est allée le rapporter au général?...

— Oh!... pas au général... Elle en a peur comme des cornes du diable! mais elle s'est confiée à mademoiselle Réjane.

— Et qu'a dit celle-ci?...

— Rien... seulement il paraît qu'elle a pleuré toute la journée... et le lendemain, quand je suis allé la voir... elle m'a parlé de l'affaire avec tous les ménagements imaginables... en me priant..

Gontran saisit le bras de Martial.

— Bien! dit-il, je comprends et je sais ce qu'il me reste à faire. Toutefois, je ne veux pas que mademoiselle Réjane reste sur cette impression, et il faut que tu m'aides à me disculper...

— Ah! tout ce que vous m'ordonnerez! fit Martial.

— Écoute-moi donc, mon ami, et retiens bien ce que je vais te dire!

XXXI

— Ainsi que tu en avais formé le projet, tu vas te
rendre auprès de mademoiselle de Graçay.

— Oui, Monsieur.

— Tu te mettras à sa disposition, et tu l'accompa-
gneras jusqu'à l'église. La vieille Ursule sera probablement avec vous, et tu ne diras rien de notre
conversation... mais au retour, tu laisseras Ursule
prendre les devants, et tu t'arrangeras de manière à
rester seul avec mademoiselle Réjane.

— Cela sera fait.

— Alors, tu parleras... tu lui diras que je regrette
d'avoir pu être la cause, même involontaire, du chagrin qu'elle a éprouvé, et tu l'assureras qu'à partir
de ce jour, elle peut être certaine qu'Ursule ne me
rencontrera plus jamais autour de sa demeure.

— Mais...

— Du reste, je t'autorise à ajouter qu'elle n'aura pas longtemps à souffrir de ma présence dans le pays... et que je suis décidé à le quitter avant la fin du mois.

— M. le vicomte songe à partir ?

— Oui, mon ami... et quand je ne serai plus là, j'espère que mademoiselle Réjane ne refusera pas d'accepter les fleurs que tu lui porteras.

Ces dernières paroles furent prononcées sur un ton qui surprit Martial.

Mais il ne lui parut pas opportun de faire une objection, et il s'inclina sans répondre.

— Tu as bien compris ?... conclut Gontran.

— Parfaitement, monsieur.

— Eh bien... va... ne t'attarde pas... et puissent ces assurances rendre le calme à la fille de ton ancien maître...

Il s'éloigna.

Plus d'un mois s'écoula à la suite de cet incident —un mois pendant lequel Gontran prit vingt fois la résolution de partir, sans qu'il pût se résigner à quitter le château.

Il avait tenu sa promesse, et n'était plus retourné à la maison isolée. Il avait fait plus, il avait évité de parler à Martial du général ou de sa fille ; mais il était à bout de forces et de patience et comprenait bien lui-même qu'il fallait prendre un parti.

D'ailleurs, depuis quelques jours, un sentiment tout nouveau s'était emparé de lui.

Ce qu'il éprouvait participait à la fois de l'humiliation et de l'étonnement. Il se passait autour de lui quelque chose qu'il ne comprenait pas bien encore, mais qui l'inquiétait.

Un matin, en descendant au bourg, il s'était rencontré avec M. de Graçay-Chambrun, et c'est à peine si le général avait répondu à son salut.

Il était rentré profondément surpris, et toute la journée il avait songé à cette rencontre.

Le lendemain, ce fut le tour de Martial.

Non que celui-ci fît montre de la moindre impolitesse; il était trop scrupuleux et trop attaché à ses devoirs.

Mais Gontran remarqua que son attitude différait essentiellement de celle des jours précédents, et il devenait évident qu'il y avait quelque chose.

Cela précipita ses résolutions.

Il avait trop attendu, et ne voulut pas remettre davantage.

Il fit appeler Martial.

— Mon ami, lui dit-il alors, tu vas donner des ordres pour mon départ.

— M. le vicomte nous quitte! fit l'ex-brigadier, dont le visage parut s'éclairer à cette nouvelle.

— Oui... je pars...

— Bientôt?

— Le plus tôt possible.

— Monsieur le vicomte retourne à Paris?

— Je ne sais... mais ce que j'affirme c'est que je ne resterai pas un jour de plus, ici...

Et avant de partir... ajouta-t-il, sur un ton presque dur, je ne dois pas te cacher... que je ne suis plus content de toi!

Martial fit un haut-le-corps, et regarda son interlocuteur.

— De moi !... dit-il avec une douloureuse surprise, et en quoi ai-je pu déplaire à monsieur le vicomte ?

— Je vais te le dire, puisque tu n'as pas l'air de vouloir comprendre. Depuis quelques jours, tu n'es plus le même ; c'est à peine si tu viens prendre mes ordres... Quand tu es en ma présence, on dirait que tu as perdu ta franchise d'autrefois, et j'en suis venu à penser que j'ai fait quelque chose qui ait pu déplaire à M. Martial.

Le vieux garde ne répondit pas tout de suite.

A n'en pas douter, les paroles de Gontran avaient dû rencontrer quelque fibre sensible, car pendant plusieurs secondes il resta muet et le front baissé.

Enfin, il redressa la tête, et son regard clair et loyal se releva vers le jeune vicomte.

— Pardonnez-moi, monsieur, répondit-il, car cela a été probablement plus fort que moi ; — mais croyez...

— Ah çà, c'est donc vrai.

— Oui, Monsieur.

— Tu m'en voulais ?

— Peut-être bien.

— Et à propos de quoi ? Qu'avais-je fait ?

Le visage de Martial prit une expression douloureuse.

— Oh! à moi, rien, assurément... mais à mademoiselle Réjane !...

— Que veux-tu dire ?... interrompit Gontran hors de lui... moi !... moi !...

Martial remua le front.

— Ce n'est pas... répliqua-t-il, que vous ne soyez libre de vos actions, et que vous n'ayez le droit d'aller et de venir selon votre bon plaisir... mais vous aviez promis de ne plus vous rendre, la nuit, autour de la maison isolée... et je ne croyais pas...

L'excellent homme n'alla pas plus loin... Gontran venait de s'emparer de ses deux mains par un mouvement plein de fièvre, et il les secouait avec violence.

— Voyons ! voyons ! dit-il d'un ton impérieux, il y a ici quelque méprise terrible... explique-toi... parle !... On a donc vu un homme rôder autour de la demeure du général ?

— Ce n'était pas vous ! s'écria le garde.

— Martial !...

— Ah ! monsieur ! monsieur ! si vous saviez le bien que ça me fait d'apprendre que je me suis trompé !

— Assez ! réponds !... Tu as vu un homme ?

— Toutes les nuits !

— Depuis quand ?

— Depuis huit jours.

— Et l'on ne sait pas quel est cet homme !... et tu n'as pas cherché à découvrir ?...

— Je pensais que c'était M. le vicomte, et alors...

— Mais il y a là un danger qui menace le général ou sa fille.

Martial eut un éclair dans les yeux.

— Ah ! soyez tranquille, répondit-il, maintenant que je suis certain que ce n'est pas vous... avant demain, je saurai à quoi m'en tenir sur le compte du mystérieux promeneur...

La conversation en resta là. Seulement, dans la journée, Gontran, qui ne songeait plus à partir, eut un second entretien avec son garde, et, quand vint le soir, ils quittèrent tous deux le château et prirent la direction de la maison isolée.

Il était neuf heures.

La nuit venait..., la lune montait lentement dans le ciel où couraient quelques nuages poussés par une forte brise.

Les deux hommes s'étaient engagés dans le sentier... Martial marchait devant, son fusil sous le bras, et Gontran le suivait en proie à une vive agitation.

Il allait revoir la demeure de Réjane... qui sait même! peut-être une occasion favorable lui permettrait-elle de lui parler et de se disculper à ses yeux.

Son cœur était plein de tendresses ineffables; de temps en temps des bouffées de chaleur montaient à ses joues, et sa poitrine se prenait à battre violemment.

Il ne se défendait pas contre les sensations multiples qui l'envahissaient, et s'abandonnait au charme qu'il éprouvait à songer à la jolie enfant.

Tout bas, d'un ton à peine perceptible, il s'oubliait même jusqu'à murmurer son nom.

Réjane!

Et il lui semblait qu'à cet appel si tendre l'image

18

de la pure jeune fille venait, confiante ou soumise, se présenter à son regard.

Était-ce de l'amour? N'était-ce tout simplement qu'un sentiment de compassion pour son malheur... ou le danger qu'elle courait?

Il n'eût pu le dire au juste et ne s'en inquiétait guère, mais ce qu'il savait bien, c'est que ce sentiment le pénétrait tout entier... et qu'il eût donné sa vie sur un mot ou pour un regard de Réjane.

Ils avançaient en silence.

Une demi-heure s'écoula.

Puis le chemin se releva et ils atteignirent les hauteurs qui dominaient l'habitation du général.

Une fois là, ils s'arrêtèrent et s'assirent à l'abri d'un bouquet de bouleaux, à travers lequel on pouvait tout observer sans être vu.

— Voici l'endroit où je viens toutes les nuits, depuis une semaine, dit Martial en plaçant son fusil entre ses jambes.

— Et toutes les nuits tu vois cet homme? interrogea Gontran.

— Oui, monsieur le vicomte.

— Tu n'as pas distingué ses traits?

— Je vous l'ai dit, je croyais que c'était vous, et je n'ai pas poussé plus loin mes investigations. Cependant, depuis notre conversation de ce matin, j'ai réfléchi, et maintenant je suis sûr que je m'étais trompé.

— Alors...

— L'homme est plus grand que M. le vicomte, plus trapu aussi, et puis à certains indices que je me suis rappelés, il me semble que ce n'est pas la première fois que je rencontre ce personnage.

— Vraiment!...

— Je suis sûr de l'avoir déjà vu.

— Où cela?

— A Paris.

— Dans quelles circonstances?

Martial allait répondre, mais il mit tout à coup un doigt sur ses lèvres.

— Qu'y a-t-il? fit Gontran.

— Écoutez...

— Est-ce donc lui?

Martial se pencha vers son interlocuteur.

— Silence! dit-il à voix basse. Voyez-vous, nous autres gardes, nous avons comme qui dirait, des facultés particulières... nous voyons et nous entendons de loin, et, depuis quelques secondes... je perçois un bruit...

— En effet... dit Gontran, qui prêtait l'oreille.

— C'est notre homme.

— Qui te l'assure?

— Tenez... il approche... ne prononçons plus une parole, ne faisons plus un mouvement, car s'il suit le même chemin que les jours précédents, dans deux minutes, il passera à dix pas de nous.

Gontran retint son souffle, et tout son corps s'inclina en avant.

A moins d'incident tout à fait imprévu, il fallait que l'homme passât devant eux, et il n'était pas possible que Gontran ne remarquât pas ses traits.

Cependant, il s'approchait.

On entendait maintenant son pas assuré et ferme,
et bientôt sa silhouette apparut, vivement éclairée
par les rayons de la lune...

Gontran pâlit; l'homme était encore loin, mais
un regard avait suffi au vicomte, et ses deux poings
se pressèrent sur ses lèvres, pour comprimer une
exclamation qui allait lui échapper.

— Prenez garde! fit Martial.

L'homme passait en ce moment devant le bouquet
de bouleaux. — Il n'entendit rien, redoubla même
de vitesse, et peu après, Martial et Gontran le virent
s'arrêter à deux cents mètres environ, sur la pointe
extrême du plateau.

Gontran avait laissé retomber les bras le long de
son corps.

— Beverley! balbutia-t-il alors... Beverley, ici!...

Et, se rappelant tout à coup les paroles que le
jeune gentleman lui avait dit, une nuit, chez M. Dalbane, il murmura d'une voix troublée, et comme s'il
se fût parlé à lui-même :

« *Cette enfant m'appartient, au nom du droit sacré de
la plus légitime des vengeances, et malheur à qui tenterait
de me la disputer !* »

XXXII

Il se retourna vers Martial, lo visage contracté et la pâleur sur lo front.

— Martial ! dit-il d'une voix ardente, tu m'as assuré que le général ignorait que cet homme vînt toutes les nuits rôder autour de l'habitation.

— En effet, répondit le garde.

— Eh bien, il faut l'on informer.

— Vous connaissez donc cet homme ?

— Je le connais.

— Et vous croyez qu'il y a un danger ?

— J'en suis sûr.

— Ne sommes-nous pas là ?

— Oui, aujourd'hui, demain, tant que nous serons au château, mademoiselle de Graçay n'aura rien à redouter.

— C'est donc d'elle qu'il s'agit ?

18.

— C'est d'elle, et de personne autre.

— Ah ! vous avez raison ; alors, il n'y a pas à hésiter. Seulement, il est inutile de mettre encore le général dans la confidence et, pour cette nuit du moins, il suffira d'en parler à mademoiselle Réjane.

— Je t'accompagne.

— Non, monsieur le vicomte, attendez. Mademoiselle Réjane ne s'attend pas à vous voir, et je veux l'y préparer. Dès que le moment sera venu, je vous préviendrai.

Gontran obéit, et pendant que Martial s'éloignait, il se reprit à observer Beverley.

C'était bien lui !... Plus il l'examinait, moins il lui restait de doutes...

Mais que venait-il chercher à Graçay-Chambrun, et quels ténébreux projets l'y attiraient ?

Gontran avait fréquenté Beverley assez longtemps pour ne se faire aucune illusion sur son compte...

Il le savait énergique et résolu, et il avait toujours pensé qu'il y avait dans son passé un mystère auquel sa vie devait rester éternellement suspendue.

Il parlait rarement de ce passé... il n'en avait fait la confidence à aucun de ses amis, mais quand, par hasard, on en évoquait devant lui le souvenir... ses sourcils se contractaient d'une façon sinistre, et ses lèvres murmuraient des paroles d'implacable vengeance !

Comment la pure Réjane pouvait-elle se trouver mêlée à ce mystère ?... par quelle coïncidence devait-elle être enveloppée dans cette vengeance ?...

Gontran ne parvenait pas à comprendre !

Cependant Beverley venait d'abandonner l'endroit où il s'était arrêté un moment, et il avait fait quelques pas dans la direction de l'habitation.

Toutefois, il n'alla pas bien loin... A ce moment, il aperçut Martial qui s'y rendait de son côté, et par un brusque mouvement, il revint aussitôt sur ses pas.

Il est probable même que la présence du garde dérangeait tout à fait ses plans, car après quelques minutes d'hésitation, Gontran le vit faire un geste de vive contrariété, et tourner lestement les talons.

Un instant plus tard, il disparaissait dans le sentier qui conduisait vers la plaine.

Gontran écouta le bruit de ses pas qui allait s'affaiblissant, et quand il n'entendit plus rien, il quitta lui-même son poste d'observation, et se dirigea vers la demeure de Réjane.

Il n'avait pas fait cent pas, qu'il suspendit sa marche. Derrière la haie d'aubépines, il venait d'apercevoir Martial et Réjane qui s'étaient arrêtés pour causer. — Martial se tenait debout devant mademoiselle de Graçay, qui s'était assise sur un banc.

Placée ainsi, la jolie enfant faisait face à Gontran, et à la lueur éclatante de la lune, il pouvait, à travers la claire-voie de la porte, la contempler tout à son aise.

Il y avait quelques semaines à peine qu'il ne l'avait vue ; il fut frappé de l'altération que ses traits avaient subi en si peu de temps, et en ressentit une impression douloureuse.

Martial avait raison, la pauvre enfant souffrait d'un mal inconnu dont peut-être elle ne voulait pas guérir !

En ce moment elle répondait à Martial, et il prêta une attention anxieuse à ce qu'elle disait.

— Ainsi Ursule s'est trompée, dit-elle, pendant que sa poitrine se soulevait avec effort, et je suis heureuse de l'apprendre. Je n'y croyais pas beaucoup cependant, et j'avais toujours pensé qu'une pareille indiscrétion était indigne de M. Gontran.

— Et moi donc ! répondit Martial, mais la vieille paraissait si sûre de son fait, que je ne me suis pas même donné la peine de bien regarder. Et puis, on devient vieux, voyez-vous, les jambes sont bonnes encore, mais l'œil...

— Bon Martial !

— Du reste... quand j'ai fait part à M. le vicomte du soupçon dont il était l'objet,.. dame ! il en a paru bien affecté... il est devenu tout tremblant... et il voulait venir pour vous dire lui-même...

— Qu'il n'en fasse rien !... interrompit Réjane.

— Moi ! je trouvais cela tout naturel.

— Non ! non... je ne veux pas... à quoi bon ?... je sais tout maintenant ; cela suffit.

— Cependant...

Réjane s'était levée.

— Non !... répéta-t-elle d'un ton plus ferme, — peut-être un peu nerveux, — c'est inutile... J'ai rencontré une fois M. d'Épernon : c'était pendant une nuit de bal, chez mademoiselle Herminie Dalbane... Nous avons échangé quelques paroles,

et nous nous sommes quittés pour ne plus nous
revoir... La présence du propriétaire de Graçay-
Chambrun ne pourrait être que pénible à mon
père... et quant à moi, je n'ai aucune raison de le
recevoir et de lui parler.

Elle fit quelques pas pour s'éloigner... mais elle
n'alla pas bien loin, car en passant devant la porte
du jardin, elle reconnut le jeune vicomte debout
sur le seuil, et s'arrêta en portant la main à son
cœur.

—Ah! ce n'est pas bien ce que vous faisiez là,
monsieur, dit-elle d'un accent douloureux.

— Mademoiselle! supplia Gontran.

— Vous écoutiez!

— Pardonnez-moi...

— Non! partez, de grâce, je vous en prie. Vous
voyez comme cela me fait mal.

— Ah! vous me haïssez donc bien, s'écria le jeune
homme d'un ton déchirant.

La pauvre enfant tressaillit et se retourna.

Elle avait croisé ses deux bras sur sa poitrine, ses
dents mordaient ses lèvres comme pour refouler
un sentiment près de faire explosion... et elle regardait Gontran avec une fixité étrange.

— Moi! moi! balbutia-t-elle, plus émue qu'elle
n'eût voulu le paraître.

— Si vous saviez, poursuivit Gontran, combien
j'ai été malheureux depuis le jour où vous avez
refusé de recevoir les fleurs que Martial vous
portait chaque matin. — Ah! ne craignez rien, je
ne vous offenserai pas davantage, et je vais partir,

puisque vous l'ordonnez ! — Mais, au moins, laisse-
moi vous dire qu'au milieu de l'épouvantable déception qui m'avait déchiré, je m'étais follement repris
à un espoir nouveau ; il me semblait que tout n'é-
tait pas fini pour moi dans la vie, que je n'avais pas
mérité le malheur qui me frappait ; qu'enfin, Dieu
me réservait dans l'avenir un bonheur plus pur,
vers lequel une aspiration sainte emportait mon
être tout entier...

— Monsieur !...

— Ne me repoussez pas, mademoiselle ! car jamais vous n'aurez été l'objet d'un culte plus respectueux et plus dévoué. Dites-moi ce que vous voulez
que je fasse... ordonnez que je parte ou que je
reste... et j'obéirai... heureux toujours de faire ce
que vous aurez commandé !

Réjane garda le silence.

Martial s'était éloigné à quelque distance, par
discrétion, et les deux jeunes gens étaient seuls...

Au bout d'un instant, Gontran reprit :

— Vous ne me répondez pas ! insista-t-il d'une
voix qui tremblait.

— Et que puis-je répondre ?... fit Réjane.

— Vous m'en voulez donc toujours ?...

— N'en croyez rien !

— Enfin... il vous déplaît de me voir demeurer à
Graçay-Chambrun... vous désirez que je quitte le
pays...

Réjane se prit à frissonner, et, un moment, elle
oublia son regard sur le front du jeune homme.

— Je n'ai pas dit cela !... répondit-elle... mais il

ne m'appartient pas de vous indiquer les résolutions que vous devez prendre... voyez vous-même,
monsieur Gontran... réfléchissez à ce qu'il convient
que vous fassiez, et, à quelque détermination que
vous vous arrêtiez, je m'en rapporte entièrement à
votre loyauté et à votre honneur.

Ces paroles furent dites sur un ton si grave et si
doux à la fois, qu'elles pénétrèrent jusqu'au fond
du cœur du jeune homme... et qu'il ne fut pas
maître d'un premier mouvement.

— Ah! vous êtes bonne... et je vous aime! — s'é-
cria-t-il hors de lui.

Et, en même temps, il saisit la main de l'enfant et
la porta à ses lèvres.

Réjane poussa un cri effrayé... et se sauva à pas
rapides vers l'habitation.

A partir de ce jour, aucun autre incident ne vint
troubler le bonheur de Gontran.

Il avait promis d'être respectueux et discret; il
tint loyalement sa promesse.

Tout au plus allait-il une fois par semaine, la
nuit, à la maison isolée.

Il ne s'y rendait pas même avec la pensée d'y
rencontrer Réjane et de lui parler.

Mais, durant l'heure qu'il y passait, il la voyait
quelquefois accoudée seule et pensive sur la terrasse,
ou, encore, assise dans le salon et jouant quelque
mélodie de Schubert ou de Gounod.

Quand venait le dimanche, le jeune vicomte quittait le château aux premiers appels de la cloche du

bourg, et se rendait à l'office, à la suite des fidèles des environs.

L'église était pauvre et nue; elle ne présentait que des tableaux d'un art douteux ou grossier; les chants que l'on y entendait n'invitaient ni au recueillement ni à la prière.

Mais, de la place qu'il avait choisie, Gontran pouvait contempler la belle enfant... De temps à autre, il recueillait quelques-uns de ses regards si naïfs et si purs, et jamais il n'avait éprouvé un bonheur comparable à celui qu'il emportait de l'humble basilique.

A l'issue de l'office, souvent il accompagnait Réjane pendant quelques minutes.

Leur conversation était, pour Ursule et Martial, insignifiante et banale; mais les deux jeunes gens y trouvaient un charme ineffable, et Gontran avait remarqué que, lorsqu'elle lui parlait, la voix de Réjane empruntait des accents plus doux encore que d'habitude.

On était aux premiers jours d'octobre; — les deux derniers mois avaient passé comme un rêve; — Gontran ne doutait plus qu'il ne fût aimé... et il était bien résolu, avant de rentrer à Paris, à demander au général la main de mademoiselle de Graçay-Chambrun.

Mais il mettait à faire cette démarche une sorte d'hésitation, qui avait sa raison dans le sentiment de jouissance un peu égoïste qu'il goûtait depuis quelque temps.

Il lui était particulièrement doux de se sentir aimé

ainsi à l'insu de tous, à l'insu même peut-être de la jolie enfant.

Ses journées et ses nuits s'écoulaient à se rappeler les naïfs témoignages d'amour que Réjane lui donnait, sans, pour ainsi dire, s'en douter.

Nature impressionnable et franche, elle ne savait pas dissimuler ses sensations ; sa voix, son regard, ses attitudes, trahissaient vingt fois en une minute les tendresses mal contenues de son cœur : et Gontran craignait, par une démarche trop hâtive, de détruire le charme discret de ce bonheur si pur.

Un jour, pourtant, il comprit qu'il ne pouvait pas hésiter davantage et quitta le château, décidé à aller trouver le général.

Il était cinq heures.

Le soleil descendait lentement à l'horizon, l'air était tiède ; tout annonçait une soirée splendide.

Gontran était fort ému... Bien qu'il ne fût pas inquiet sur l'accueil qui allait être fait à sa demande, de temps à autre son cœur se prenait à battre, et sa pensée s'imprégnait de mélancolie.

Tout à coup, il suspendit sa marche et prêta l'oreille.

Il était arrivé à peu près à moitié chemin et venait d'entendre des pas précipités qui se dirigeaient de son côté.

Qui cela pouvait-il être ?

L'attente fut courte.

Presque aussitôt il vit, à l'angle du sentier, dé-

10

boucher un homme, dans lequel il reconnut immédiatement Martial.

Martial, les traits bouleversés, la poitrine haletante.

Il courut à lui.

— Où vas-tu ainsi? demanda-t-il, en proie à une vive inquiétude.

— Ah! c'est vous! Dieu soit loué, répondit Martial. J'allais vous chercher.

— Qu'y a-t-il?

— Un malheur...

— Réjane!... s'écria Gontran.

XXXIII

Martial remua la tête.

— Non! ne vous effrayez pas, répondit-il. Mademoiselle de Graçay ne court aucun danger... je le suppose, du moins; mais, tout de même, il se passe quelque chose de terrible.

— Explique-toi?

— Voici : Hier soir, j'avais laissé le général assez agité; il avait reçu un mot le matin, et il paraît que ce qu'on y disait était inquiétant, puisque toute la journée Ursule l'avait entendu aller et venir dans sa chambre, et parler tout haut.

— Après... après...

— En quittant la maison, vers neuf heures, je n'étais pas rassuré.

— Pourquoi?

— Je connais le général, voyez-vous, depuis des

années, c'est le meilleur et le plus violent des hommes... et il vous tuerait, comme il vous embrasserait, avec la même facilité. — Or, pendant toute la soirée, j'avais remarqué un certain pli au coin de son œil gauche, et je savais par expérience que ça n'était pas bon signe.

— Tu me fais mourir.

— Aussi je m'étais bien promis d'y retourner aujourd'hui de bonne heure... Mais ce matin, j'ai été très-occupé... dans la journée, on m'a fait demander au bois, et ce n'est que vers trois heures que j'ai pu me rendre à l'habitation.

— Eh bien?

— Eh bien, savez-vous ce qui était arrivé ?

— Quoi? quoi?

— Il n'y avait plus personne.

— Que dis-tu?

— Le général et mademoiselle Réjane étaient partis.

— Partis !... c'est impossible... sans te rien dire, sans que Réjane ou monsieur de Graçay...

— Il ne restait qu'Ursule.

— Qu'a-t-elle dit?

— Oh ! pas grand'chose. Le général n'a pas l'habitude de raconter ses affaires. Seulement, voici ce qu'elle m'a appris. Vers onze heures, un homme est venu qui a fait passer sa carte au général. Ce dernier l'a reçu tout de suite et s'est enfermé avec lui. Qu'est-ce que cet homme a pu lui dire? on n'en sait rien ; mais ce qu'il y a de certain, c'est qu'une heure après, M. de Graçay envoyait chercher la carriole du messager, et qu'il se faisait transporter à la station du chemin de fer.

— Et Réjane? insista Gontran.

— Ah! il paraît qu'elle pleurait à fendre l'âme, la pauvre demoiselle. Mais quand le général a parlé, on n'a plus qu'à obéir; et lui qui se ferait couper en petits morceaux pour l'enfant, n'a pas eu l'air seulement de prendre garde à ses larmes.

— Et tu ne te doutes pas de ce qui a pu arriver?

— Non... J'ai bien réfléchi cependant... et à moins que?...

— A moins que...

— Je ne sais si je dois dire cela... C'est un secret auquel je n'ai été initié qu'en raison de mon dévouement à la famille... et si le général apprenait...

— N'as-tu pas confiance en moi?

— Ah! comme en Dieu...

— Peut-être pourrai-je être utile à ton ancien maître ou à sa fille... et s'il leur faut ma vie... je suis prêt à la donner.

— Vous avez raison.

— Parle donc.

— Eh bien... si je ne m'abuse pas... il faut que l'on soit venu lui parler de M. Henry.

— Son fils?

— Oui, monsieur le vicomte; un malheureux pour lequel le général s'est ruiné... que l'on avait presque oublié depuis cinq années... et qui peut-être vient de se rappeler à son père par quelque nouveau crime.

— Serait-ce lui qu'il aurait reçu cette nuit?

— Ça.....c'est impossible, car la vieille l'aurait reconnu... et puis d'ailleurs... le visiteur a donné sa carte; Ursule me l'a remise, et nous pouvons voir son nom...

En parlant ainsi, Martial tendit à Gontran une carte dont celui-ci s'empara par un geste violent.

Il y eut à peine jeté les yeux, que sa main se prit à trembler.

— Beverley!... s'écria-t-il avec explosion... lui! encore lui!...

— Vous connaissez cet homme? interrogea Martial.

— Si je le connais!...

— C'est un ami du général?

— C'est le plus implacable et le plus dangereux de ses ennemis!

— Mais qu'est-il venu faire ici?... Qu'a-t-il pu dire à M. de Graçay... pour le déterminer à partir?

Gontran eut un geste énergique.

— Il faut le savoir! répondit-il d'un ton farouche, et je le saurai avant deux jours... Martial... je suis certain que ton ancien maître et sa fille courent, en ce moment, les plus grands dangers. — Nous ne pouvons rester une seconde de plus à Graçay-Chambrun!

— Où irons-nous? demanda le garde étonné.

— A Paris.

— Mais quelle est votre idée?...

— Viens! viens! il n'y a pas une minute à perdre... l'express passe dans une heure à la station...

et nous allons nous y rendre sans délai... Viens! te
dis-je... et songe qu'il s'agit peut-être de la vie de
ton maître et de l'honneur de sa fille!

Ce qui se passa jusqu'au moment où Gontran,
accompagné de Martial, arriva à Paris et descendit
à son appartement de la rue de la Chaussée-d'Antin,
le jeune vicomte eût été fort embarrassé de le dire :
quelque effort qu'il fît, il ne parvint qu'imparfaitement à mettre un peu d'ordre dans ses idées.

Durant le trajet, il ne ferma pas l'œil, et tout en
songeant à Beverley, il chercha à pénétrer quel était
le mobile qui faisait agir cet homme.

Il se rappela les conversations qu'il avait eues
naguère avec le jeune gentleman; les paroles signi-
ficatives qui lui étaient échappées à plusieurs reprises; le portrait voilé de deuil devant lequel il s'était
incliné rue de Varennes, enfin, l'âpre énergie qu'il
avait déployée dans sa visite nocturne à la maison
de la ruelle.

Et pendant que mille souvenirs passaient devant
son esprit, il s'efforçait de les classer avec méthode
pour en tirer une induction qui l'éclairât.

Évidemment il y avait dans le passé de ce Beverley une terrible catastrophe qui avait jeté sa vie
dans le bizarre ; un crime avait été commis dont la
victime était sans doute une femme aimée, crime
ténébreux, resté impuni, et dont lui, Beverley, s'é-
tait donné la mission de rechercher et de punir les
coupables.

Depuis — pendant six années — il avait vécu à
part, épiant les moindres indices avec une patience

de Mohican, flairant le vent à la manière des fauves
en quête d'une proie, l'âme ulcérée et le cœur altéré
de vengeance.

La durée de l'attente ne l'avait pas découragé, et
il était probable qu'il venait enfin d'atteindre son
but.

Gontran comprenait tout cela; mais ce qu'il cherchait encore, ce qu'il ne parvenait pas à deviner,
c'était la relation qui pouvait exister entre les criminels et le général de Graçay-Chambrun, et comment la pure et douce Réjane se trouvait enveloppée
dans la haine de cet homme !

C'est là ce qu'il voulait savoir à tout prix, et il
était bien décidé à aller demander des éclaircisse-
ments précis à Beverley lui-même.

Quand le train arriva à Paris, Martial rejoignit
son jeune maître, au moment où il allait quitter la
gare, et lui demanda ce qu'il avait à faire.

— Rien pour le moment, répondit Gontran, encore tout ému des souvenirs qu'il avait évoqués
pendant le trajet... dans quelques heures tu te ren-
dras auprès du général, et tu tâcheras de démêler
la cause de son départ précipité.

— Le général s'étonnera peut-être de me voir à
Paris... objecta Martial ; et s'il s'informe du motif
qui nous a fait quitter le château...

— Tu diras que j'ai été rappelé par une dépêche
de la duchesse de Frileuse, et que je ne fais que
passer à Paris,... du reste, ce n'est pas le général
qu'il faut convaincre,... c'est surtout mademoiselle
Réjane qu'il importe de prévenir.

— Que devrai-je lui dire?

— Une seule chose... qu'elle comprendra, je l'espère. Tu lui diras que je suis venu à Paris, parce que son départ m'a inquiété. Que j'aurai l'honneur de la voir sous peu de jours, et si elle a pour moi quelque amitié, si elle croit à l'affection profonde qu'elle m'inspire, elle voudra bien te tenir au courant de tout ce qui se passera rue de Varennes. Toutefois, garde-toi de l'inquiéter. Il faut qu'elle ne se doute pas des craintes que j'ai conçues, afin de ne pas donner l'éveil à ceux que nous avons à redouter!... Tu me comprends bien, n'est-ce pas?

— Est-ce tout?

— Non... Il y a rue de Varenne, à côté de l'habitation du général, un hôtel qui est habité par ce Beverley dont tu m'as remis la carte.

— Ah! ah!

— Tu observeras l'hôtel; tu en épieras les mouvements... et si quelque incident survenait qui te parût de nature à intéresser le général, sa fille ou moi, tu viendras m'en faire part, à quelque heure que ce soit, en quelque lieu que l'on te dise de m'aller chercher.

Martial s'inclina.

— Ce sera fait, dit-il.

Gontran lui prit les mains par un geste plein d'affectueux abandon.

— Je ne puis te confier ce qui se passe en moi, dit-il d'un ton pénétré; mais n'oublie pas, mon ami, que le bonheur de ma vie entière dépend peut-être de ton zèle, de ton dévouement et de l'énergie avec laquelle, pendant quelques jours, tu vas exécuter les ordres que je te donnerai.

Martial releva fièrement le front.

— On sait ce que c'est qu'une consigne, répondit-il, — M. le vicomte peut compter sur moi.

Gontran monta en voiture et partit sur ces mots dans la direction de la Chaussée-d'Antin.

Vingt-cinq minutes après, grâce au généreux pourboire qu'il avait donné au cocher, la voiture le déposait à la porte de la maison qu'il habitait.

Il était à Paris, résolu à tout tenter pour protéger, contre le danger, qui la menaçaient, la chère enfant dont il voulait faire sa femme, dût-il mettre sa vie comme enjeu, dans la terrible partie qu'il allait engager !

FIN DE LA PREMIÈRE PARTIE

F. Aureau. — Imprimerie de Lagny.